rororo

«Feiner trockener Witz – ein Roman, bei dem man vor Lachen Seitenstiche bekommt.»

(Brigitte Young Miss)

«Lakonisch und mit viel Liebe zum italienischen Deutsch beschreibt Jan Weiler irre Situationen, die zu schlafstörenden Kicherattacken führen.»

(Hamburger Morgenpost)

«Forza! Gut gelauntes, mitunter auch tiefsinniges Sommerbuch.» *(Stern)*

«Das witzigste Buch dieses Sommers.» *(Für Sie)*

Jan Weiler, 1967 in Düsseldorf geboren, arbeitete als Texter in der Werbebranche, absolvierte dann die Deutsche Journalistenschule in München und war viele Jahre Chefredakteur des «Süddeutsche Zeitung Magazins». Heute lebt er als Autor mit seiner Frau und zwei Kindern in der Nähe von München. Sein erstes Buch «Maria, ihm schmeckt's nicht!» gilt als eines der erfolgreichsten Romandebüts der letzten Jahre, und auch die Fortsetzung «Antonio im Wunderland» stand viele Monate auf der Bestsellerliste. Außerdem erschienen 2006 «In meinem kleinen Land» (rororo 62199) und, gemeinsam mit Hans Traxler, «Gibt es einen Fußballgott?» (Kindler Verlag).

Jan Weiler

ANTONIO IM WUNDERLAND

Roman

Rowohlt Taschenbuch Verlag

Ungekürzte Ausgabe

Veröffentlicht im Rowohlt Taschenbuch Verlag,
Reinbek bei Hamburg, März 2008

Umschlaggestaltung any.way, Wiebke Jakobs
(Illustration: Sylvia Neuner)
Satz Sabon PostScript (InDesign)
bei Pinkuin Satz und Datentechnik, Berlin
Druck und Bindung CPI – Clausen & Bosse, Leck
Printed in Germany
ISBN 978 3 499 33256 2

Für Milla

VORWORT

Mein Freund Hans Pongo ist Fußnotenautor. Er schreibt Fußnoten für alle, die ihn darum bitten. Ist ein Text seinem Autor zu wenig wissenschaftlich oder sieht zumindest so aus, dann ruft er Hans an, und der macht ein paar Fußnoten rein. Einfache Erläuterungen oder Übersetzungen kosten fünf Euro, längere historische Zusammenhänge bis zu 30 Euro, läuft die Fußnote über mehr als eine Seite, so werden bis zu 200 Euro pro Stück fällig. Hans hatte mal eine Doktorarbeit von einem Juristen, da hat er über dreitausend Euro verdient. Auch die Fußnoten in diesem Buch machen was her, finde ich. Aber das ist nicht der Hauptgrund dafür, dass dieses Buch Fußnoten enthält. In Wirklichkeit möchte ich auf diese Weise meinen Freund Hans ehren. Er leidet darunter, dass viele Autoren, darunter sogar sehr prominente Namen wie [redacted] [redacted] oder [redacted] [redacted] und sogar [redacted] [redacted] [redacted][1] sich seiner Künste zum Teil sogar mehrfach bedient haben, er aber niemals erwähnt wird. Deshalb möchte ich das an dieser Stelle tun. Viel Spaß. Beim Lesen.

1 Namen einer einstweiligen Verfügung vorbeugend geschwärzt. Außerdem sieht so etwas auch sehr schick aus. Leser mögen das.

ZWEITES VORWORT

Der Verleger hat angemerkt, dass das da eben doch wohl bitteschön ein Witz sei und kein Vorwort. Ein Vorwort schreibe man, wenn man ein Anliegen habe oder wenn es dringend zum Verständnis eines Werkes erforderlich sei – und nicht bloß zum Vergnügen. Er hat recht. Ich weise also zusätzlich darauf hin, dass dies das zweite Buch von mir ist, in dem es um das Fremdsein geht, um unsere Angst vor dem Fremden, dessen mühsame und oft vergebliche Überwindung, und um die befremdliche Welt, in der die Menschen versuchen, ihren Platz zu finden. Ich finde, das ist ein furchtbar ernstes Thema. Und weil das so ist, muss man möglichst unterhaltsam damit umgehen. Sonst liest es keiner und die Mühe war umsonst. Außerdem habe ich die Fußnoten billiger bekommen. 64 Euro, kann man nicht meckern.

Jan Weiler

EINS

Hollywoodschaukeln gehören zu jenen Dingen, die nicht in Würde altern können. In Würde alt zu werden bedeutet, auch im Herbst des Lebens begehrenswert zu erscheinen, den Menschen immer noch ein Funkeln in die Augen zu treiben, jederzeit Gesprächsstoff werden zu können. Wie Jean-Paul Belmondo. Der ist ein gutes Beispiel dafür, dass man in Würde altern kann, selbst wenn man wie ein ungemachtes Bett aussieht. Mit einer Hollywoodschaukel hat Jean-Paul Belmondo gemein, dass der Zenit ihrer Popularität etwa gleich lang zurückliegt.

Der Unterschied zwischen einer Hollywoodschaukel und Jean-Paul Belmondo besteht darin, dass die Hollywoodschaukel die meiste Zeit draußen herumsteht und rostet, während Jean-Paul Belmondo vermutlich reingeht, wenn es anfängt zu regnen. Belmondo rostet also nicht, und seine Hemden bekommen keine Stockflecken. Es ist anzunehmen, dass sich Ehepaare auf der Straße umdrehen, wenn Belmondo an ihnen vorbeiläuft und der Mann sagt: «Guck mal, das war doch der Belmondo!» Die Frau sagt: «Und er riecht so gut!» Wenn dieselben Leute kurz darauf an einer Hollywoodschaukel vorbeigehen, sagen sie – gar nichts.

Bereits zu ihren Glanzzeiten war die Hollywoodschaukel im Gegensatz zu Jean-Paul Belmondo eine Enttäuschung, eigentlich ein großes Missverständnis. Sie kostete ein Schweinegeld, quietschte, hatte hässliche Bezüge, war unbequem, ging kaputt und war schnell wieder out. Heutzutage sieht man Hollywoodschaukeln – schon der Name bürgt für Illusion, wenn nicht für Schwindel – nur noch in Nostalgieshows im Fernsehen. Und im Garten meines Schwiegervaters.

Der hockt bei schönem Wetter am liebsten auf seiner Hollywoodschaukel. So auch jetzt. Seine kurzen Beinchen erreichen den Boden nicht ganz. Dort, wo er sitzt, immer an derselben Stelle, hat die Schaukel eine leichte Schlagseite. Daneben steht ein kleiner Tisch mit Aschenbecher, Zigaretten und einem Schälchen Macadamia-Nüsse, die er fast mehr liebt als seine Frau. Da sitzt er also und schaukelt sanft vor und zurück. Sein

Blick geht ins Leere. Antonio Marcipane. Gastarbeiter der ersten Stunde. Jeans, Lederschuhe, Flanellhemd. Goldzähne, dunkelbraune Haare, auf der Brust auch graue. Antonio, der Vater meiner Frau, Süditaliener und in letzter Zeit manchmal müde.

Die Schaukel steht hinter seinem Reiheneckhaus aus rotbraunen Klinkersteinen. Seit über dreißig Jahren wohnt er darin, verlässt es zwischen Montag und Freitag jeden Morgen um zehn nach sieben mit einer Aktentasche unter dem Arm. Darin befindet sich sein Brot mit Bauarbeitermarmelade[1], Milchkaffee, ein Notizbuch für besondere Vorkommnisse und Lottoforschung, ein Jerry-Cotton-Heft und seine Lesebrille nebst Futteral. Am Boden kleben Salmiakpastillen, die er dort irgendwann in den vergangenen 37 Jahren vergessen hat.

Heute ist er zum letzten Mal zur Arbeit gefahren, denn heute geht Antonio Marcipane nach 37 Jahren im Stahlwerk in Rente. 37 Jahre. Das bedeutet über 16 000-mal Spindtüre auf und wieder

---

1 Rheinischer Arbeiterslang für «Zwiebelmettwurst»

zu, einmal am Morgen und einmal am Abend. Das sind mehr als 8000 Butterbrote, die ihm Ursula geschmiert hat, Hunderte von Kollegen, die er kommen und wieder gehen sah. 96 000 Kilometer Fahrtweg zur Arbeit und zurück. Verrückt. Und was bleibt am Ende? Ein kleiner Mann mit einem Helm auf dem Kopf, der mit baumelnden Beinen auf seiner Hollywoodschaukel sitzt, an einem Vorhängeschloss herumspielt und darüber nachdenkt, was er morgen früh mit sich anfangen soll.

Bisher war es ein aufregender Tag. Nach dem Frühstück fuhren wir gemeinsam mit ihm in die Firma, wo es einen kleinen Festakt geben sollte, oben beim Vorstand. Die Vorstandsetage von Antonios Stahlwerk ist ein Ort, den kein Arbeiter jemals zu Gesicht bekommt, normalerweise jedenfalls. In diesem Fall wurde aber eine Ausnahme gemacht, und das hat Gründe, von denen Antonio nichts weiß. Und wenn er sie wüsste, wären sie ihm egal.

In letzter Zeit hatte das Unternehmen keine besonders gute Presse, man schrieb von Rüstungsgeschäften mit politisch fragwürdigen Partnern. Der Vorstand entschloss sich daher, die Pressearbeit in die Hände einer PR-Agentur zu geben, die nun ständig nach positiven Themen sucht, um die Öffentlichkeit davon zu überzeugen, dass dieses Stahlwerk eigentlich keine Waffen, sondern Waffeln herstellt. Und überhaupt: Vor allen Dingen ginge es der Firma in diesen schweren Zeiten um den Erhalt der Arbeitsplätze, und das sei ein Ziel, an dem niemand herummeckern könne.

Aber die Reporter schrieben und sendeten davon nichts, sie standen lieber an den Werkstoren und stellten Schichtarbeitern Fragen wie zum Beispiel diese: «Sie haben gerade Kriegsgeräte für einen Folterstaat gebaut. Wie fühlen Sie sich?» (Antwort: «Nix verstehen, gut Arbeit hier, geh Spielothek jetz'. Tschuss.»)

Es mussten dringend schöne, menschelnde Geschichten her. Die Tatsache, dass da einer aus Halle zwei in Rente ging, der 37 Jahre da war, wäre in so einer Situation nichts Besonderes, aber es handelte sich um einen Ausländer. Da zuckte den PR-Beratern der europäische Gedanke durch den Kopf. Hurra, einer von diesen alten Gastarbeitern, diesen herrlich schrulligen Charakterköpfen! Ein Symbol für Frieden und Zusammenarbeit unter den Völkern! Was für ein Geschenk!

«Da machen wir doch einen Presse-Event»,

sagte Giesecke von der gleichnamigen PR-Agentur und hielt dann inne. «Das ist aber hoffentlich kein Türke, oder?»

«Nein, ein Italiener», antwortete Polz aus der Personalabteilung.

Die beiden einigten sich darauf, die Unterlagen noch einmal durchzusehen und nach einem womöglich noch geeigneteren Kandidaten zu suchen, denn italienische Gastarbeiter waren zwar echt super, aber noch besser wäre vielleicht ein Pole oder ein Russe, da sei die thematische Fallhöhe größer, wie Giesecke bemerkte, ohne dass ihn der Blitz traf. Es gab aber nur einen Rumänen, und der war schon im vorigen Herbst in Rente gegangen, genauer gesagt in Frührente. Der Mann sei ein sogenannter Minderleister gewesen, sagte Polz.

«Und dieser Italiener?», fragte Giesecke.

«Marcipane, Antonio. Unauffällig», antwortete Polz und schlug Antonios angegammelte Akte auf. «War in der letzten Zeit viel krank und in den vergangenen drei Jahren neunmal beim Werksarzt. Nichts Besonderes in dem Alter.»

«Betriebsrat?»

«Ja, von 1974 bis 1981. Aber das war vor meiner Zeit. Sonst sehe ich hier nichts. Oder doch.

1988 ist er mit einwöchiger Verspätung aus dem Urlaub gekommen und hat behauptet, er hätte sich bei der Heimreise um 13 000 Kilometer verfahren.»

«Und das haben Sie ihm geglaubt?»

«Wie gesagt, das war vor meiner Zeit.»

Man bestellte Antonio also in die Personalabteilung und schlug ihm vor, am Tage seiner Verrentung einen kleinen Festakt zu begehen, an dem sicher auch Herr Doktor Köther aus dem Vorstand teilnehmen würde. Man wisse, sagte der Personalsachbearbeiter Polz und zwinkerte dabei mit einem Auge, dass Herr Doktor Köther sich auch schon eine Rede überlege. Antonio war außer sich. Eine Rede, für ihn allein.

Er rief mich auf dem Handy an, als ich gerade in einem Supermarkt stand und herauszufinden versuchte, was der Unterschied zwischen Brie und Camembert[1] ist.

---

1 Nach Auskunft von Frau M., die große Teile ihres Lebens in einem fensterlosen Supermarkt in Wolfratshausen verbringt, ohne dort jemals den bayerischen Ministerpräsidenten beim Einkaufen zu sehen, ist der Unterschied der: Brie sei

«Weißte du, was dein alte Schwiegevater is?»

«Mein alter Schwiegervater ist ein *imbroglione*», rief ich ins Telefon. Ein *imbroglione* ist ein Gauner, das ist mein Kosewort für ihn.

«Nee, bini gar nickt. Bini der neue Fernsehstar.»

«Was?»

«I kommin Fernsehn», brüllte er. «In die Tageschau kommi. Die macke ein ganzer Film nur übermi.»

Ich täuschte einen Verbindungsabbruch vor, indem ich in mein Handy pustete und dann auflegte. Dann wählte ich seine Nummer. Das mache ich immer so, wenn ich seine Frau sprechen will. Wenn Ursula mir etwas erklärt, verstehe ich es einfach besser, denn sie ist Deutsche. Ich kann ganz sicher sein, dass ich sie am Telefon habe, denn er geht nie selber dran, wenn es klingelt, nicht einmal, wenn er das Telefon gerade zufällig

---

milder und weicher als Camembert. Auf meinen Hinweis, dass auf dem Camembert stehe, dieser sei «mild und cremig», entgegnete sie: «Genau. Und der Brie ist noch milder und noch cremiger.»

in der Hand hat. Ich glaube, das ist irgend so ein Chauvi-Ding.

Sie hob nach dem siebenten Klingeln ab, wahrscheinlich war er vorher mit dem Hörer in der Hand durchs Haus gelaufen und hatte gerufen: «Uuuuuuursulaa! De Teeelefoon!»

Ich fragte sie, was das für eine Geschichte sei, und sie war für ihre Verhältnisse ziemlich außer sich. Genau verstanden habe sie es auch nicht, aber die Firma wolle seinetwegen einen Festakt machen. Mit Presse und so. Dann nahm er ihr den Hörer weg und befahl uns zu kommen. Ich war viel zu neugierig, um einen Hexenschuss oder eine Schwangerschaft vorzutäuschen. Und wenn es ihm so wichtig ist, na ja, was soll's.

Also mal wieder zu Antonio und Ursula an den Niederrhein. Inzwischen kenne ich den Weg im Schlaf, denn wir müssen da dauernd hin. Es passiert zwar eigentlich nichts Wichtiges im Leben von Antonio Marcipane. Aber seine Familie – und ich gehöre als Mann seiner Tochter nun einmal dazu – muss trotzdem möglichst zahlreich daran teilnehmen, um nur ja nichts zu verpassen. Im Laufe der letzten Jahre waren Sara und ich Zeugen mehrerer Beerdigungen von uns nicht nahe stehenden Personen aus Antonios Bekanntenkreis. Wir waren bei Taufen, Richtfesten und einmal auch bei der Nikolausfeier seiner Abteilung, wo eine Quarkcremeschnitte mit blonden Haaren einen Bauchtanz darbot, der aussah, als schüttele sie sich Blutegel vom Körper. Es handelte sich dabei um die Nichte des Schichtführers, eine durch und durch unorientalische Verwaltungsangestellte aus Tönisvorst, deren Hobby ein bestürzendes Ausmaß von Selbstüberschätzung erkennen ließ.

Obwohl diese Feiern und Feste und Familienangelegenheiten mir nichts bedeuten, gehe ich überall mit hin. Ich mag Antonios Fröhlichkeit. Ich mag es, wenn er mir zuprostet und wenn er Lieder singt. Ich sehe ihn dann immer an, muss lachen und weiß, dass ihn das sehr glücklich macht.

Diesmal herrscht dicke Luft, als wir ankommen, denn Tonis bester Anzug ist in der Reinigung. Ein Skandal. Ursula hat ihn weggebracht, das war vor zwei Monaten, und dann hat sie ihn vergessen. Es ist schon Abend, die Reinigung hat geschlossen. Ein Debakel zeichnet sich ab. Antonio läuft schimpfend durchs ganze Haus, ein desperater Zwerg in einem Flanellhemd. Seine Frau verdirbt ihm seinen großen Tag, den Moment außerordentlichster Anerkennung. Schweinerei. Seine anderen Anzüge passen nicht mehr. Oder sie gefallen ihm nicht, so genau ist das nicht aus ihm herauszubekommen. Er weigert sich, einen einzigen davon auch nur anzuprobieren, und besteht auf seinem feinen Anzug. Da dieser nicht aufzutreiben ist, überlegen wir, wie man Ersatz herbeischaffen könnte, während Antonio oben im Schlafzimmer rumort.

Bei den Nachbarn zu klingeln und Klamotten auszuleihen verwerfen wir gleich. Es gibt zwar einen gewissen Herrn Plauen, der genau Antonios Statur hätte, aber Antonio verdächtigt ihn seit zwanzig Jahren, eine Affäre mit seiner Frau zu haben, was ich für eine gewagte Unterstellung halte, weil Herr Plauen nicht nur Diabetes und eine künstliche Hüfte, sondern auch keinen Funken Charme und eine Glatze hat. Jedenfalls würde Antonio eher einen Volkshochschulkurs in Minnetanz belegen, als Plauen nach einem Anzug zu fragen. Und überhaupt: Ein Marcipane bittet andere nicht um Almosen, das ist mit seinem süditalienischen Stolz absolut unvereinbar. Mitten in unsere Ratlosigkeit hinein betritt Toni das Wohnzimmer und blickt triumphierend in die Runde. Er hat eine Idee.

«Pass ma auf, liebe Jung. Kenni einen, der kann mir der Anzug ausleihen.»

«Und wer soll das sein?»

«Gute Bekannter von dir. Deine Vater.»

«Mein Vater.»

«Ja, ist ein elegante Mann und hatter Geschmacke und bestimmt gute Anzuge auch.»

Davon ist auszugehen, und ich bin sicher, dass mein Vater meinem Schwiegervater sofort aus der Bredouille helfen würde, wenn er nicht etwa zwei Köpfe größer als Antonio wäre. Hinzu kommt, dass Antonios Bauch bestimmt nicht unter das Jackett passt. Am Ende wird er aussehen, als bewerbe er sich auf der Moskauer Clownschule. Aber Antonio lässt sich nicht beirren, zumal es sich hier um eine Familienangelegenheit handelt. Dies ist ein Generalargument bei meinen italienischen Verwandten. Ich habe inzwischen begriffen, dass in Familienangelegenheiten nie diskutiert werden darf. Da wird nur gehandelt. Und zwar sofort.

Ich rufe meine Eltern an, berichte von der misslichen Situation und fahre hin, um das Tuch für den Festakt zu holen. Mein Vater stellt kaum Fragen und überlässt mir freundlicherweise drei seiner besten Anzüge, die ich in den Kofferraum werfe. Wie erwartet sieht Antonio in dem Nadelstreifenanzug meines Vaters aus wie ein missglücktes Zauberkunststück. Mit viel Mühe gelingt es Antonio, den obersten Knopf zu schließen, worauf er entscheidet, dass die Jacke offen besser aussieht, weil dann seine Krawatte besser zur Geltung kommt. Ärmel und Hosenbeine hingegen sind massiv zu lang, für Antonio ein Beweis dafür, dass mein Vater beim Kauf des Anzugs wohl nicht so genau auf die Länge geachtet habe, was?

Ursula krempelt die Beine und Ärmel nach innen. Zwar verschwindet auf diese Weise die Knopfleiste, aber Antonio hat schon oft Anzüge gesehen, an deren Ärmel gar keine Knöpfe waren, das sei total in Ordnung und er müsse das wissen, schließlich komme er aus dem Land, das die Mode erfunden hat. Ursula befestigt die gekürzten Beine provisorisch mit Stecknadeln, und Antonio sucht einen Gürtel mit einer großen Schnalle, damit er kaschieren kann, dass er die Hose nicht zubekommt. Nachdem die Welt gerettet und der Anzug für morgen präpariert ist, nimmt Antonio ein Bad. Seine Frau, ihre Tochter und ich sinken ermattet in die Kissen.

Am nächsten Morgen badet Antonio gleich

noch einmal, denn Baden ist was für elegante Leute. Heute muss er erst um zehn Uhr im Werk sein, er wird ohnehin nicht mehr richtig arbeiten. Wir fahren mit meinem Wagen hin, denn Antonio ist zu aufgeregt dafür. Als wir auf dem Parkplatz ankommen, dirigiert mich Antonio auf seinen Stammplatz, von dem wir nur noch etwa eine Viertelstunde zum Werkstor laufen müssen. Der Pförtner liest Zeitung und schaut erst auf, als Antonio an seine Scheibe klopft.

«Morgn Matzepan, wie isset?», fragt er. Dann erstaunt: «Wie siehst du dann us?»

«Eutis meine Ehretag», brüllt Antonio durch das blinde Sprechfensterchen in der Scheibe. Jemand hat die Löcher, durch die man sprechen soll, schon vor langer Zeit mit Tesafilm zugeklebt, damit es nicht so zieht. Das ist ein deutsches Sprechfensterchen-Phänomen.

Nach einer längeren Ansprache von Antonio drückt der Pförtner auf einen dicken grünen Knopf, und wir alle können passieren – ohne einen Besucherschein auszufüllen, wie Antonio mehrfach betont.

Wir betreten das Verwaltungsgebäude, dessen schwarzer Granitboden teuer glänzt. Antonio eilt auf den Empfang zu und sagt zu der dahinter sitzenden Dame: «Gute Morgn, Sie schön Frau. Wir werden hier fur eine kleine Feier erwartet.»

«Wie heißen Sie denn?», fragt die Frau. Ursula kniet sich auf den Granit und schlägt Antonios rechtes Hosenbein nach innen. Da hat sich eine Nadel gelockert.

«Marcipane, Antonio», sagt Antonio und zieht an seiner Krawatte.

«Ach so, das sind Sie», sagt die Dame und nimmt ein Telefon zur Hand.

«Herr Marcipane wäre jetzt da», sagt sie tonlos und legt wieder auf.

«Bitte warten Sie hier noch einen Moment, Sie werden gleich abgeholt.»

«Danke», sagt Antonio und verbeugt sich knapp. Wir warten also. Ich schlendere in der Halle herum und entdecke eine Tafel mit Steckbuchstaben, auf der steht, was hier heute so los ist. Im Konferenzraum «Stockholm» wird eine Firma Ginger erwartet. Im Raum «Pretoria» kommt es zu einem Treffen mit AHG-Nancy, und im Raum «Brisbane» findet eine Veranstaltung statt, die «Warcidane» heißt. Ich drehe blitzschnell das W und das d um, bevor Antonio kommt und begeistert auf die Tafel mit seinem Namen zeigt.

Eine Aufzugtür öffnet sich, und heraus kommt

ein Mann, der auf uns zu eilt und dabei die rechte Hand ausstreckt.

«Giesecke», sagt er und blickt in die Runde. «Na, da sind wir ja gut aufgestellt.» Er gibt uns die Hand und mustert Antonio. «Wie sehen Sie denn aus?»

«Schick, was?», sagt Antonio und strahlt Giesecke erwartungsfroh an.

«Wo ist denn Ihre Arbeitskleidung, Herr Marcipane?», fragt Giesecke mit unverhohlener Enttäuschung.

«Hängt druben im Spind.»

«Na, dann mal los. Wir haben keine Zeit zu verlieren. Wir brauchen Bilder von Ihnen, wie Sie wirklich aussehen.»

«I seh so aus.»

«Na ja, das mag ja sein, aber nicht während der Arbeit.»

In diesem Moment kommt ein Kameramann in die Halle. Er wird von einem Tonassistenten und einer jungen Frau begleitet, die extra die Filmhochschule absolviert haben, um nun einen kleinen Film zu drehen, in dem Antonio an seiner Arbeitsstelle sowie im Konferenzraum «Brisbane» zu sehen sein wird.

Wir fahren in einem Kleinbus einen halben

Kilometer über das Werksgelände und laufen dann durch einen langen Gang, an dessen Ende ein riesiger Umkleideraum auftaucht. Antonio geht an seinen Spind, zum 8104. Mal. Nachdem er den Anzug meines Vaters in den Schrank gehängt, seine Schutzkleidung angelegt und seinen Helm aufgesetzt hat, ist jede Form von Eleganz aus seiner Erscheinung verschwunden. Giesecke ist sehr angetan.

Antonio wird gefilmt, wie er an seinem Arbeitsplatz steht und die Produktion überwacht, was entschieden spannender klingt, als es aussieht. Die junge Frau fragt, ob man nicht etwas machen könne, wo ein bisschen Bewegung drin sei, und Antonio beugt sich über ein Geländer und ruft einem Kollegen die Lottozahlen von gestern zu. Nach diesen brisanten Bildern will er sich wieder umziehen, aber Giesecke findet, dass Antonios Aufzug doch sehr authentisch sei, und wir fahren wieder zurück zur Hauptverwaltung, wo der Festakt stattfinden soll.

Im Raum «Brisbane» haben sich immerhin zwei Vertreter der örtlichen Presse eingefunden. Wir nehmen am Konferenztisch Platz. Antonio bekommt ein Fläschchen Orangensaft und ein Glas. Das ist sehr teurer Saft, raunt er mir zu.

Feine Leute sind das, wenn sie den Saft aus so kleinen Flaschen trinken. Dann kommt Herr Köther, der Personalvorstand des Unternehmens. Wir erheben uns. Köthers Sekretärin trägt einen Präsentkorb und zwei Geschenke herein. Ihr folgen ein Vertreter des Betriebsrats sowie eine Gruppe von zwölf Männern in historischen Kitteln. Das ist der Werkschor – oder der Teil, der davon heute Zeit hat.

Herr Köther hält sich nicht lange mit Vorreden auf, er kommt gleich zur Sache.

«Liebe Freunde, liebe Kollegen, liebe Familie Marcipane, lieber sehr verehrter Herr Marcipane.»

Antonio drückt das Kreuz durch.

«37 Jahre, das ist ein halbes Menschenleben. Wir sind glücklich und freuen uns, dass Sie dieses halbe Menschenleben bei uns, nein, mit uns verbracht haben. Um ein Unternehmen in Zeiten wie diesen durch die Fährnisse eines immer schwierigeren Marktes zu navigieren, braucht es Visionen, Ideen und Leidenschaft. All diese Eigenschaften kennzeichnen dieses Unternehmen. Blicken wir einmal zurück. Vor 37 Jahren lag die Umsatzrendite unserer Firma bei neun Prozent. Ja, genau, neun Prozent. Ich weiß, was Sie jetzt sagen wollen: Neun Prozent? Und ich wiederhole es: Neun Prozent.»

Es folgt ein eindrucksvoll öder Monolog über die Auftrags- und Renditeentwicklung der Firma, garniert mit ein paar Spitzen in Richtung diverser Regierungen, Gewerkschaften und der Konkurrenz. Von Antonio kein Wort.

«1981 sicherten wir uns gegen die fast übermächtige Konkurrenz aus Taiwan den Auftrag der BBL. Ich brauche nicht zu betonen, wie sehr uns gerade diese Zusammenarbeit besonders im Lichte der Öffnung des osteuropäischen Marktes Horizonte …»

Ja, das ist fesselnd. Ursula zupft an ihrem Kleid herum, Sara schaut aus dem Fenster, Giesecke macht sich Notizen. Antonio blickt Köther konzentriert in die Augen. Woran mein Schwiegervater jetzt wohl denken mag? Der Kameramann hat seine Kamera längst ausgeschaltet.

«… und wo wären wir ohne unsere phantastische Belegschaft? Ohne Männer wie Sie, lieber sehr verehrter Herr Marcipane. Ich fasse nochmal zusammen: Vierzehn Jahre an der Druckpresse zwo. Zwölf Jahre an der MKL. Und dann noch elf in der Produktionsüberwachung. Chapeau, Herr Marcipane, Chapeau.» Das ist das Einzige, was sich Personalvorstand Köther über Antonio abringen kann. Dann kommt er zum Schluss.

«Und so rufen wir aus: Vivat, vivat, vivat. Und nun ein Lied, bitte.» Der Kameramann wacht auf und filmt.

Der Werkschor, der drei seiner Mitglieder eingebüßt hat, die sich zwischendurch vom Acker gemacht haben, singt nun einen sehr schönen Arbeitersong in dringlichem Gewerkschaftssound, in dem es um Eisen und Stahl und Stolz sowie um Freiheit und – wenn ich das richtig verstehe – Schlagsahne geht. Der Betriebsratsvertreter, dessen Krawatte aussieht, als habe sich darauf jemand erbrochen, blickt zufrieden in die Runde, nachdem er zuvor während der Rede von Herrn Köther da und dort ostentativ den Kopf schütteln musste.

Dann übernimmt Köther von seiner Sekretärin den Fresskorb und händigt ihn an Antonio aus. Des Weiteren überreicht er eine Firmenchronik, damit Antonio noch einmal alles nachlesen kann, was er da gerade gehört hat, und eine CD vom Werkschor, dazu noch ein Skatspiel, denn er habe sich sagen lassen, dass Herr Marcipane ein großer Skatspieler sei. Stimmt nicht? Ach so. Wirklich nicht? «Na, dann haben Sie ja jetzt viel Zeit, dieses schöne deutsche Kartenspiel zu lernen. Ich wünsche Ihnen viel Glück im Ruhestand und immer vier Buben auf der Hand.»

Das mit den Buben in der Hand hat Antonio nicht verstanden. Er vermutet dahinter eine Sauerei, traut sich aber nicht, etwas zu sagen. Dann ist plötzlich Schluss, und wir werden aus dem Saal geschoben. Ich frage Giesecke, wann das denn nun im Fernsehen käme. Er sieht mich mitleidig an. Das sei für ein Unternehmensvideo, sagt er knapp. Er schicke eine DVD.

Antonio geht sich umziehen. Es dauert eine ganze Weile, bis er zum Pförtnerhäuschen kommt, wo wir auf ihn warten. Diesmal muss er zu Fuß gehen. Niemand fährt ihn zu seinem Spind und wieder zurück. Als er nach einer kleinen Ewigkeit auftaucht, sind Ärmel und Hosenbeine aus ihren Verstecken gerutscht, was dem Anzug nicht guttut, zumal es angefangen hat zu regnen. Toni trägt einen goldenen Helm, darauf steht sein Name und eine 37, Geschenk von den Kollegen, mit denen er noch einen *Kleinen Feigling* trinken musste.

Zu Hause zieht er sich rasch um und setzt sich auf seine Hollywoodschaukel. Den Helm behält er den ganzen Tag auf. In der Hand hält er das

Vorhängeschloss von seinem Spind. Hat er mitgehen lassen, es ist ihm mehr wert als die Geschenke von Herrn Köther. Den Anzug bringe ich zum Altkleidercontainer. Mein Vater hat mich nie mehr danach gefragt.

ZWEI

Ich kann meinen Schwiegervater wirklich gut leiden, aber Antonio ist mitunter sehr anstrengend. Das liegt an der ständigen Vermischung von Herkunft und Zuhause bei ihm. Im Gegensatz zu den meisten Menschen ist das bei Antonio nämlich nicht dasselbe. Er stammt aus Campobasso in Molise, einem sehr kleinen und selbst unter Italienern weitgehend unbekannten Bundesland, welches häufig vergessen wird, wenn man die Regionen aufzählt. Es hat insofern Ähnlichkeit mit Kurt Georg Kiesinger, der auch oft vergessen wird, wenn man die deutschen Bundeskanzler[1] rekapituliert.

Molise ist gewissermaßen die Bandscheibe

---

1 Er war immerhin von 1966 bis 1969 Kanzler. Und im Dritten Reich Mitglied der NSDAP, was naturgemäß das Vergessen fördert. Ach, vergessen wir's.

zwischen den Abruzzen und Apulien. Und die Hauptstadt von Molise ist Campobasso. Es gibt hier ungefähr 50000 Einwohner, eine sehr sehenswerte Altstadt sowie das internationale Museum für Miniaturkrippen. 400 Exemplare gibt es zu bestaunen, sogar eines aus dem Schwarzwald. Wem das zu aufregend ist, der kann sich in ein Café setzen und warten, dass die Amerikaner einmarschieren. Das haben sie vor rund sechzig Jahren schon getan, und wer weiß, vielleicht ergibt es sich ja noch einmal.

Von dort also ist Antonio weggegangen, das ist jetzt schon über vierzig Jahre her. Eigentlich wollte er damals nach Amerika, aber er ist dann letztlich bloß bis Krefeld gekommen, genauer gesagt bis nach Kempen, einem Ort am Niederrhein, der Campobasso in einigem ähnlich ist. Es gibt auch hier einen historischen Stadtkern und nicht zu viele Sehenswürdigkeiten. Im Gegensatz zu Campobasso liegt Kempen aber nicht auf einem Berg, ganz im Gegenteil. Der Niederrhein ist so flach, dass man das Kartoffelkraut auseinanderbiegen muss, wenn man Kempen von der Ferne sehen will.

Hier hat Antonio sein Häuschen gebaut, seine Kinder zur Schule geschickt und seine Rentenansprüche erworben, also ist dies in vier Jahrzehnten sein Zuhause geworden. Aber Heimat? Das sind wohl die Gedanken, die er sich macht und die man manchmal schlecht versteht, weil er sein Deutsch immer mit Italienisch und Phantasiebegriffen würzt, deren Bedeutungen nur ihm bekannt sind. Meistens tragen sie nicht erheblich zum Verständnis bei.

Die Marcipanes haben kaum Freunde, sie gelten als seltsam. Aber jeder grüßt sie freundlich, wenn sie in Ermangelung eines *corso*[1] über den Buttermarkt laufen, einem kleinen Platz im Herzen von Kempen.

Es ist ein beständiges Singen und Brummen in Antonios Kopf, fortwährend schaltet er vom Ita-

---

1 In Italien hat jeder Ort einen *corso*. Das ist eine Rennstrecke für Spaziergänger. Man zieht sich gut an, setzt einen Hut auf und läuft stundenlang grüßend herum. Über den *corso* zu laufen ist eine strikte Konvention und wird gern mit dem Kirchgang verbunden. In Deutschland entspricht dieser Verrichtung am ehesten das Laufen durch Fußgängerzonen am Sonntag, wenn die Geschäfte zuhaben.

lienisch- in den Deutschmodus um und wieder zurück. Er mag das dunkle Altbier, das sie hier trinken, und Sülze mit Bratkartoffeln. Aber vorher – vor jeder warmen Mahlzeit – muss er Nudeln und dazu moussierenden Rotwein haben. Es drängt ihn danach, sich seine elegante Cordjacke anzuziehen, wenn er das Haus verlässt. Nie vergisst er den passenden Schal dazu und erst recht nicht den Spritzer Duft, anhand dessen ihn Kenner auf vierzig Meter Entfernung identifizieren. Aber am Abend läuft er in einem aberwitzigen Trainingsanzug durchs Haus. Antonio liebt den rheinischen Karneval, auch weil er seine Frau da kennengelernt hat, aber er muss bloß alte Fotos von der Osterprozession in Campobasso sehen, damit sich seine Augen mit Tränen und Heimweh füllen. Er ist ganz hin und her, ganz zerrissen von seinen Welten, und manchmal wird ihm das zu viel. Dann will er alleine sein, oder er stellt etwas an. Kommt abends erst spät nach Hause, streitet mit fremden Menschen, schläft aus Protest beim Abendessen ein. Mit ihm zu leben ist nicht gerade einfach. Oft frage ich mich, wie Ursula das aushält. Sie ist eine stille, freundliche Frau. Nie habe ich sie schreien oder fluchen gehört. Befindet sie sich unter Antonios

Landsleuten, lacht sie mit und spricht sogar ein bisschen italienisch. Wenn sie aber mit Antonio alleine ist, sagt sie fast nichts, und alles, was sie nicht sagt, sagt sie auf Deutsch. Sie meckert nicht viel, meistens sieht sie an die Decke und atmet tief durch.

Sie hätte es einfacher haben können, sich das Gerede und die Probleme und die hohen Zinsen beim Hausbau sparen können, wenn sie gemacht hätte, wozu man ihr riet, als sie mit dem dunkeläugigen Gastarbeiter durch die Straßen lief: Einen anständigen Deutschen heiraten. Hat sie aber nicht. Und als ich sie frage, warum sie das nicht getan hat, sieht sie zu ihm herüber und seufzt. Und sagt: «Es war keiner so wie er.»

«So wie?», frage ich, denn ich verstehe nicht, was sie meint.

«Er war der Einzige, der sich wirklich um mich bemüht hat. Ich weiß schon, dass er mich damals brauchte, für die Aufenthaltsgenehmigung. Und ich weiß auch, dass er das vorher schon mit anderen probiert hat. Er war kein Hauptgewinn, und da dachte ich: Toll, ich bin auch keiner. Wir haben gut zusammengepasst.»

«Das klingt aber traurig», sage ich.

«Das ist nicht traurig. Es war, wie es war. Ich

habe es auch nie bereut, denn immerhin waren wir hier immer was Besonderes.»

So kann man es auch sehen. Ich setze mich zu Antonio auf die Couch. Er hat sich die Welt so gemacht, wie er sie braucht. Dreiteilige Sitzgarnitur, Schrankwand mit Butzenscheiben, kleine italienische Keramikvögel, die auf einer Anrichte stehen.

Er löst ein Kreuzworträtsel.

«Was iste große Fluss mit swei Buchstabbe?», fragt er mich.

«Po. Das musst du doch wissen.»

«Nee, iste nickte richti.»

«Dann Ob», versuche ich es weiter.

«Okee. Danke, meine liebe Jung.»

Er brütet eine Weile, schreibt mit seinem Kugelschreiber geschäftig in das Heft, legt es schließlich aus der Hand und geht in die Küche, um seine Frau zu fragen, was es zu essen gibt. Er ist seit ein paar Tagen Rentner und hat sich noch nicht so richtig auf den neuen Lebensbeat eingestellt. Ich nehme aus Langeweile das Rätselheft in die Hand und schaue auf Antonios Schwedenrätsel. Was ist denn das? Keilförmiges Stück in Kleidungen: ZUTTL. Und hier, dt. Nordseehafen: PUMPS. Oder hier, Ostgermanenvolk: SELMF.

Er hat das ganze Ding ausgefüllt und überall, wo er nicht weiterwusste, einfach Phantasiebegriffe erfunden. Clubjacke: OGRHUS. Kurzer Regenguss: TUMDTUI.

Er kommt zurück, und ich lege das Heft schnell wieder auf den Tisch.

«Bin i schlau?», fragt er mich.

«Und wie», antworte ich. «Aber ein Kinoangestellter mit dreizehn Buchstaben ist ein PLATZANWEISER und kein SCHNOOREPUSTI.»

«Na unde?»

«Da stimmt doch nichts in deinem Kreuzworträtsel.»

«Ist egal, stimmte nickt, aber ist fertig. Wen interessierte?»

«Aha.»

Seine pragmatische Art und Weise, sich Aufgaben zu entledigen, finde ich immer wieder phantastisch. Er erklärt mir nun, der Rasen müsse dringend gemäht werden. Er werde dies sofort erledigen, denn hier in der Siedlung würde es nicht gern gesehen, wenn die Grashalme zu lang wüchsen. Ich biete ihm an, dass ich das übernehmen könnte, denn ich habe das Gefühl, mich schwiegersohnmäßig nützlich machen zu müssen. Er lehnt brüsk ab, will mir aber die

Maschine zeigen. Also gehen wir in die Garage, und er holt seinen Rasenmäher hervor. Er weist mich abermals darauf hin, dass diese Arbeit seine Sache sei.

«Muss man der feine *precisione* Obackt gebe», fügt er hinzu, als handele es sich bei seinem Rasenmäher um eine Mondlandefähre. Ich gebe mich beeindruckt und will eben wieder ins Haus gehen, um vielleicht ein kleines Kreuzworträtsel zu lösen. Doch Antonio besteht darauf, dass ich Zeuge der präzisen Kürzung seines Rasens werde, also bleibe ich und sehe ihm zu, wie er mit einem Ruck den Rasenmäher in Gang setzt, der neben Qualm auch ein unerhörtes Geknatter freisetzt. Antonio besitzt einen Motorrasenmäher. Mit einer Tankfüllung kommt er ungefähr vier Jahre aus. Er sieht sich um, ob ihn jemand beobachtet, und brüllt dann: «Okee, maki ein Ausnahm, abe bitte mit Obacht.» Er tritt zur Seite, und ich schiebe den Rasenmäher in Richtung des kümmerlichen Fleckchens Gras, den Antonio Wiese nennt. Als ich mich zu ihm umdrehe, ist Antonio bereits verschwunden. Er findet es langweilig, anderen beim Rasenmähen zuzusehen.

Die Marcipanes haben einen winzigen Rasen vor dem Haus. Eigentlich bräuchte man gar keinen

Rasenmäher dafür. Man geht bloß drei Schritte in die eine Richtung, wendet, geht dann drei Schritte in die andere Richtung und – zack – ist der Rasen gemäht. Man könnte die paar Halme auch mit einer Nagelschere stutzen, was viele der Nachbarn von Antonio und Ursula zu machen scheinen.

Eigentlich wäre der Platz vor Antonios Reiheneckhaus gar nicht so klein, allerdings steht dort eine gigantische Birke. Antonio hat denselben Fehler gemacht wie Millionen deutscher Eigenheimbesitzer. Unsere Elterngeneration – so viel Kritik darf erlaubt sein – war in fast allem gut, nur nicht in der Gartenplanung. Und darum befinden sich in so ziemlich allen Eigenheimgärten, die ich kenne und die vor circa 35 Jahren angelegt wurden, zu große Bäume und zu mächtige Sträucher. Überall stehen gigantische Schattenspender, die dem Garten die Sonne nehmen und den Rasen vermoosen lassen. Oder riesige Flachwurzler, die sich Hunderte Meter weit in fremde Gärten verzweigen wie ein Netz aus naiven Fehleinschätzungen. Bei Stürmen fällt dann und wann eine dreißig Jahre alte Investition aufs Dach, von der der Mann zur Frau einst sagte: «Komm, wir nehmen die Eiche, das ist der deutsche Schicksalsbaum.»

Herr und Frau Marcipane pflanzten sich eine winzige Birke in den Vorgarten, weil Antonio Birken so exotisch fand. Inzwischen ist diese Birke ein Wolkenkratzer von einem Baum, sie überragt das Haus um viele Meter und verliert im Herbst so an die sechs Milliarden Blätterchen, die Antonio auffegen müsste, was er aber seiner Frau überlässt, weil die sich mit Pflanzen besser auskenne als er, wie er sagt.

Der Baum war früher mal von Rasen umzingelt, aber der ist weg, hat kein Licht mehr bekommen. Ein Fleckchen Sonne fällt noch in den Vorgarten, und dort hegt Antonio seinen Restrasen, den ich innerhalb von sieben Sekunden getrimmt habe. Hinten im Garten muss ebenfalls gemäht werden. Dort ist ein bisschen mehr zu tun. Siebenmal einundzwanzig Schritte. Rasenmähen ist eine schöne, meditative Tätigkeit.

Der Garten der Marcipanes grenzt linker Hand an einen schmalen Durchgang mit von Baumwurzeln angehobenen Gehwegplatten, der von einer Stichstraße zur nächsten führt. Hier gehen die Nachbarn vorbei, wenn sie zum Bäcker müssen, und lassen ihre Hunde kacken, weshalb diese Gasse auch Haufenweg genannt wird. Manchmal weht eine Brise in den Garten, besonders wenn es heiß ist und man auf der Terrasse sitzt. Auf der rechten Seite grenzt das Grundstück an jenes der Familie Münter. Seit 35 Jahren wohnen die Marcipanes und die Münters nebeneinander. Man ignoriert einander. «Sind kein feine Leut, aben keiner der Kultur oder guter Erziehung oder bisschen Eleganz, nix davon», sagt Antonio, als ich den Grasabfall in die braune Tonne gegeben und mich wieder zu ihm ins Wohnzimmer gesetzt habe. Herr Münter hat mir die ganze Zeit zugesehen. Als ich ihn grüßte, nickte er nur knapp und fummelte an einem Brombeerstrauch herum. Aber er sah mich die ganze Zeit an.

Später erzählt mir Sara, was es mit diesem Burschen auf sich hat und warum seit über drei Jahrzehnten eisiges Schweigen zwischen den Familien herrscht. Als nämlich der Studienrat Wilfried Münter erfuhr, dass in dem Haus neben ihm ein Gastarbeiter einziehen würde und dieser, was noch schlimmer war, Besitzer dieses Hauses war, da sammelte Münter Unterschriften, um den Zuzug von Ausländern in die frische Neubausiedlung zu stoppen. Er war womöglich nicht einmal, was man heutzutage fremdenfeindlich nennt, eher fremdenängstlich, was aber auf dasselbe hinausläuft. Zu dieser Ängstlichkeit gesellten sich auch Ärger über sich selbst, weil Münter zu lange gezögert und kein Reiheneckhaus mehr bekommen hatte, sowie ein etwas geringes Selbstbewusstsein und Furcht vor dem Wertverlust seines Hauses, der sicher beträchtlich sein würde, wenn Italiener in der Nachbarschaft wohnten.

Münter hektographierte seinen Aufruf, fremdländische Hausbesitzer gemeinsam und im Sinne einer friedlichen Nachbarschaft nicht zu dulden, und es unterschrieben 41 der 103 Eigenheimbesitzer, die es im Viertel damals gab. Die restlichen waren entweder politisch irgendwie nicht in Ordnung, oder sie öffneten nicht, aus Angst vor Ausländern, die ihnen an der Haustür etwas andrehen wollten.

Der Tag, an dem Ursula gefragt wurde, ob sie unterschrieb, war der letzte, an dem sie in dem Supermarkt der Siedlung einkaufen ging. Drei Monate wohnten sie hier, inzwischen hatten sie sogar eine Haustür. In den ersten Wochen hatte Antonio abends den Eingang mit einem Brett und einer davor angelehnten Schubkarre gesichert. Sie aßen an einem Esstisch, den Antonio per Ratenzahlung gekauft hatte und der auf dem Estrich stand. (Das Stabparkett kam erst viereinhalb Monate später, Folge der suboptimalen Zeitplanung des Bauherrn.) In dem Supermarkt gab es drei Sorten Nudeln: Spiralnudeln, Buchstabensuppe und Spätzle. Antonio konnte diese Eiernudeln nicht ausstehen, aber er beschwerte sich nicht, wenn Ursula abends für ihn kochte und sie gemeinsam auf die unverputzten Wände ihres Rohbaus guckten. Antonio war der glücklichste Schichtarbeiter der Welt, aber Ursula war deprimiert. Sie konnte an ihrem Kleid herumklopfen, soviel sie wollte, immer hing Dreck darin. Sie konnte ihre Töchter zur Höflichkeit erziehen, trotzdem ließen die anderen Mütter ihre Kinder nicht mit Lorella und Sara spielen.

Ursula stand also im Supermarkt an der Wursttheke, um Salami (Mortadella gab es damals noch nicht) zu kaufen, jeden Dienstag brauchte sie hundert Gramm davon für Antonios Pausenbrote. Und dann gab ihr die Verkäuferin ein Blatt Papier über die Theke und sagte: «Unterschreiben Sie doch auch, sonst wird aus dieser Gegend eines Tages noch Klein-Neapel.» Ursula las die Unterschriften beinahe jeden Nachbars auf der Liste, und dann fing sie an zu weinen. Die Verkäuferin verstand nicht, bis Ursula sagte: «Damit sind doch wir gemeint.» Sie ließ ihren Einkaufswagen stehen und verließ das Geschäft ohne Salami. Abends zeigte sie Antonio das Papier, und nachdem sie ihm erklärt hatte, was es bedeutete, ging sie ins Bett, ohne noch ein Wort zu sagen.

Antonio regelte die Angelegenheit auf seine Weise, indem er im Umkreis Hundekacke einsammelte und in der Unterschriftenliste verpackte. Dann durchnässte er das Päckchen mit Brennspiritus, legte es vor Münters Haustür und zündete es an. Er klingelte und trat einige Meter zurück. Münter öffnete die Tür, sah Antonio, sah das brennende Papier und trat das Feuer mit den Hausschuhen aus. Die beiden Männer wechselten danach nie mehr auch nur ein einziges Wort.

Antonio hat den Fernseher angemacht, denn heute ist Autorennen, und Antonio liebt es, sich stundenlang anzusehen, wie fossile Brennstoffe vernichtet werden. Natürlich ist die Kombination aus überlegener italienischer Technik und der brillanten fahrerischen Intelligenz des deutschen Piloten eine unschlagbare Mischung.

«Der putzte die alle ab», frohlockt Antonio.

«Was macht der bitte?», frage ich ungläubig.

«Der Schumackä putzte die alle ab.»

«Der putzt die alle weg, meinst du.»

«Sagi doch.»

Gegen Ende des Rennens klingelt es an der Tür. Sara besucht eine frühere Schulfreundin, und Ursula hat sich hingelegt. Antonio ist über dem Rennen eingeschlafen, daher gehe ich zur Tür, um zu öffnen. Vor mir steht ein hagerer Mann in einer grünen Trevirahose. Er trägt ein hellblaues T-Shirt, auf dem «Volkslauf 1987» steht. Er hat eine verknitterte Plastiktüte in der Hand und sieht mich an, als habe *er mir* die Tür aufgemacht.

«Guten Tag?», sage ich.

«Wer bis' du denn?», fragt der Mann und schiebt sich an mir vorbei ins Gästeklo, wo er sich einschließt, ohne meine Antwort abzuwarten. Das muss Benno sein, denke ich und mache die Haustür zu. Benno ist Antonios bester Freund, wahrscheinlich sogar sein einziger. Sara hat mir schon eine Menge von ihm erzählt. Seit ihrer Kindheit taucht Benno zwei- oder dreimal in der Woche bei den Marcipanes auf. Er sitzt am Esstisch und sagt: «Jaa, so is' dat» oder auch «Wat will'se machen? Kansse nix machen». Antonio wollte Benno sogar früher in den Urlaub mitnehmen, aber das war selbst den Kindern zu viel. Sie drohten, lieber ins katholische Ferienlager zu gehen, als mit Benno in Italien am Esstisch zu sitzen.

Mit Benno geht Antonio zum Angeln und zum Fußball, zu KFC Uerdingen, einem Verein, dessen Glanztaten aus den achtziger Jahren immer wieder Anlass zur Freude geben. Benno hört ihm zu, jedenfalls behauptet Antonio dies. Es ist eine tiefe Verbundenheit zwischen den beiden, und die dauert schon sehr lange.

Benno und Antonio kennen sich vom Krefelder Hauptbahnhof, wo Antonio früher, als die Kinder noch klein waren, immer hinging, um andere Italiener zu treffen. Manchmal nahm Antonio seine kleinen Töchter mit, und sie spielten mit anderen italienischen Kindern. Der Hauptbahnhof war damals für die italienischen Gastarbeiter Marktplatz, Nachrichtenbörse und Treffpunkt für ausgedehnte Plaudereien. Immer fand sich jemand, der in die Heimat fuhr und etwas mitnehmen konnte oder aus der Heimat kam und etwas mitbrachte. Wie Ameisen trugen sie Schinken, Käse oder Küchenstühle nach Deutschland, oder sie nahmen Post, Geld oder Schnürsenkel mit auf die Reise.

Der Hauptbahnhof war spannend für die Kinder und überlebensnotwendig für Antonio, ein Paralleluniversum, dessen Existenz und perfekte Konstruktion die deutschen Nachbarn und Kollegen nicht einmal erahnten. Unter jenen, die dort herumstanden und auf Gleichgesinnte warteten, mit denen man Kaffee trinken oder Karten spielen konnte, war bald auch ein Deutscher, nämlich Benno Tiggelkamp. Er war gerne bei den Italienern, unter denen er nur insofern auffiel, als er kein Wort Italienisch sprach. Aber er fühlte sich als einer von ihnen, weil er definitiv keiner der anderen war. Kein Deutscher merkte, wenn Benno mal nicht zur Arbeit kam, und niemand konnte sich daran erinnern, wenn er da war. Er hatte keine Frau, kein Auto und keine Pläne, nur eine Mutter, mit der er zusammenlebte. Er machte kein Aufhebens um sich, er stand immer nur neben dem Leben und schaute ihm zu. Und weil ihn die Deutschen aussortiert hatten und niemand mit dem sonderlichen Kerl etwas zu tun haben wollte, landete er schließlich am Bahnhof, wo er zunächst wochenlang den Italienern beim Spielen zusah, bis sie ihn endlich aufnahmen in ihre Gemeinschaft der Geduldeten.

Nach ein paar Jahren veränderte sich die Bahnhofsszene, und Antonio ging dort nicht mehr hin. Es waren nun auch andere Ausländer dort, und die gefielen ihm nicht. Auch wollten seine Kinder nicht mehr mit. Sie gingen nun zur Schule, und Antonio hatte sie einmal dabei, als Lorellas Klassenlehrer mitten in die italienischen Arbeiter hineinstolperte. Das war ihr peinlich, und sie schämte sich für ihren Vater mit seiner dicken Winteranzugjacke, die er auch im Juni trug.

Antonio beschloss, seine Freunde nicht mehr am Bahnhof zu treffen, tatsächlich traf er sie überhaupt nicht mehr. Nur Benno blieb ihm. Nachdem Antonio ihn einmal eingeladen hatte und er daraufhin sechs Stunden schweigend im Wohnzimmer sitzend dem Familienleben der Marcipanes beigewohnt hatte, kam er immer wieder. Man gewöhnte sich an ihn, wie man sich an Katzen aus der Nachbarschaft gewöhnt, die immer mal vorbeikommen und sich füttern lassen.

Benno ließ sich ebenfalls füttern. Manchmal machte er sich nützlich und half beim Tapezieren oder wechselte Glühbirnen aus, an die Ursula nicht herankam. Er erwartete dafür keinen Dank. Meistens saß er nur auf einem Stuhl und wartete darauf, wieder nach Hause zu gehen. Er lud nie jemanden zu sich ein. Auch seine Mutter, die immer noch lebt und ihn manchmal anruft, damit er nach Hause kommt, hat noch nie jemand aus der Familie Marcipane zu Gesicht bekommen.

Ursula akzeptierte Benno bald als Teil ihrer Ehe mit Antonio, verbat sich aber die Besuche des Freundes an Feiertagen und setzte durch, dass dieser anrief, bevor er auftauchte, woran er sich auch meistens hielt. Lorella und Sara mochten Benno und verteidigten ihn, so gut sie konnten, vor den Hänseleien der Nachbarskinder, die mit Tennisbällen nach ihm warfen oder die Luft aus seinen Fahrradreifen ließen, wenn er Antonio besuchte. Als Sara zu Hause auszog, war es Benno, der tränenübertrömt im Garagenhof stand und ihr hinterherwinkte. Ihr Vater hatte sich zum Heulen ins Wohnzimmer verzogen.

Sara hat Benno lange nicht gesehen, ein paar Jahre vielleicht. Sie hatte mir noch erzählt, dass wir ihn wahrscheinlich träfen, wenn wir eine ganze Woche bei ihren Eltern verbringen würden. Es sei sogar unausweichlich. Sie hatte ihn mir als einen dünnen Mann um die sechzig beschrieben mit dicken Augenbrauen wie Bert aus der Sesamstraße und einer Pilotenbrille. Sie fügte noch hinzu, dass ihre Mutter ihr von einer neuen Marotte Bennos erzählt habe. Er müsse nun seit einiger Zeit ständig auf die Toilette und hinterließe dabei immer Klopapier in der Schüssel. Sara nannte diese eingeweichten Papierfahnen prosaisch «Klogespenster». Wenn man also wissen wolle, ob Benno Tiggelkamp da war, müsse man nur nachschauen, ob Klogespenster auf der Toilette seien.

«Sind Sie Benno?», frage ich die geschlossene Klotür. Ich bin natürlich neugierig und würde mich gerne mit ihm unterhalten. Ich finde ihn interessant. «Hallo?»

Er antwortet nicht. Ich klopfe vorsichtig, gehe aber dann einen Schritt zurück, denn ich höre die Klospülung.

Die Tür öffnet sich. «Hä?»

Ich gebe ihm meine Hand, dabei wird mir schlagartig bewusst, dass ich zwar eine Klospülung, nicht aber den Wasserhahn gehört habe. Zu spät. Benno sieht mich an. Dabei zieht er die Nase ein wenig hoch und entblößt so seine riesigen Schneidezähne.

«Gu'n Tach», sagt er und schüttelt endlos lange meine Hand. «Tiggelkamp der Name.»

Ich stelle mich ihm vor und sage: «Ich bin der Mann von Sara. Wir haben uns ja bisher nie getroffen.»

«Man kann nich' allet ham im Leben, wat will'se machen», sagt er ohne großes Interesse und geht ins Wohnzimmer.

«Antonio schläft», sage ich. Ich weiß ja nicht, ob es dem Hausherrn recht ist, wenn er unangemeldeten Besuch während seines Sonntagmittagsschläfchens bekommt.

«Dä schläft immer», antwortet Benno knapp und lässt sich auf ein Sofa fallen, um das Autorennen anzusehen.

Ich setze mich ihm gegenüber. Benno sucht in der kleinen Steingutschale auf dem Couchtisch nach Essbarem und findet ein Mon Chéri, das er langsam entkleidet und sich in den Mund schiebt. Dann lehnt er sich zurück und sieht in den Fernseher.

Ich mache dasselbe, wir schweigen. Von Zeit zu Zeit beugt sich Benno vor, um in der Schale zu wühlen. Die Mon-Chéri-Papierchen streicht er glatt und stapelt sie auf dem Tisch. Wenn er so weitermacht, ist er gleich betrunken, oder es wachsen ihm Kirschen aus den Ohren. Antonio schnarcht.

Ferrari gewinnt das Rennen. Ich versuche es noch einmal mit ein bisschen Konversation. «Toll», sage ich. «Gewonnen.»

«Jaja, et kütt, wie't kütt.»[1]

«Interessieren Sie sich für Motorsport?»

«Ja, sischer. Isch mein: nein.»

Ja was denn nun? Interessiert der sich nun oder nicht?

«Also ich würde ja gerne mal in so einem Ding mitfahren.»

«Dat Leben is' kein Wunschkonzert.»

Benno hat keine Lust auf ein Männergespräch. Er hat aber auch auf Fernsehen keine Lust mehr und beginnt nun, das Rätselheft durchzublättern.

«Unternehmen Sie manchmal was?» Ich gebe nicht auf.

«Kegeln», gurgelt er. «Wir geh'n heut' kegeln.»

«Ach, wie nett. Das ist ein schöner und viel zu wenig gewürdigter Sport. Die meisten Leute spielen ja heutzutage Bowling, aber das ist was für Kinder. Wer es ernst meint, der kegelt.» Keine

---

1 Das heißt übersetzt: «Es kommt, wie es kommt» und gehört zu den wichtigsten Wendungen im Rheinischen. Man kann das eigentlich immer sagen. Machen auch viele.

Ahnung, wo ich diese tiefen Einsichten her habe, aber sie tun ihre Wirkung. Zum ersten Mal scheine ich einen Nerv in Benno getroffen zu haben. Er lässt die Zeitung sinken.

«Antonio hat gesagt, wir jehen alle jemeinsam zum Kegeln.»

«Ach. Hat er?»

«Ja, mit unserem Kegelverein.»

Ich wusste noch gar nicht, dass Antonio und Ursula im Kegelverein sind, das ist mir wahrhaft neu. Benno hebt die Plastiktüte hoch, die er mitgebracht hat, und holt zur Veranschaulichung seiner Worte ein paar antike Sportschuhe hervor, für die junge Menschen in Berlin-Mitte ein Monatsgehalt zahlen würden. Seine Kegelschuhe.

Die Tür geht auf, und meine Frau kommt rein.

«Jetzt guck mal an, wer da ist», rufe ich. «Der Benno!»

«Hi, Benno», sagt meine Frau und hebt die Hand zum Gruß. Benno grüßt zurück und sieht Sara an.

«Warst du beim Friseur jewesen?»

«Benno, wir haben uns sechs Jahre nicht gesehen, inzwischen war ich ganz bestimmt mal beim Friseur.»

«Jaa, so is' dat.»

«Und? Was macht deine Mutter? Alles gut zu Hause?», fragt Sara, und Benno, der sich gerade das elfte Mon Chéri reingepfiffen hat, antwortet mit vollem Mund: «Ja, jut. An sich schlescht, nicht wahr. Die Mutter stirbt so vor sisch hin, wat will'se machen, kannsse nix machen.»

Sara ignoriert diese alarmierende Auskunft, aber sie ist begeistert von der Kegelidee. Am frühen Abend werden wir in Kegelmontur das Haus verlassen und zunächst fein essen gehen, um danach ein Kegelvergnügen zu erleben, wie man es nur selten hat. In meinem Fall sogar sehr selten, genau genommen habe ich in meinem Leben nur ein einziges Mal gekegelt und dies auch nur ganz kurz, auf einer Klassenfahrt.

Zum Abschluss einer langweiligen Reise in die Eifel gingen wir auf Vorschlag unseres Deutschlehrers zum Kegeln. Er dechiffrierte in der Verrichtung des Kegelns Motive aus der deutschen Romantik. Ich fand es eher biedermeierlich, aber egal. Jedenfalls griff mein Deutschlehrer in die Kegelstellmaschine der Kegelbahn ein, worauf die Kegelstellmaschine der Kegelbahn in meinen Deutschlehrer eingriff und ihm beinahe den rechten Arm amputierte. Wer jemals einen Deutschlehrer mit fast appem Arm auf einer Kegelbahn hat herumtoben sehen, dem vergeht die Lust am Kegeln, also ließ ich diesen romantischen Sport hinter mir.

Meine Schwiegereltern gehen alle zwei Wochen kegeln. Sie treffen sich dazu mit zwei weiteren Ehepaaren, die sie aber nicht Freunde nennen, sondern Kameraden. Außerdem kommt Benno mit, ist ja klar. Nie ist Antonio deutscher als beim Kegeln, früher war er sogar Schriftführer, wurde aber wegen dreisten Mogelns und ihn begünstigender Regelauslegung irgendwann durch Herrn Wittek ersetzt, welcher als Kranführer schon beruflich zu Genauigkeit verpflichtet ist. Frau Wittek hat eine Frisur wie die Jacob Sisters und raucht Ernte 23, eine Marke, von der ich nicht wusste, dass es sie überhaupt noch gibt. Außerdem erscheint das Ehepaar Köppen, bei denen sich Antonio und Ursula seit über dreißig Jahren die Haare schneiden lassen. Wie ich erfahre, geht auch Frau Wittek in den Salon der Köppens, die ganze Gemeinschaft ist also eine Frisuren-Clique.

In der Gaststätte *Fuchsbau* bestellen wir Schnitzel und Bier. Wir erhalten zum Essen standesgemäß sogenannten Eimersalat. Ich liebe diesen

Salat, es gibt ihn auch auf den meisten deutschen Rasthöfen und überall sonst, wo die deutsche Küche noch nicht in der Hand ayurvedischer Küchenclowns ist. In einem tiefen Glastellerchen werden eiskalte Gemüsefragmente angerichtet, die sämtlich aus weißen Eimern vom Großmarkt stammen. Immer dabei: geraspelte Möhren und grüne Bohnen in essigsaurem Dressing. Dann wird je nach Region majonäsiger Kartoffelsalat dazugebatzt, manchmal gallertartige Selleriescheiben und Rote Bete, sowie Krautsalat. Bedeckt wird diese nationale Schande von einigen Blättern Kopfsalat, denen vorher in einer Sahnepampe die Vitamine entzogen wurden. Diese Kombination hat einen Nährwert wie ein Bierdeckel. Super, wirklich, ich sage nochmal: Ich liebe Eimersalat.

Dann geht es nach unten, auf die Bundeskegelbahn. Hier riecht es wie in einem Männerwohnheim, das Licht wird angeschaltet, und wir setzen uns an einen langen düsteren Tisch. Wir bestellen über eine Edgar-Wallace-Film-Gegensprechanlage Bier und eine Runde *Kleiner Feigling*. Dieses Getränk gehört zum Kegeln wie der Eimersalat zum Schnitzel. Wer die Kugel in die Rinne neben der Bahn wirft, muss eine Runde

Kleiner Feigling ausgeben. Bei Frau Wittek habe ich schnell den Eindruck, dass sie nur deswegen mitgekommen ist. Die kleinen Schnapsfläschchen werden rhythmisch mit dem Boden auf den Tisch geklopft und, wenn sich das Geklopfe zur Raserei gesteigert hat, der Inhalt hastig und ohne zusätzliche Hirntätigkeit hinuntergestürzt. Und dies von Erwachsenen, wie man an dieser Stelle betonen muss. Nicht nur die Darreichungsform, auch der Geschmack dieser Spirituose gibt einem zu denken. *Kleiner Feigling* schmeckt, als sei sein Rezept von alkoholkranken Vorschulkindern ersonnen worden.

Das Beste am Kegeln ist das Geräusch, wenn die Kegel umfallen. Dieses Geklapper und Gerappel verschafft einem die größte Genugtuung. Es stellt sich schnell heraus, dass ich ein Kegeltalent bin, mehr noch: ein Abräumer erster Klasse. Ich verblüffe damit insbesondere die Damen und muss mich Frau Witteks Versuchen erwehren, auf meinem Schoß Platz zu nehmen.

Meine Frau wirft beidarmig, was Herrn Köppen dazu veranlasst, ihr bei jedem Wurf Hilfestellung zu geben. Herr Köppen riecht, als würde er Haarfestiger trinken. Antonio putzte die alle ab, wie er findet, und Ursula nippt brav an ihrem

Altbier. Sara und ich freuen uns laut, wenn etwas gelingt, und Benno applaudiert uns, was ich als Charme-Offensive werte und jedes Mal mit ihm anstoße.

Es kommt nun zu einer verbissenen sportlichen Auseinandersetzung. Man könnte schon sagen, es ist Kampfkegeln. Ein regelrechter Kegelkrieg, eine Kugelschlacht tobt im Keller der Traditionsgaststätte *Fuchsbau*. Die Herren Wittek und Köppen rollen mit der schwerfälligen Eleganz von Tanzbären ihre Kugeln auf die Bahn, während ich leichtfüßig meine Salven abfeuere, beinahe schwerelos nach getanem Wurf abdrehe und zu meinem Bierglas fliege. Benno gibt sich unbeeindruckt, er wirft konstant, aber ohne Technik, und Antonio kopiert meinen Stil, ohne auch nur annähernd seine Brillanz zu erreichen. Am Ende werde ich Vorletzter, nur Sara trifft weniger.

Antonio gibt sich die größte Mühe, uns in das Vereinsleben zu integrieren, denn «et jibt ja nichts Schöneres wie Spocht, besonders im Verein». Diese feierliche Eingabe von Köppen quittiere ich mit einem lauten «Jawoll!» und bestelle mit den Worten «Mehr Obst!» sofort noch ein paar von diesen köstlichen Feiglingen. Einige mehr oder weniger gelungene Würfe später sind Sara und ich Mitglieder in der Kegelbruderschaft «Die munteren Sieben». Der Name wird allerdings deswegen nicht geändert, weil wir erst wieder in vier oder fünf Jahren mitspielen. Solange brauche ich noch, um mich von Frau Wittek zu erholen. Von Mitgliedsbeiträgen sind wir erfreulicherweise befreit, wie übrigens alle Mitglieder, was dieser Geste etwas die Größe nimmt.

Der Abend endet mit für mich eindeutig zu drastischen Fraternisierungsmaßnahmen der Ehepaare Wittek und Köppen. Es wird ganz heftig umarmt, und der Ernst, also Herr Köppen, freut sich, dass er die Jugend für dieses schöne Spiel hat gewinnen können. Ermattet sinke ich auf den Rücksitz von Antonios Auto.

«Und das macht ihr alle zwei Wochen?», frage ich. Sara ist neben mir bereits eingeschlafen.

«Alle zwei Wochen», wiederholt Ursula.

«Ja, unde bald ist vorbei dafur», sagt Antonio.

«Was soll das heißen, es ist vorbei?», frage ich ihn. Nicht dass ich jetzt noch zu längeren Diskussionen in der Lage wäre, aber der Satz kommt schon komisch rüber. Ich dachte, Kegeln macht ihm Spaß.

«Liebe Jung, Kegeln iste fur Leute eine Ausgleich von Arbeit und spezielle Überanstrengung der sie haben in Beruf.»

«Aha.» Ich habe nur die Hälfte begriffen.

«Und? Abbi ein Beruf?»

«Du bist Rentner.»

«Na also, siehste du, kanni mache wassi will und muss nickte zum Kegeln gehen.»

«Aha. Und was wirst du jetzt machen mit deiner Freiheit?»

«Vielleickte schön verreisen?»

Ich ahne schon, was das bedeutet.

TRE

Antonios neue Freiheit will natürlich mit einer Fahrt nach Italien gefeiert werden. Seine Familie in Campobasso muss unbedingt in den Genuss seiner maßlos guten Rentnerlaune kommen. Diese überschäumende Mildtätigkeit kriegen Sara und ich als Erste zu spüren, denn wir werden von ihm selbstverständlich eingeladen, den Urlaub mit ihm zu verbringen. Das ist indes nichts Ungewöhnliches, denn dieses Schicksal ereilt uns jedes Jahr. Neu ist nur, dass er sich jetzt als deutscher Rentner bezeichnet.

Diese Ferien sind eine zweischneidige Sache. Einerseits sind sie immer sehr schön, andererseits gibt es keine Alternative dazu. Wenn man nämlich in eine italienische Familie einheiratet, steht fest, wo man in den kommenden fünfzig Jahren den Urlaub verbringt. Das klingt deprimierend, und das ist es auch, schließlich kommt man nicht auf die Welt, um den Rest seines Lebens unter ein und demselben Sonnenschirm zu sitzen und darauf zu wetten, ob Tante Maria vor dem Essen in der Sonne schmilzt oder nach dem Essen im Schatten platzt. So eine Familie beraubt einen auch der Chance, sich mal Tanten in Spanien oder Kanada oder Finnland anzusehen. Ich nehme zu meiner Beruhigung an, dass Tanten überall auf der Welt entweder platzen oder schmelzen.

Die Urlaube bei der Familie haben hingegen auch ihr Gutes, denn man spart eine ganze Menge Geld. Nicht dass ich geizig wäre, das nun wirklich nicht. Aber es steht nun einmal fest, dass Ferien ganz schön teuer sind. Und für mich und meine Frau sind sie es eben nicht, weil wir in eine der wärmsten Gegenden von Europa fahren, ohne für die Unterkunft bezahlen zu müssen.

Trotz dieses unleugbaren Vorteils sind wir in den letzten Jahren bockig geworden, besonders gilt dies für Sara. Seit ihrer frühesten Kindheit fährt sie nach Italien zur Familie. Sie spielte mit den Nachbarskindern und mit ihren vielen Cousins und Cousinen, die nun auch erwachsen und verheiratet sind. Sie sind alle noch da, bis auf einen schwulen Vetter, der jetzt in Mailand lebt. Manche von ihnen haben sich auf recht drastische Weise nicht unbedingt zu ihrem Vorteil verändert, und zu vielen hat sie einfach keinen Draht mehr. Kinder haben es da viel einfacher. Denen ist es egal, wie einer aussieht oder was er beruflich macht und ob er in die Kirche geht oder nicht. Aber das ist eigentlich nicht unser Problem. Das eigentliche Problem spaltet sich auf in zwei gewaltige Unterprobleme, die mit den Jahren immer größer wurden.

Nummer eins ist der Stress, der durch einen furchtbaren und ständig vor sich hin schwelenden Familienkrieg ausgelöst wird. Die ganze Sippe ist in dieser Sache ein einziges Glutnest. Dieser Zank hat die Familie in zwei Lager geteilt, die wir aber fairerweise beide besuchen müssen. Die verfeindeten Äste des Stammbaums heißen Carducci und Marcipane, zwischen ihnen gibt es Ehen und zahlreiche unheimlich heimliche Verzahnungen, über die nie gesprochen wird, welche aber die Bande so eng knüpfen, dass immer von Verwandtschaft und nie von Verschwägerung die Rede ist. Insgesamt gibt es bald zweihundert Marcipanes und knapp ebenso viele Carduccis. Insgesamt stellen beide Familien fast ein Prozent der Bevölkerung von Campobasso.

Man muss unbedingt vermeiden, der einen Truppe zu erzählen, dass man auch die andere trifft.

Die Familien tragen ihre Feindschaft mit einer Leidenschaft und Konsequenz aus, die überall sonst auf der Welt nicht vorstellbar wäre. So spielen die Carducci-Jungs grundsätzlich nicht im selben Fußballverein wie die Marcipanes, und wenn sie sich im Rahmen eines Ligaspiels begegnen könnten, werden sie von ihren Trainern gar nicht erst aufgestellt. Im Kino und in der Kirche besetzen die Carduccis immer Plätze auf der linken Seite, die Marcipanes hingegen sitzen rechts. Auf diese Weise wird verhindert, dass man aufstehen muss, um einander vorbeizulassen. Man hat die Bäcker, die Metzger, die Friseure und Banken aufgeteilt in jene, wo Carduccis hingehen, und solche, die von Marcipanes besucht werden. Sogar die Straßen im neuen Teil der Stadt und die kleinen Gassen rund um die Porta Mancina[1] sind nach undurchschaubaren und unausgesprochenen Regeln reserviert.

---

1 Porta Mancina ist das alte Stadttor von Campobasso. Dort beginnt die Altstadt mit ihren zahllosen verwinkelten Gassen und Treppen. Wenn man beharrlich bis ganz nach oben läuft, landet man beim Castello Monforte, einer Burg, von

Die Kinder werden in diese Fehde hineingeboren, und bei der Einschulung achtet man peinlich darauf, die Nachkommenschaft nach Familien getrennt auf die Klassen zu verteilen. So entstehen natürlich Carducci- und Marcipane-Klassen, denn die Mitschüler ergreifen immer für die Familie Partei, deren Kind mit ihnen in einer Klasse sitzt. Es ist wirklich eine große Sache, und man sollte sich besser nicht dazwischenstellen.

Als ich einmal auf die Frage von Onkel Raffaele – einem fanatischen Marcipane –, was wir denn den ganzen Tag gemacht hätten, antwortete, dass wir mit Cousine Ricarda Carducci ein Eis essen waren, standen wir kurz vorm Rausschmiss. Nonna Anna schüttelte eine halbe Stunde den Kopf und sprach kein Wort mehr mit uns. Es gelang uns nur mit größter Mühe, nicht aus ihrem Adressbuch gestrichen zu werden. Das kann man alles albern finden, aber dann muss man eben zu Hause bleiben.

---

der man einen sehr schönen Blick hat. Macht man aber nur einmal. Einen Einheimischen habe ich da oben nicht getroffen, denen ist das zu langweilig.

Das zweite Problem, das es uns immer schwerer macht, emotional unbelastet in die Ferien nach Italien zu fahren, hat paradoxerweise mit der unendlichen Gastfreundschaft meiner Familie zu tun. Die Fahrt selbst ist ein Klacks mit der Wichsbürste, verglichen mit dem Aufenthalt unter eineinhalb Dutzend Italienern, die ständig um einen herumschwirren. Sobald unsere Leute wissen, dass wir kommen, müssen sie für mich einkaufen. Solange ich da bin, stehen Unmengen Bier der Marke *Peroni* im Kühlschrank, denn ich muss mal «ja» gesagt haben, als ich gefragt wurde, ob ich dieses Bier-Surrogat mag. Außerdem wartet immer ein frischer *panettone* auf mich, damit ich mich freue und zugreife, nach der langen Fahrt.

Ich bringe es nicht über mich, Nonna Anna die Wahrheit zu sagen, nämlich dass ich nur wenig auf der Welt weniger mag als *panettone*. Ich würde einen *panettone* lieber als Kopfbedeckung benutzen, als ihn zu essen. Ich glaube auch nicht, dass es viele Dinge gibt, die noch spuckeresistenter sind als so ein Staubhaufen mit Zitronat. Doch selbst wenn ich zugeben wollte, dass ich *panettone* fast noch weniger leiden kann als rechtsradikale Sachsen, ich könnte es nicht, denn damit wären frühere Aussagen («Hmm! Lecker!

Und so frisch!») als Lügen enttarnt. Ich esse also und denke dabei an was Schönes.

Überhaupt. Essen. Ein Dauerthema in meiner Familie. Im Verlaufe meiner Ehe habe ich etwa zehn Kilo zugenommen, in jedem Jahr zwei. Und in jedem Jahr haben wir die Familie zweimal besucht. Interessant, nicht? Rein rechnerisch ergibt sich also bei einer Ehedauer von vierzig Jahren und regelmäßigen Fahrten nach Campobasso eine Gewichtszunahme von achtzig Kilogramm. Sara möchte nicht, dass ihr Mann eines Tages 150 Kilo wiegt. Und sie möchte gerne Fernreisen machen, tropische Strände sehen und nicht beim Baden Glasscherben aus dem Sand ziehen.

Einmal, ein einziges Mal fuhren wir im Sommer nicht nach Italien. Das war im vergangenen Jahr. Das lag daran, dass Sara in dieser Zeit mit ihrem Vater über Kreuz lag. Sie hatten einen kurzen, aber heftigen Streit, in dem es darum ging, dass Antonio überall und immer ohne Angelschein angelt. Ich fand, das sei seine Sache, aber Sara fing an, mit ihm darüber zu diskutieren. Sie mag nicht, wenn er seine Ausländerrolle dazu instrumentalisiert, sich nicht an Regeln halten zu müssen. Er bestand darauf, dass er die deutschen Angelgesetze nicht kenne und ihn niemand dafür zur Rechenschaft ziehen dürfe. Aber Sara hielt ihm vor, dass er nicht die Wahrheit sage, und er, der Lüge bezichtigt, fing nun an, sich über seine Tochter zu beklagen, die nie zu ihm halte.

Auch wenn es scheinbar um nichts Wichtiges ging, so machte ihr die Angelegenheit zu schaffen: Denn wenn Antonio die Gastarbeiterkarte spielt, sich ahnungslos und dumm stellt, dann macht er sie damit automatisch zum Kind eines ahnungslosen Ausländers. Seine freiwillige, mehr noch: betrügerische Selbstdegradierung stuft sie im gleichen Maß mit ab. Und das kann sie nicht ertragen. Natürlich wollte er sich nichts von seiner Tochter sagen lassen. Wer will das schon? Also wurde er wütend und schloss Sara und damit auch mich theatralisch vom gemeinsamen Urlaub aus: «In mein Urlaube du biste ein unerwunschte Person.»

«Vielleicht könntest du dich öfter mit deinem Vater streiten, dann würden wir immer woandershin fahren», sagte ich. Ich nahm diesen Streit nicht so ernst, und das war ein Fehler, wie sich später herausstellen sollte.

Als Paar im Reisen ungeübt, suchten wir ein Reisebüro auf und buchten einen Cluburlaub in einer Anlage, wo keine Familien hindürfen, denn wir wollten ausdrücklich keinen Familienurlaub. Später erfuhr ich, dass derartige Clubs von Reisekaufleuten auch scherzhaft Spermabunker genannt werden, weil es da unglaublich zur Sache geht. Unser Spermabunker befand sich auf einer Kanareninsel und wurde von weißgekleideten Spinnern geleitet, die begeistert in die Hände klatschten, wenn sie einen sahen.

Um den Übernachtungspreis abzuurlauben, schrieben wir uns für jede erdenkliche Tätigkeit ein. Ich bildete mir ein, dass man das Preis-Leistungs-Verhältnis günstig beeinflussen könne, wenn man bis zu achtzehn Stunden pro Tag in irgendwelchen Kursen und Workshops verbringe. Tatsächlich war das dem Club vollkommen schnuppe, er ging jedenfalls nicht an meinen vielfältigen Aktivitäten zugrunde. Mein Yogalehrer Bernd aus Eberswalde merkte allerdings an, dass ich viel zu gestresst sei, um in einen Entspannungszustand zu kommen. Dabei seien wir hier doch in den Ferien.

Morgens hatten wir Lachtraining bei einer Betriebsnudel in Bermudas, die von sich preisgab, dass sie früher Pharmazievertreterin im Hessischen gewesen sei. Wir mussten uns in einem

Kreis aufstellen und uns anlachen. Hahaha. Zum Ende der Stunde schärfte sie uns ein, anstelle von Wortbeiträgen in Unterhaltungen einfach mal spontan laut zu lachen, das mache gute Laune. Außerdem forderte sie uns auf, unseren Alltag auch öfter mit einem Lachen zu kommentieren und dies hier im Club zu üben.

Nach dem Lachtraining ging meine Frau zum Töpfern und ich zum Golf, wo ich – hahaha – den Abschlag übte. Nach dem Mittagessen machten wir Fahrradtouren oder ließen uns – hahaha – warmes Speiseöl über den Kopf gießen. Dann gab es noch Massagen, Kite-Surfen, Tauchen, Tennis und – großes Hahaha – Nordic Walking. Abends nach dem Essen traf man sich topgelaunt in einer Bar auf dem Clubgelände, wo die männlichen Lachsäcke versuchten, meine Frau zum Geschlechtsverkehr zu überreden. Hahaha.

Wir stellten rasch fest, dass dieses Amüsierghetto nicht nur gänzlich ungeeignet für Familien, sondern generell für Paare war. Einzig mit Samen bis zum Hals gefüllte alleinstehende Männer und daran interessierte Single-Frauen würden sich hier wohlfühlen. Nach zwei Wochen, in denen ich lachend verteidigte, was ich mühsam geheiratet hatte, fuhren wir wieder nach Hause.

Ich wünschte mir nichts sehnlicher als meine anstrengende Sippschaft aus Campobasso zurück. Ich schwor, ihr niemals mehr untreu zu werden.

Aber selbst wenn es uns auf dieser Porno-Hacienda super gefallen hätte: In diesem Jahr könnten wir gar nicht vor Campobasso kneifen, denn es heißt, dass wir womöglich die letzte Chance haben, Nonna Anna noch einmal zu besuchen. Das heißt es zwar in jedem Jahr, aber das bedeutet nur, dass dieses Argument immer stichhaltiger wird.

Nonna Anna ist eine wunderbare alte Frau, die nur aus Sehnen und pergamentener Haut zu bestehen scheint. Auf dem Kopf hat sie eine Art Dutt, und sie trägt eine Hornbrille, die viel zu schwer für ihre kleine Nase ist. Wenn sie die Brille abnimmt, bleiben rote Druckstellen. Nonna Anna verfügt über mehrere Kittelschürzen, einen kleinen Spitzbauch und über 400 verschiedene Nudelrezepte, die sie alle im Kopf hat. Sie kann *gnocchi* selber machen, und wenn sie die kleinen Klößchen mit den Fingerspitzen rollt, kann man gar nicht sehen, wie diese eigentümliche Form entsteht, so schnell geht das.

Sie besitzt einen trockenen Humor und mehrere furchteinflößende Gemälde, auf denen Kinder zu sehen sind, die vor dunklen Hintergründen stehen und Tränen in den Augen haben. Im Gästezimmer hängt eines mit einem blonden Jungen, der ein Glas Milch in der Hand hält und weint.

Und noch ein Umstand macht es uns unmöglich, Antonios großzügiges Angebot auszuschlagen: Vor kurzem hat sich die Familie Marcipane um ein Mitglied vergrößert. Dem Ehepaar Pamela und Paolo wurde ein Sohn namens Primo geschenkt. Geburten passieren da unten recht oft, aber da wir schon bei der Hochzeit der beiden eingeladen waren, müssen wir auch an allen weiteren Höhepunkten ihres Lebens teilnehmen. Pamela ist die Tochter von Maria und Raffaele Marcipane. Antonio ist also ihr Onkel, und Sara ist ihre Cousine, und ich hänge irgendwie da dran.

Ich packe also wie immer unser Auto. Wir haben einen recht geräumigen Wagen, und zwar deshalb, weil ich auf Reisen gerne meine eigene Matratze dabeihabe. Meine Bemühungen, Italien ohne Bandscheibenschäden zu verlassen, haben sich als tölpelhafte Versuche, das Schicksal herauszufordern, entpuppt. Ich lag zum Schlafen schon auf Luftmatratzen, auf aufgeblasenen Gummitieren, auf Strohmatten, auf Betonbänken, auf dem Boden, auf Handtüchern, auf meiner Frau und natürlich in Betten. Letzteres funktionierte leider nicht.

Ich schlief nicht auf, sondern in weichen Matratzen, die mich umgaben wie die Fruchtblase den Fötus. Ich habe auf Fernsehsesseln, auf Küchenstühlen und quietschenden Stahlfedern gelegen, die sich in meinen Rücken bohrten. Nach dem Urlaub kam ich jedes Mal gekrümmt wie ein Olivenbaum nach Hause.

Ich habe also ein Auto angeschafft, dessen Ladekapazität wir genau zweimal im Jahr benötigen, nämlich wenn wir nach Italien fahren. Leider können wir auf dem Rückweg kaum Flohmarktkrempel, Keramik, Jesusse am Kreuz oder andere landestypische Spezialitäten mitnehmen, weil meine Matratze so viel Platz beansprucht. Sara ist darüber verstimmt, aber das sind nun einmal die Kompromisse, die sie eingehen muss. Dafür fahre ich, ohne zu meckern, Tausende von Kilometern im Dienst des Familienfriedens hinter italienischen Lastwagen auf mautpflichtigen Straßen. Bei Nonna Anna bleibt die Matratze übrigens im Wagen. Ich gelte bei ihr ohnehin schon als wunderlich, da muss ich nicht auch noch meine eigene Bettstatt in ihre Wohnung wuchten.

Normalerweise bleiben wir ein paar Tage bei ihr und beziehen dann ein Ferienhaus für zwölf bis achtzehn Personen, wo ich die Matratze auf den Boden lege. Meine Frau schläft sehr gut in den italienischen Betten. Das sind die Gene, glaube ich.

Früher fuhren wir mit Antonio im Konvoi von Deutschland nach Italien, aber das halte ich nervlich nicht mehr durch. Antonio ist das, was man einen defensiven Fahrer nennt. Man könnte auch Schlafmütze dazu sagen, wenn man nicht verwandt wäre. Er fährt so langsam, dass man den Eindruck hat, die Landschaft zöge am Fenster vorbei und nicht er an der Landschaft. Er reist wie eine Wolke. Wer mit ihm fährt, muss an jedem Autogrill halten. Dann macht er Dehnübungen und kauft Lemonsoda und *focaccia*. Das ist ein humorloser Weizenmehlfladen, der mit allerlei Unsinn belegt wird, von dem man Verstopfung bekommt und Durst.

In Campobasso angekommen, erwartet uns ein kleines Empfangskomitee. Nonna Anna kneift allen in die Wangen, besonders mir. Dann macht sie Kaffee in einer großen Aluminiumkanne. Sara und ich richten uns im Gästezimmer ein, wo ich wie immer das Bild mit dem weinenden Jungen umdrehe, damit ich später besser schlafen kann. Antonio und Ursula schlafen bei Tante Maria und Onkel Egidio. Nach und nach trudeln die wichtigsten Verwandten ein, und am Ende sind wir zu zwölft beim Abendessen, das stilecht unter einer Neonlampe eingenommen wird. Darüber zischt das Insektenkrematorium, wenn eine Mücke hineinfliegt und verglüht.

Ich sitze neben Onkel Egidio, einem Baum von einem Mann mit Händen wie Tischtennisschläger. Ich mag ihn, weil er so komische Geschichten erzählt und mich immer auf Deutsch begrüßt: «Guten Tack, Blitzkrieg Kartoffel.» Das ist sein Name für mich, ich heiße Blitzkrieg Kartoffel. Obwohl ich im Laufe der Zeit rudimentäre Kenntnisse des Italienischen erworben habe, muss Sara für mich übersetzen, denn hier wird ein Dialekt gesprochen, der nur noch die allernötigsten Konsonanten gebraucht, der Rest wird verschluckt oder ausgehustet. Nach den Nudeln und vor dem Kotelett unterhalten wir uns, das heißt, alle reden durcheinander, und ich lächle dazu. Sara gibt sich die größte Mühe, für mich die wesentlichen Fäden dieses Stimmengewirrs in der Hand zu behalten, aber es gelingt ihr meistens nicht. Nur wenn Nonna Anna etwas sagt, schweigt der Rest der Familie. Das ist ein großes Privileg, von dem sie leider zu selten Gebrauch macht. Sie erzählt die Geschichte von dem Konditor, der jüngst einen Verlobungsring in eine Torte einbacken sollte.

Der Mann, der die Torte bestellt hatte, brachte sie seiner Freundin, und gemeinsam aßen sie die Torte. Leider kam der Ring dabei nicht zum Vorschein. Der junge Mann fühlte sich betrogen und ging zu dem Konditor, um das Schmuckstück zurückzufordern. Der Konditor schwor aber, den Ring in die Torte getan zu haben.

Am nächsten Tag erschien eine Frau mit zwei Polizisten in der Konditorei. Die Polizisten sollten den Konditor verhaften, denn dieser, so zeterte die Dame, hatte ihren Hund auf dem Gewissen. Der Hund, ein Dackel mit Namen Atollo, war nach dem Verzehr der Torte verschieden. Dem Konditor schwante, wo der Verlobungsring steckte, und bat die Frau, Atollo obduzieren zu lassen, was diese gegen Zahlung eines Schmerzensgeldes erlaubte – und tatsächlich hatte der Hund den Ring verschluckt. Der Konditor säuberte den Ring und gab ihn dem Mann zurück, der ihn noch am selben Tag seiner Braut an den Finger steckte – ohne zu wissen, dass der Ring zwei Tage in eines toten Teckels Speiseröhre gesteckt hatte. Alle sind sich einig, dass dies ein böses Omen für die Ehe ist.

Dann kommen die Schweinekoteletts. Ich habe mich längst daran gewöhnt, dass man sich erst einmal mit Nudeln satt isst, um hinterher noch einen Gang Fleisch nachzudrücken. Ich esse auch brav und beklage mich nicht mehr über die Mengen. Solche Beschwerden werden nämlich grundsätzlich missverstanden.

Wenn ich früher sagte, dass es ja ganz schön viel zu essen gebe, dann wurde dies immer als Aufforderung betrachtet, noch mehr aufzutischen. Gleiches gilt, wenn ich sagte, dass ich satt sei. Man glaubt mir hier grundsätzlich nicht. Ich müsste schon das Essen gegen die Wand werfen oder mit der Gabel nach der Oma stechen, um meinen Worten eine gewisse Ernsthaftigkeit zu verleihen. So jedoch sitze und mampfe ich, und die anderen sehen mir dabei zu. Sie nehmen an, dass ich immer und immer Hunger habe. Nach den Koteletts gibt es zum Plaudern noch Oliven, Käse und Würste in unterschiedlichen Grobheitsstufen. Sehr lecker, wenn man hungrig ist. Furchtbar, wenn man nichts mehr hinunterbekommt. Doch Nonna Anna ist unerbittlich.

«Nimm noch Salami!»

«Nein, vielen Dank.»

«Du magst keine Salami.»

«Doch, natürlich mag ich Salami.»

«Maria, er mag keine Salami! Himmelherrgott, wir gehen zu Baffone und kaufen die gute Salami, und dabei mag er sie gar nicht! So eine Pleite!»

«Aber ich esse sehr gerne Salami.»

«Du kannst auch Schinken haben. Maria, hol mal den Schinken!»

«Ich liebe Salami über alles, ehrlich.»

«Na, wenn du sie magst, warum redest du dann lange? Iss sie auf. Es muss dir doch nicht peinlich sein, dass du Salami magst. Jeder mag Salami.»

Was soll man darauf noch sagen? Ich stopfe die Salami in dicken Scheiben in mich hinein, bis Sara mir durch energisches Hand-auf-den-Arm-Legen Einhalt gebietet.

Topthema des Abends ist die Altstadt von Campobasso, welche nach diversen Erdbeben und auch aufgrund einer gewissen Laxheit im Umgang mit den alten Häusern in einem desolaten Zustand ist. Teile des historischen Stadtkerns sind bereits evakuiert, man kann dort nicht mehr leben. Die Wände der Häuser sind zu feucht und zu brüchig, die Gassen sind schmal und steil, man kommt fast nirgends mit dem Auto hin. Nonna Anna ist dort vor fünfzig Jahren weggezogen. Schon damals galt die Gegend unterhalb der Burg als unbewohnbar.

Nun erwägt man, das ganze Gebiet abzureißen. Das macht Onkel Egidio fuchsteufelswild, immerhin ist es eine antike Stadt, sie geht auf die Langobarden zurück, und im Mittelalter hatte Campobasso sogar das Münzprägerecht. Man war mal wer – vor 600 Jahren. Und heute? Alles im Arsch, im Eimer, «eine heruntergewirtschaftete Scheiße ist das hier», tobt der Onkel und haut mit der flachen Hand auf den Tisch, dass sein Glas hochspringt. Wie kann man das nur abreißen, Hunderte Häuser sind betroffen!

Ich bin schon oft dort spazieren gegangen, mit Sara und manchmal mit Antonio, der mir dann von seiner Kindheit erzählte. Es ist schön dort, etwas morbid vielleicht, aber wirklich sehr hübsch. Man könnte hier sehr gut Filme drehen, die im Mittelalter spielen und in denen sinistre Mönche mit Kerzen in der Hand umherschleichen. So ein Ort ist das. Gegen den stetigen Verfall müsste man etwas tun, aber das hier ist die italienische Provinz, wo es viel zu viele antike Gebäude gibt, um sie alle zu beschützen. Antonio, der in Italien immer die Rolle des welterfahrenen Grandseigneurs spielt, weil er der Einzige ist, der je von hier weggegangen ist, hält einen längeren Vortrag über die politischen Versäumnisse in Sachen Denkmalschutz und kommt zu dem Schluss, dass viel Phantasie vonnöten wäre, um die Bausubstanz von Campobasso zu erhalten. Aber Phantasie habe man ja hier nur noch, wenn es um kriminelle Machenschaften ginge.

Sara verdreht die Augen, wie nur Töchter die Augen verdrehen können. Antonio kommt so langsam auf Betriebstemperatur. Hier unten spricht er immer viel lauter als zu Hause in Deutschland. Er berichtet nun von den vielfältigen Vorzügen seiner Wahlheimat, besonders von der herausragenden Rolle des Denkmalschutzes, von dem er natürlich keine blasse Ahnung hat. Sonst könnte er nicht das Fußballstadion von Krefeld als Weltkulturerbe bezeichnen und die Autobahn zwischen Neuss und Köln als gepflegtes Vermächtnis der römischen Besatzer.

Ich amüsiere mich prächtig, aber es entgeht mir nicht, dass Sara verstimmt den Tisch verlässt, um wenig später zurückzukommen und mit dem Verschluss einer Wasserflasche herumzuspielen.

So etwas macht sie nur, wenn sie genervt ist. Bei unseren wenigen Ehekrächen habe ich das festgestellt.

Antonio hat längst die ganze Aufmerksamkeit der Familie, alle anderen Unterhaltungen sind versiegt, selbst Onkel Raffaele hat die sonst ständig schwelende Konkurrenz zu Antonio aufgegeben und fügt sich in seine Rolle als Zuhörer. Vom Schutz erhaltenswerter Gebäude ist er bruchlos zu seinem Lieblingsthema gesprungen: sich selbst. Mit erstaunlicher Präzision wiederholt er die Rede von Personalvorstand Köther anlässlich seiner Verrentung, von der er erzählt, als sei sie live im Fernsehen übertragen worden. Er wandelt Köthers Text allerdings insofern ab, als in seiner Fassung sämtliche Erfolge und strategischen Volten des Unternehmens auf seinen, auf Antonio Marcipanes visionären Ideen basierten. Diese hätten nicht nur das Unternehmen, sondern vor allem ihn auf geradezu midasmäßige[1] Art reich gemacht.

---

1 Midas, der mythische König von Phrygien, verwandelte alles in Gold, was er berührte, was zwar kurzfristig zu Reichtum, aber langfristig

«Menno[1], Papa, jetzt halt doch endlich mal den Rand! Das ist wirklich unerträglich», bellt Sara plötzlich auf Deutsch dazwischen, aber Antonio lässt sich nicht bremsen. Sein Auftritt entwickelt sich zu einer Ansprache zur Lage der Nation (eigentlich jeder Nation, jedenfalls ist nicht wirklich klar, welche er meint). Dann kommt er schließlich auf seine wundervolle Rente zu sprechen und darauf, dass er ein kluger Geschäftsmann sei, der immer die richtigen Entscheidungen getroffen habe, zum Beispiel die für diesen

---

dazu führte, dass er trotz seiner Schätze nichts zu essen hatte. Außerdem musste er mit Eselsohren herumrennen, die ihm der beleidigte Apoll verpasste, weil Midas seine Musik nicht mochte und die von Pan vorzog. Wenn heute alle Menschen Eselsohren hätten, die gerne «El Condor pasa» hören, ergäbe sich daraus eine wundervolle Marktlücke für die Hut- und Mützenindustrie.

1 Vermutlich geht dieses besonders im Rheinland gebräuchliche Wort auf «Mannometer» oder «Mannomann» zurück, welches oft auch mit «Ach Manno» und von Profis eben mit «Menno» abgekürzt wird.

wunderbaren Schwiegersohn. Auf die Erklärung für dieses freundliche Kompliment bin ich gespannt, aber Sara fällt ihm ins Wort.

«Papa, hör auf jetzt mit dem Schwachsinn! Kein Mensch will das hören», ruft sie auf Deutsch und schmeißt den Wasserflaschendeckel quer über den Tisch.

Und ich: «Lass ihn doch, ist doch sehr lustig.»

Und er: «Siehste du, ibin lustig.»

Sara kocht: «Nein, du bist peinlich. Es sind bloß alle höflich, merkst du das denn nicht?»

Das findet Ursula unangemessen. Sie verteidigt ihren Mann selten, aber wer ihn angreift, greift auch sie an. «Kind, jetzt ist es gut, der Papa macht doch nur Spaß.»

Onkels, Tanten, Nichten und Neffen verstehen momentan kein Wort. Da wissen die mal, wie ich mich immer fühle. Sara zündet sich eine Zigarette an und schaut mich wütend an. Als ob ich irgendwas dafür könnte, dass ihr Vater Unsinn im Quadrat redet.

«Wowari?», fragt Antonio mit gespielter Zerstreutheit.

«Du sprachst gerade von deinem Schwiegersohn», sage ich, denn ich bin wirklich gespannt, was an mir so wunderbar ist.

«Ahso, richtige», sagt Antonio, räuspert sich und fährt auf Italienisch fort, damit alle etwas davon haben. Er führt aus, dass er ja eigentlich gegen unsere Ehe gewesen sei, weil es ja so eine moderne Ehe ohne Kinder und er natürlich sehr konservativ sei. Kunstpause. Schließlich habe er aber eingewilligt, weil in einer modernen Ehe keine Mitgift gezahlt werden müsse. Er, Antonio, habe sich also mit diesem wunderbaren (er betont es so, als meine er wunderbar bescheuerten) Burschen viel Geld gespart. Man lacht. Sara wird rot. Sie weiß, und Ursula weiß, und ich weiß es auch, dass er ihren Bausparvertrag, welcher einmal mit großer Geste als Mitgift angelegt wurde, eines Tages und ohne große Umstände einfach aufgelöst hat, um eine Autoreparatur davon zu bezahlen. Für Sara ist das Maß jetzt langsam voll. Nicht nur, dass sie nichts in unsere Ehe einbringen konnte – was mich nie groß beschäftigt hat, weil ich genauso viel eingebracht habe –, nun brüstet sich ihr Vater auch noch mit dieser traurigen Tatsache. Und weitergeht's.

Seine Sara sei ja ohnehin schwer vermittelbar gewesen, außer mir hätte niemand gefragt, da habe er ja sozusagen doppelt Glück gehabt. Jetzt hat er den Bogen überspannt. Selbst Egidio, der sonst für raue Späße zuständig ist, schaut zu mir herüber, als wolle er sagen: «Junge, jetzt musst du ihm die Salami über die Rübe ziehen.» Aber erstens geht das nicht, weil ich die Salami bis auf einen kleinen, zum Schlagen ungeeigneten Stumpen aufessen musste, und zweitens kommt mir Sara zuvor, indem sie ihrem Vater eine zerknüllte Papierserviette ins Gesicht wirft, ihren Stuhl umschmeißt und türenschlagend in unser Gästezimmer läuft.

Was tun? Sofort abreisen? Mich mit meinem Schwiegervater prügeln? Ich entscheide mich, einen Schluck Rotwein zu trinken, und sage dann: «Das war ein guter Plan, Antonio, aber nicht so gut wie meiner. Ich habe sie nämlich nur geheiratet, um an deine Millionen zu kommen.»

Stille. Jetzt habe ich ihn bloßgestellt, denn natürlich wissen alle, die hier sitzen, dass Antonio nicht reich, nicht einmal vermögend ist. Die Crux ist bloß, dass man niemals die Fassade einreißt, die einer mühsam aufgebaut hat. Könnte sein, dass ich jetzt enterbt und gepfählt werde. Antonio glotzt mich an, auch er ist in einer schwierigen Lage. Er hat es übertrieben, sei es aus Übermut oder aus Rache an seiner Tochter, die ihn schon lange durchschaut hat und damit nicht hinterm Berg hält. Egidio, Raffaele, die Frauen, die Nonna, alle sind gespannt darauf, wie er nun reagiert.

Antonio hebt langsam sein Glas und holt wie in Zeitlupe aus, um mir, denke ich, seinen Wein ins Gesicht zu schütten, aber in letzter Sekunde bremst er und ruft: «Auf meinen klugen Schwiegersohn!» Ich bin gerettet, weil er seine Maske nicht fallen lassen will. Er will sich sein Spielchen, sein Späßchen, sein Steckenpferdchen nicht selbst verderben und prostet mir zu. Was bleibt mir anderes übrig, als mit ihm anzustoßen? Ich erhebe also mein Glas, und die Unterhaltung am Tisch zieht weiter wie eine Karawane. Bald ist der Zwischenfall vergessen. Ursula verschwindet wenig später. Ich höre, wie sie ins Gästezimmer geht und die Tür schließt.

Obwohl der Abend fürs Erste gerettet ist, liegt nun ein Schatten über dem Urlaub. Bevor meine Schwiegereltern mit Tante Maria und Onkel Egidio die Wohnung verlassen, nehme ich Antonio beiseite und sage leise: «Du solltest dich bei Sara entschuldigen. Das ging vorhin zu weit.»

«Meinste du. Iste erwachsene, sie kann auch mal einer Spaß verstehen.»

«Das war zu viel Spaß.»

Da nickt er und zieht den Reißverschluss seiner Jacke zu. Ich hoffe, dass er sich etwas einfallen lässt, denn sonst sehe ich schwarz für unsere Ferien.

Als wir ins Bett gehen, weint Sara immer noch vor Wut.

«Er geht mir auf den Geist», zischt sie leise.

«Ich weiß, aber du nimmst das auch alles ziemlich ernst», sage ich. Sie ist mir böse, weil ich Partei für ihn ergreife, es gefällt ihr nicht, dass ich mit ihm lachen kann.

«Immer dieses Getue, wenn er hier ist. Und zu Hause mimt er bei jeder Politesse den doofen Gastarbeiter.»

Sara will kein Gastarbeiterkind mehr sein. Sie hat beide Staatsangehörigkeiten, und manchmal wünschte sie, es wäre nur eine. Überall muss sie ihren Namen buchstabieren. Ständig muss sie zu Hause ihren Vater in Schutz nehmen. Das Leben der Gastarbeiterkinder besteht zu einem großen Teil darin, die Biographie der Eltern hinter sich zu lassen. Diese Hypothek gibt es zwar nicht nur bei ausländischen Familien, die gibt es überall. Aber das ist Sara egal. Je älter sie wird, desto weiter entfernt sie sich von ihrem Vater. Wie ein treibendes Boot.

«Hättest du was dagegen, wenn ich deinen Namen annehme?», fragt sie mich leise. Damals, bei unserer Hochzeit, wollte sie ihn noch behalten, weil er so schön ist.

«Nein, natürlich nicht», flüstere ich und küsse sie. Wir lieben uns ganz leise, damit die Oma nebenan nicht aufwacht. Hinterher stelle ich fest, dass sie im Laufe des Abends im Zimmer gewesen sein muss. Sie hat das Bild mit dem weinenden Milchbubi wieder umgedreht. Er hat uns die ganze Zeit zugesehen.

QUATTRO

Sara bleibt gereizt. Ihr Vater macht sie irre. Am Morgen beim Frühstück hat Antonio allen Anwesenden lang und breit und zum vierhundertsten Mal erklärt, warum er nicht Parteivorsitzender der sozialistischen Partei Italiens geworden ist, nämlich weil vermeintliche Freunde ihn mit einer Intrige ausbooteten. Das könne er ihnen nie verzeihen, und daher habe er mit allen gebrochen und sei nach Deutschland gezogen, wo die Gewerkschaften noch Ehre im Leib hätten und keine Verbrecher seien wie hier. Man hat ihm aufmerksam zugehört, und niemand widersprach ihm, auch nicht Sara, die wie jeder andere im Raum genau weiß, warum Antonio nach Deutschland kam.

In Wahrheit nämlich drückte er sich schlicht und einfach vor dem Militärdienst und den fehlenden Perspektiven in seiner Heimat, wo niemand auf ihn wartete und niemand irgendwelche Hoffnungen an ihn knüpfte, erst recht nicht in der sozialistischen Partei. In Deutschland hingegen wurden Anfang der sechziger Jahre junge und gut ausgebildete Arbeiter wie er dringend gebraucht. Antonio plante, in diesem Deutschland genügend Geld zu sparen, um schließlich nach Amerika auszuwandern, wo jedermann reich und sorglos leben konnte. So hatte er es jedenfalls im Kino gesehen. Er machte sich bei Nacht und Nebel aus dem Staub und besuchte seine Familie erst wieder, als er sicher sein konnte, nicht mehr zum Militär eingezogen zu werden.

Die Bewunderung für den mutigen zweitältesten Sohn vermischte sich damals bei den Marcipanes mit einer Wut darüber, von ihm im Stich gelassen worden zu sein. Letzteres hat sich über die letzten dreißig Jahre aber längst gegeben.

Inzwischen schätzt man Antonio als spendablen Onkel, und seine stille Frau – die Deutsche, wie sie jahrelang nur genannt wurde – wird gemocht, weil sie immer freundlich ist und sich am Familienklatsch nur als aufmerksame Zuhörerin beteiligt. Es ist nicht zu erwarten, dass sie Geheimnisse ausplaudert, schon weil ihr das nötige Vokabular im regionalen Slang dafür fehlt.

Was seine Parteizugehörigkeit anging, so war Antonios Karriereleiter übrigens in Wahrheit von beeindruckender Kürze und zählte genau zwei Sprossen: einfaches Mitglied und Versammlungsleiter bei einer Sprecherwahl. Dennoch verklärt er seine Parteitätigkeit zu einer glanzvollen Karriere, in welcher er es bis zum Parteisekretär gebracht habe.

Aber was soll's, vergeben ist das und vergessen, schließlich müssten die bösen Menschen zur Strafe immer noch in Italien hausen, während er in seiner Villa in Deutschland sitzt und zum Frühstück Zungenwurst bekommt. So, da habt ihr's.

Es sind diese Auftritte und Ansprachen, die Sara den letzten Nerv rauben. Diese geballte Ladung Frohsinn und Anmaßung hat sie über dreißig Jahre ausgehalten, jetzt hat sie dazu keine Lust mehr. Irgendwann musste es einfach so kommen, und nun ist es halt so weit. Ich kann Sara schlecht bitten, sich zusammenzureißen, schließlich hat sie auch Tochterrechte. Mir scheint allerdings, dass Antonio es ihr kaum recht machen kann. Er bemüht sich sichtlich, bringt ihr Kaffee, dekoriert ihren Platz mit ein paar Blümchen, flötet Komplimente. Er hat ein schlechtes Gewissen. Aber es hilft nichts. Sara kann stur sein wie ein sardischer Esel. Nichts zu machen, sie lässt ihn auflaufen, auch als er ihr wichtige Tipps fürs Lottospielen gibt. Sie spiele kein Lotto, knurrt sie und geht mit ihrem Kaffee in Nonna Annas Küche.

Antonio setzt sich an den Esstisch und seufzt. So leicht kommt er nicht aus der Nummer heraus. Und das ist für ihn schon eine große Belastung, denn er begibt sich nicht häufig in Krisensituationen. Meistens lebt er einfach glücklich in seiner eigenen Welt, in der Antonio-Welt. Die Probleme draußen bei den anderen berühren ihn nur kurz und auch nur sanft, wenn zum Beispiel das Essen versalzen ist oder der Wind ihm den Hut vom Kopf weht. Ansonsten nimmt er die Fährnisse des Lebens nur sehr eingeschränkt oder gar nicht zur Kenntnis.

Wenn er zum Beispiel in Deutschland ist und der Bus zu spät kommt, ärgert er sich nicht, niemals. Das ist nicht sein Problem, denn seiner Logik zufolge fährt der Bus ja nicht seinetwegen. Er ist bloß Gast in diesem Land, und Zeitverzögerungen im öffentlichen Personennahverkehr (ein Wort, das er bis heute nicht benutzt, er sagt stattdessen: öffentlicher Verkehr) betreffen eigentlich die Deutschen und nicht ihn. Und wenn er in einem Restaurant sitzt und nichts findet, worauf er Lust hat, empfindet er Mitleid mit den armen Menschen, die so ein schreckliches Essen runterwürgen müssen. Seine Sicht der Dinge hat Vorteile: Ihm geht es eigentlich immer gut, denn er hat alles, was er braucht, und wenn er mal etwas nicht hat, erklärt er dies zu seinem Lebensprinzip.

Sara ist anders als ihr Vater. Sie findet ihn ignorant und steht nun schon nach kaum zwei Tagen mit ihm in Campobasso geduldsmäßig vor der Kernschmelze. Nach dem Frühstück will sie raus, spazieren gehen, auf jeden Fall nicht in seiner Nähe sein. Es ist warm draußen, schon am Vormittag über dreißig Grad. Sommerhitze mit Wind, wie es hier üblich ist. Man könnte Drachen steigen lassen, wenn das nicht zu anstrengend wäre.

«Er hört nie zu», sagt sie, kaum dass wir das Haus, in dem Nonna Anna wohnt, verlassen haben und auf die Straße treten. «Hat er eigentlich nie getan.» Wir laufen die Via Tiberio entlang, und plötzlich bricht alles aus ihr heraus, sie lässt wirklich kein gutes Haar an ihrem Vater. Bisher war sie immer loyal, ihre Familie war eine Art Geheimloge, und Antonio so etwas wie ein Zauberer. Jetzt entpuppt er sich aber als Illusionist, und das ist eben nicht dasselbe.

Es stimmt schon: Antonio übertreibt, er schmückt aus, er fabuliert. Und alle, die es besser wissen, schütteln den Kopf oder lachen über ihn. Er denkt dann, sie lachen mit ihm und bringt seine Töchter damit noch mehr auf die Palme. Er ist seinen beiden Mädchen peinlich, er lacht bei Filmen an den falschen Stellen, er ist so offensichtlich voller Unzulänglichkeiten, dass ihn jeder mag. Aber Sara hätte gerne einmal, nur ein einziges Mal, einen perfekten Vater.

«So was gibt es nicht», sage ich und denke an meine Eltern. Ich habe mir zu Hause immer etwas mehr Toni-Spirit gewünscht.

Wir kaufen Pfirsiche – hier gibt es noch welche, sie sind noch nicht wie bei uns flächendeckend von der Nektarine verdrängt worden. Große, pelzige, wunderbare Pfirsiche. Habe ich lange nicht gegessen. Wir setzen uns auf einen kleinen Brunnen unter einer Platane und sehen zu, wie winzige Campobasso'sche Omis mit Kopftüchern über die Straße flitzen. Die gehen jeden Tag einkaufen, um unter Leute zu kommen.

Sara grüßt jemanden, wechselt ein paar Worte. Dann leckt sie sich die Finger ab. Sie meckert über Antonios fatale Neigung, sich vor Fremden so furchtbar aufzuspielen. Und dann ist da noch ein anderes Problem, und das gibt es nicht nur in Gastarbeiterfamilien.

Es ist nämlich nicht nur angenehm zu erkennen, dass man erwachsen ist, denn dazu gehört auch die Entdeckung: Meine Eltern werden alt. Sie hören einem länger zu als man ihnen. Sie schrumpfen. Sie haben Gewohnheiten, die man alt findet, ihre Einrichtung kommt einem trenkeresk[1] vor. Wenn man erwachsen ist, tauscht man mit seinen Eltern so ganz allmählich die Rollen. Plötzlich beginnen die Kinder, mit den Eltern ungeduldig zu werden. Der elterliche Lifestyle gerät in fundamentale Kritik: Wie rennst du denn rum, ihr steht aber ganz schön spät auf, geh doch mal ein bisschen an die Luft, Papa. Die Kinder mäkeln, sie weisen zurecht, sie bemerken die Altersflecken auf den Händen ihrer Mütter, sie wissen alles besser, sie waren schon in Patagonien. Und die Eltern? Werden unsicher, blicken nicht mehr überall durch, wollen auch gar nicht mehr alles

---

1 Eigenschaftswort, leitet sich von «Luis Trenker» (eigentlich Alois Franz Trenker, geboren am 4. Oktober 1892 in St. Ulrich, Südtirol; gestorben am 12. April 1990 in Bozen, Südtirol) ab und spielt auf das hohe Alter von Gegenständen oder Personen an. Ist meistens nicht böse gemeint.

Neue lernen. Gemeinsam nähern sich Eltern und Kinder dem Tag, an dem der Vater nicht mal mehr einen Löffel richtig halten kann und gefüttert werden muss. Der Weg dahin ist nicht ganz einfach.

Sara und Antonio befinden sich im Übergang, so wie wir uns alle irgendwann im Übergang befinden. Kennen wir das? Ja, das kennen wir. Die Schwierigkeit ist bloß: Während es anderswo zu großen letzten Gefechten am Esstisch und zu weinenden Müttern und verletzten Vätern und schließlich zu Versöhnungen bei Wein und Schnaps kommt, verhallen im Hause Marcipane alle Versuche, den Eltern heimzuleuchten. Sara wünscht sich, mit Antonio einmal so ein Gespräch zu führen, wie es ihre Freundinnen mit ihren Eltern führen, aber Antonio interessiert sich nicht für Reformen oder Renten oder Geldanlagen. Er will mit ihr nicht über ihren Beruf sprechen und schon gar nicht über Politik. Und Ursula? Steht in der Küche und kocht. Oder sie steht im Wohnzimmer und bügelt. Oder sie steht im Garten und gießt Blumen. Als Kind hat Sara ihre Eltern hemmungslos geliebt, inzwischen werden sie in ihren Augen immer kleiner, nicht nur körperlich.

«Ich wollte immer einen anderen Papa», sagt sie traurig, als wir durch die Altstadt spazieren gehen.

«Ich finde, er ist trotzdem ein liebenswerter Mensch», antworte ich.

«Er ist ja auch nicht dein Vater.»

«Er tut doch niemandem etwas.» Ich verteidige ihn, irgendwer muss das ja tun.

«Hat dein Vater schon mal beim Elternabend in der Schule gefordert, dass Jungen und Mädchen in unterschiedliche Orte auf Klassenfahrt gehen sollten?»

«Nein.»

«Meiner aber. Hat dein Vater jemals versucht, einem Lehrer per Telefonterror eine bessere Note in Erdkunde abzupressen?»

«Nein.»

«Meiner aber. Hat dir dein Vater schon mal verboten, eine Freundin mit nach Hause zu bringen?»

Kann mich nicht erinnern. Es war eher umgekehrt. Mein Vater hatte immer ein verdächtig großes Interesse daran, meine Freundinnen kennenzulernen.

«Hat dein Vater jeden Kinofilm, den du dir anschauen wolltest, vorher angesehen, um sicherzugehen, dass der Film auch für dich geeignet ist?»

Nein, was für eine herrliche Idee.

«Ich sage dir was», fährt sie fort. «Meine Kindheit war nicht so witzig. Und wenn ich meinen Vater sehe, habe ich das Gefühl, sie hört nie auf.»

Er nennt seine Tochter immer noch «Schnucke», was sie hasst. Er fragt mich immer noch ständig, ob ich gut zu ihr bin. Er schenkt ihr zu Weihnachten Geld, damit sie sich endlich mal was Schönes kaufen kann. Und er nimmt nicht zur Kenntnis, dass sie eine erwachsene verheiratete Frau ist.

Früher war alles anders. Als Kinder bewunderten Sara und Lorella ihren Vater, der Doppelschichten schob, den sie manchmal tagelang nicht sahen und der dennoch immer fröhlich war, wenn er nach Hause kam. Dann hob er seine Töchter hoch, nahm jede auf einen Arm und spielte Flugzeug mit ihnen. Er kümmerte sich nicht groß um Schulzeugnisse, denn seiner Meinung nach waren seine beiden Mädchen Genies, und nichts konnte ihn von dieser Überzeugung abbringen. Und was die Leute in der Nachbarschaft von ihm dachten, war ihm egal.

Wir schlendern über den *corso* von Campobasso, um die Mittagsstunden wird es hier brütend heiß. Kein Mensch hält sich jetzt draußen auf, sogar die Hunde laufen nur im Schatten von Haus zu Haus. Ich spüre die Hitze aber nicht, ich höre Sara zu. Sie hat sich so viel von der Seele zu reden.

CINQUE

Sara hat nie viel von zu Hause erzählt, das meiste konnte ich mir ja denken. Für sie zählte immer nur unsere Gegenwart. Alles, was ihren Vater betrifft, ist Vergangenheit. Ich habe dazu eine Theorie. Um mit einem Menschen glücklich zu sein, muss man immer Gemeinsamkeiten in zwei Zeitebenen haben. Entweder man teilt die Vergangenheit und die Gegenwart miteinander oder die Gegenwart und die Zukunft. Bei Sara und mir ist das so. Wenn es nur eine Zeitebene gibt, funktioniert die Beziehung nicht. Wie oft hat man schon beklagt, dass eine Freundschaft nur in der Rückschau schön ist, man sich aber in der Jetztzeit leider gar nichts mehr zu sagen hat? Das sind dann die Beziehungen, die nur in der Verklärung von früheren Abenteuern vor sich hin dümpeln, aber es kommt kein neues hinzu.

Bei Sara und ihrem Vater scheint das ganz ähnlich zu sein. Sie haben keine Gegenwart und keine Zukunft. Traurig, aber wahr. Vielleicht lässt sich daran noch etwas ändern, wenn man sich Mühe gibt. Im Moment will sie das nicht. Sie möchte mir – nachdem wir schon sechs Jahre zusammen sind – endlich erzählen, wie ihre Kindheit war. Ich habe sie schon oft danach gefragt, aber dann antwortete sie immer nur: «Schön», und machte deutlich, dass sie nicht darüber sprechen wollte. Jetzt will sie, damit ich auf ihrer Seite stehe. Wir holen uns eine *granita*[1] und spazieren Richtung Burg. Sara fängt an zu erzählen.

Es dauerte fast ein Jahrzehnt, bis das kleine Reihenhaus der Marcipanes ein richtiges Geländer im Treppenhaus hatte, und in den ersten Jahren hing eine lose Glühbirne von der Decke im Flur. Alles bei Antonio Marcipane schien provisorisch und unfertig, sogar die Kinder, die in der Nachbarschaft nur schwer Anschluss fanden und ständig gehänselt wurden. Spaghetti-Fresser nannte man sie, manchmal auch Itaker. Dabei tat Sara alles dafür, Freundschaften zu schließen.

---

1 Das ist ein krümeliges Sorbet, welches in Italien meistens in Farben angeboten wird, die man bei uns mit Plutonium assoziiert.

Die Bemühungen des Mädchens endeten meist an der Tür ihres Elternhauses. Sie durfte niemanden mitbringen, das wollte Antonio nicht. Seiner Logik zufolge hatten es sich die anderen nicht verdient, sein Haus betreten zu dürfen. Wenn er schon kaum Einlass zu dieser Gesellschaft fand, dann hatte diese bei ihm eben auch keinen Zutritt. Für Sara war dieses väterliche Edikt eine einzige Katastrophe. Sie konnte niemandem ihr Zimmer zeigen, mit niemandem zu Hause spielen, die Zweifel der Nachbarskinder an der Normalität ihres Elternhauses nicht ausräumen. Sosehr sie auch bettelte, bevor sie zehn Jahre alt war, hatte kein Fremder jemals das marcipanesche Eigentum betreten.

An den Wochenenden ging es entweder zum Bahnhof oder gemeinsam zur italienischen Gemeinde. Die italienische Gemeinde war ein locker organisierter Verein, in dem die Gastarbeiter ihrem Heimweh frönten, italienischen Kuchen aßen und sich über die Deutschen mokierten. Man half sich gegenseitig mit Behördenkram oder besorgte einander Jobs, in denen nebenher etwas zu verdienen war. Jeder brachte seine Kinder mit, und so spielten Sara und Lorella hauptsächlich mit Leidensgefährten, die auch nur schlecht Anschluss fanden, was sich natürlich verschlimmerte, indem sie unter sich blieben.

In der italienischen Gemeinde wurden Geschäfte gemacht, Möbel und Kleider getauscht und lange gestenreiche Gespräche geführt. Die Frauen, zu denen Ursula zwar nicht so richtig gehörte, die aber dennoch sehr nett zu ihr waren, weil sie wussten, was Fremdsein bedeutet, diese Frauen zeigten einander ihre neuen Kleider und berichteten von den Benachteiligungen, denen sie die Woche über ausgesetzt gewesen waren. Seltsamerweise klagten sie zwar, lachten aber dabei. Sie schienen sich nicht als Opfer einer ungerechten Gesellschaft zu empfinden, sondern sogar in gewissem Sinne als überlegen, sie fühlten sich eher unverstanden als schlecht behandelt, und sie wussten, wie man seinen Nutzen daraus zog.

Auf Ämtern hielten sie zum Beispiel den Betrieb unnötig und absichtlich auf, indem sie sich alles dreimal erklären ließen. Beim Einkaufen prüften sie zwölf Äpfel und kauften drei. Und wenn ihre Kinder etwas anstellten, zuckten sie mit den Schultern und sagten auf die Anklagen ihrer Nachbarn bloß: «Nix verstehen.» Niemand konnte genau sagen, ob das die Wahrheit war, aber eines stimmte ganz sicher: Die Situation in dem fremden Land war viel einfacher, wenn man die Gesellschaft, die einen nicht zu sich ins Warme bat, seinerseits ausschloss. Die Italiener blieben am liebsten unter sich – und Antonios Töchter mussten mit.

Als Sara 1975 in die Schule kam, hielt Antonio es für angebracht, jeden Elternabend und jeden Elternsprechtag zu besuchen. Er verlangte eine saubere Schule, Gesundheitszeugnisse der Lehrer und einen Unterricht, in welchem gefälligst auch die römische und vor allem die italienische Geschichte gelehrt werden sollte. Der Hinweis von Saras Lehrerin, dass auch die deutsche und die germanische Geschichte nicht auf dem Lehrplan der ersten Klasse standen, veranlasste ihn zu der Bemerkung, dass dieser Verlust der kulturellen Identität vielleicht der Grund dafür sei, dass es mit Deutschland bergab ginge. Damit brachte er die ausnahmslos deutschen Eltern der Klasse gegen sich auf, und natürlich landeten deren Ressentiments bei ihren Kindern, die sie folgerichtig an Sara und Lorella ausließen.

Sie wurden innerhalb von wenigen Wochen aus der Gemeinschaft ausgeschlossen, da half auch ihr schönstes Lächeln nichts. Was sich zunächst nur in der Klasse abspielte, griff bald auf die halbe Schule über, und Schuld daran hatte wiederum Antonio, der nur das Beste wollte, aber das Schlimmste tat, als er eines Tages entschied, dass seine Töchter fürderhin gelbe Mützen tragen sollten.

Er fand, dass sie damit auf dem Schulweg besser zu sehen und damit sicherer waren. Kaum hatten sie den Garagenhof überquert und waren außer Sichtweite, stopften sie die Mützen, die von ihrer Mutter auf Geheiß des Familienoberhauptes gestrickt worden waren, in ihren Schulranzen. Natürlich wurden sie dabei beobachtet. Jungen – es sind immer Jungen – klauten die Mützen aus den Taschen und rannten damit in der Pause herum. Sie warfen sich die Mützen zu, setzten sie auf, rissen sie sich gegenseitig von den Köpfen und ließen die Mädchen nah herankommen, um sich die blöden gelben Dinger dann zuzuwerfen. Lorella und Sara bekamen sie erst nach der Schule wieder, als sie verdreckt und kaputt in der Kastanie vor der Schule hingen.

Von da an und für eine lange Zeit hießen die Schwestern in der Nachbarschaft Gelbkäppchen 1 und Gelbkäppchen 2, und das, obwohl sie die Mützen heimlich entsorgten und Antonio so lange vorschwindelten, die Mützen in der

Schule liegengelassen zu haben, bis er sie schließlich irgendwann vergessen hatte. Leider war er da der Einzige. Zu Hause verschwiegen die Mädchen sowohl die Spitznamen als auch das quälende Spießrutenlaufen auf dem Schulhof, denn sie wollten auf keinen Fall, dass sich ihr Vater des Problems annahm. In anderen Familien wären Kinder froh gewesen, wenn sich ihr Vater für sie eingesetzt hätte, bei den Marcipane-Töchtern galt dies als größte anzunehmende Katastrophe.

Ich ahnte bisher, dass Sara als Gastarbeiterkind immer wieder einmal Schwierigkeiten gehabt hatte, aber diese Geschichten sind mir neu. Wir sitzen in meinem Lieblingslokal in Campobasso, dem Café Montefiori. Der Wirt Daniele bringt uns Kaffee, in dem Sara lange herumrührt. Man sieht den Menschen ihre Vergangenheit nicht an. Wer weiß schon, ob einer ein glückliches Kind war. Es fällt ihr schwer, diese Wahrheiten zu offenbaren. Ich soll sie als das sehen, was sie ist: Eine schöne Frau, die kluge Dinge sagt und in einer großen Stadt lebt. Auf keinen Fall soll ich das gehänselte Kind mit dem irren Vater in der Kleinstadt sehen, auf keinen Fall! Aber ich habe es schon gesehen, ganz oft sogar, eigentlich immer, wenn sie mit ihm zusammen ist. Dann ist sie so befangen, genervt, angespannt.

«He, Gelbkäppchen, was ist denn?», frage ich und versuche ihr Gesicht zu streicheln.

Sie schlägt meine Hand weg und zischt: «Sag das nie mehr! Nicht mal im Spaß. Sag das nie mehr!» Dann steigen ihr Tränen in die Augen. Sie lässt ihren Kopf sinken. Ich küsse ihre Haare.

«Wenn ich mit meinem Papa zusammen bin, dann bekomme ich irgendwie Angst», sagt sie nach einer Weile.

«Wovor bekommst du Angst?»

«Ich weiß es nicht. Vor der Vergangenheit vielleicht.»

«Das verstehe ich nicht.»

«Es ist schwer zu erklären. Wenn ich meinen Vater sehe, denke ich sofort, dass ich eigentlich gar nicht zu dir gehöre, sondern zu ihm, in seine Welt. Ich komme mir manchmal vor wie ein Betrüger, so als hätte ich mir mein jetziges Leben erschwindelt.»

Wir sehen den Malern zu, die gegenüber ein altes Haus streichen. Sie bestellt ein Wasser und erzählt weiter. Die Gelbkäppchenaffäre schweißte die Kinder enger zusammen, aber die Distanz zu ihrem Vater, den sie insgeheim für ihre Außenseiterrollen verantwortlich machten, wurde größer. Antonio entwickelte sich schließlich zu einer regelrechten Bedrohung für Sara und Lorella, als diese begannen, sich für Jungs zu interessieren.

Lorella, die Ältere, machte ihre Erfahrungen im Wesentlichen auf Partys, nie brachte sie einen Jungen auch nur in die Nähe ihres Elternhauses. Sie hielt sich streng an Ausgehzeiten und erwarb damit das Vertrauen ihres Vaters, der sich nicht im Traum vorstellen konnte, dass eine seiner Töchter jemals a) rauchen, b) Alkohol trinken und c) die Bekanntschaft mit männlichen Jugendlichen machen, geschweige denn suchen würde, bevor sie, sagen wir mal, 25 Jahre alt sein würde.

Im Gegensatz zu Lorella fügte Sara sich nicht so einfach in Antonios kompliziertes Regelwerk. Sie kam zu spät nach Hause. Sie rauchte heimlich. Und sie brachte Jungs bis ganz dicht vor die Tür. So dicht, dass Antonio sie sehen konnte, wenn er die Gardine in der Küche zur Seite schob. Sara knutschte dann absichtlich aufreizend mit irgendeinem Frank oder Andreas, um ihren Vater zu provozieren. Dieser klopfte mit seinem Ehering von innen an die Scheibe, um auf sich aufmerksam zu machen. Sara warf ihm einen genervten Blick zu.

Wenn sie schließlich ins Haus kam, stellte Antonio seine Tochter und fuchtelte mit seinen Händen vor ihrem Gesicht herum, während er von Familienehre und Sauerei sprach und sie «eine ganz dumme Salat» nannte. Sara machte das wenig aus, denn zu drakonischen Strafmaßnahmen war Antonio nicht in der Lage. Als er einmal Hausarrest verordnete, hob er diesen nach einer knappen halben Stunde wieder auf, weil ihm seine Tochter so entsetzlich fehlte und er ihre Rache – «wenni mi nickte mehr wehre, schiebste du meiner Rollstuhl in eine See» – fürchtete.

Kurz nach ihrem sechzehnten Geburtstag, ein gewisser Rolf war in ihr Leben getreten, indem er ihr auf einem Schulfest eine Cola spendiert hatte, bat Sara ihre Mutter, sie zu einem Frauenarzt zu begleiten. Sie brauchte ein Rezept für die Pille und elterlichen Beistand. Insgeheim wollte sie wohl auch, dass zumindest ihre Mutter wusste, dass es, dass sie nun so weit war. Ihren Vater hätte sie in dieser Sache niemals ins Vertrauen gezogen, das Risiko eines enormen Antonio-Auftritts wäre viel zu groß gewesen.

Mutter und Tochter verabredeten daher nach einem Blick auf Antonios Schichtplan einen Termin an einem Dienstag um 14 Uhr. Antonio würde arbeiten und das Wunder der Empfängnisverhütung von ihm ungeahnt vonstatten gehen. An nämlichem Dienstag erkrankte Antonio jedoch morgens an einer Scheibe Cervelatwurst und konnte nicht zur Arbeit gehen. Sara und Ursula versuchten ihn zu überreden, aber Antonio wand sich in Krämpfen und legte sich anschließend auf die Couch, um Arbeitslosenfernsehen anzuschauen. Ursula wollte schon den Termin absagen, aber Sara war dagegen, denn ihre Beziehung zu Rolf hing an einem seidenen Faden und von der Einnahme der Pille ab.

Gegen Mittag ging es Antonio spürbar besser. Beim Mittagessen dozierte er vom Wesen der Liebe und von seinen wunderbaren Töchtern, ohne die er bloß Plankton im Meer des Lebens sein würde. Oh, und wie arm das Leben ohne Kinder sei. Gegen 13:30 Uhr beschloss Antonio, ein kleines Nickerchen zu machen, welches er um 13:34 Uhr beendete, als er gewahr wurde, dass seine Tochter und ihre Mutter sich im Flur anzogen, um das Haus zu verlassen.

«Wo wollte ihr dennin?» fragte er Ursula.

«Was besorgen», antwortete sie betont gelangweilt.

«Unde was?»

«Dies und das», sagte Ursula, deren Versuche, ihren Mann abzuschütteln, aussichtslos waren.

«Na, da kommi mit», rief Antonio fröhlich und zog sich die Jacke an.

«Ich muss aber zum Arzt, Papa», sagte Sara, deren Befürchtungen sich in roten Flecken an Hals und Wangen äußerten.

«Biste du krank?»

«Nicht direkt krank. Ich muss halt zum Arzt.»

«Kein Problem. Begleiti dich und musste keine Sorgen machen, deine Papa iste da.»

«Ich mache mir keine Sorgen, Papa.»

«Aha. Und warum gehste dann zu ein Arzt? Hä?»

Der Einsicht folgend, dass sie ihn ohnehin nicht loswerden konnten und es besser war, den Familienstreit nicht in einer Arztpraxis, sondern zu Hause auszutragen, sagte Ursula die Wahrheit: «Antonio, sie braucht die Pille.»

«Die Pille. Was fur ein Pille?»

«Na, die Pille halt. Du weißt doch sowieso schon längst, dass wir heute zum Arzt wollen. Wahrscheinlich hast du uns belauscht. Deswegen bist du nicht bei der Arbeit und drückst dich hier seit heute Morgen herum.»

Diese absolut richtige Unterstellung überhörte

Antonio geflissentlich. Dafür fiel ihm seine Lebensmittelvergiftung wieder ein. Er beugte sich sterbenskrank vornüber und stützte sich auf dem Treppengeländer ab. So blickte er waidwund seiner Tochter in die Augen. Unerträglich, wirklich. «Du willste keine Kinder?»

«Doch, Papa, aber noch nicht jetzt. Das ist noch viel zu früh.»

«Sehr gut, findi auch, ist bisschen fruh, in Ordnung.» Pause, Nachdenken. «Aber warum dann der Pille?»

Sara sah ihre Mutter an, und die nahm den ganzen Mut mütterlicher Komplizenschaft zusammen und sagte: «Damit unsere Tochter nicht jetzt schon schwanger wird. Antonio. Sie ist eine junge Frau.»

«Heißte, sie machte eimelich mit einer der Junge rum?»

«Ich mache gar nicht rum.»

«Du biste ein Kind!»

«Bin ich nicht.»

«Doch biste ein kleine Mädche.»

Antonio war wieder vollständig genesen und reckte sich zu seiner vollen Größe auf. Obwohl er nicht der Meinung war, dass Frauen vor der Hochzeit über Babys und deren Vermeidung nachdenken sollten – er selber hatte für seine Person überhaupt nie darüber nachgedacht, aber er war ja auch keine Frau –, war ihm klar, dass seine Ansichten hier offenbar auf Widerstand stießen. Und das nicht nur bei Sara. Seine eigene Frau bedeutete ihm nun mit eindeutig zornigem Blick, in dieser elementaren Angelegenheit den Schwanz einzuziehen. Was tun? Er konnte nun herumbrüllen, Strafen androhen, sich beleidigt zurückziehen und zwei Wochen nicht mit seiner Tochter und seiner Frau reden. Antonio entschied sich nach angemessener Bedenkzeit dafür, zu tun, was man einen emotionalen Überraschungsangriff nennt: Er begann zu weinen.

«Mama, was ist denn jetzt los?», fragte Sara, die mit allem, aber nicht damit gerechnet hatte.

«Antonio, was hast du?», fragte Ursula.

«I bin einsam und traurig», entgegnete Antonio, der seine Sache immerhin so gut machte, dass Sara ebenfalls anfing zu heulen.

«Ihr lasst der arme Vater hier zu Haus zurucke und der Mädchen geht mit ein fremde Mann.»

«Ach, Antonio, jetzt hör aber mal auf», sagte Ursula. «Kein Mensch lässt dich alleine irgendwo zurück.»

«Gut, dann kommi mit zu der Doktor da.»

Also ging Sara nicht heimlich mit ihrer Mutter zum Frauenarzt, sondern offiziell mit ihren Eltern. Unterwegs erholte sich Antonio von seinem Kummer und presste Sara ab, ihre zukünftigen Geschlechtspartner vorher kennenzulernen, um sie vor den schlimmsten Reinfällen bewahren zu können. Immerhin sei er ein «tsükologise Ass» und ein perfekter Menschenkenner. Ich weiß nicht, wie lange sie das wirklich gemacht hat, aber am Anfang auf jeden Fall. Zum Glück habe ich sie erst kennengelernt, als sie schon Mitte zwanzig und aus Antonios Radar verschwunden war.

Beim Arzt setzte sich Familie Marcipane weisungsgemäß ins Wartezimmer, wo Antonio sofort nach italienischen Zeitschriften suchte und keine fand. Sara sah aus dem Fenster, und Ursula hielt ihre Hand, bis die ganz feucht war. Als Sara aufgerufen wurde, stand Antonio wie selbstverständlich auf und sagte: «Hier das sinde wir.»

«Papa kommt nicht mit rein», sagte Sara und wusste, dass es zwecklos war. Antonio befand sich schon auf dem Weg ins Sprechzimmer, wo er seine Mütze abnahm, Doktor Kunz unterwürfig begrüßte und sich hinsetzte, die Mütze auf dem Schoß. Nachdem Sara und Ursula ebenfalls Platz genommen hatten, sagte der Arzt: «Das ist ein wenig ungewöhnlich, dass Sie hier sitzen.»

Antonio drehte sich um und stellte dann fest, dass er gemeint war. «Warum?», fragte er.

«Ich bin Frauenarzt. Ich glaube nicht, dass ich etwas für Sie tun kann», erwiderte Kunz.

«Das iste meine Tochter», beharrte Antonio.

«Aha. Nun gut. Wenn ich Ihre Tochter untersuche, werden Sie trotzdem bitte draußen Platz nehmen.»

«Untersuche? Was wolln Sie da untersuche. Meine Tochter fehlte nickts, ist kerngesunde und nur bischen verruckte.»

«Herr Marcipane, selbst wenn sie nicht gesund wäre, würde ich das jetzt nicht mit Ihnen besprechen.» Und dann, zu Sara gewandt: «Was kann ich für Sie tun?»

Bevor Sara antworten konnte, ergriff Antonio wieder das Wort: «Sie will der Pille gegen der Kinder und gegen der Wille von mir.»

«Ich verstehe», sagte der Arzt, «aber ich habe nicht mit Ihnen gesprochen. Sie möchten ein Antibabypillenrezept?»

Sara nickte.

«Sie iste zu jung», jammerte Antonio. Sara befürchtete, dass er hier vor dem Frauenarzt abermals anfangen könnte zu weinen, und sagte daher schnell: «Ich will nur ganz sicher sein, falls mal was passiert. Aber ich mache keine Dummheiten.»

«Verstehe», sagte der Arzt und machte sich Notizen. Dann erklärte er die Wirkungsweise und weitere Arten der Empfängnisverhütung. Antonio hörte sehr interessiert zu, denn er kannte eigentlich nur zwei Methoden, nämlich Kondome und rechtzeitig Rausziehen. Ersteres lehnte er aus ästhetischen und praktischen Gründen ab, Letzteres hatte ihm immerhin nur zwei Kinder beschert, eine ganz gute Quote, wie er fand.

«In dem Alter ist es unter Umständen ganz vernünftig, die Pille zu nehmen», sagte Kunz, «die Mädchen sind da viel klüger als gleichaltrige Jungen. Wir werden das ausprobieren und erst einmal die Verträglichkeit testen.»

«Äh? Sie! *Ciarlatano!*», rief Antonio. «Wie wollen Sie der Verträglickeit von der Kinder testen? Wenn sie gut vertragen, heißte sie werd *incinta*[1] oder was?» Er zeigte auf den Arzt wie ein Staatsanwalt auf den Angeklagten. Dann führte

1 schwanger

er aus, dass es nur einen Menschen auf der Welt geben könnte, der wirklich beurteilen könne, ob Sara und Werauchimmer sich vertragen und füreinander bestimmt sein könnten, und das sei er, Antonio Marcipane, und damit *basta*.

«Ich prüfe nicht, ob Ihre Tochter sich mit Ihrem Freund verträgt, sondern ob sie die Pille verträgt», sagte Kunz nun ganz leicht genervt.

«I würde das nickt nehmen.»

«Sie sind auch keine Frau.»

«Es ist gegen unserer Glauben», versuchte es Antonio in liturgischem Crescendo. Der Katholizismus als letzter Weg, eine von Antonios stumpfsten Waffen, denn es gibt wirklich kaum jemanden, der aus so wenig Glaubenspraxis so viel moralische Überlegenheit schöpft wie er.

«Willst du, dass ich schwanger werde, Papa?»

«Nein, will nicht, will vor allem nickte, dass du mit der Pickelgesickte mit der grüne Mofa in Bett landest.»

«Herr Marcipane, worum geht es Ihnen eigentlich? Sind Sie gegen die Pille oder gegen die Partnerwahl Ihrer Tochter?», fragte Kunz.

«Bin kein Freund von beides», sagte Antonio trotzig.

«Nun lass sie doch einfach mal in Ruhe»,

mischte sich Ursula ein. «Sie muss schließlich ihre Erfahrungen sammeln. Genau wie wir beide.»

Da winkte Antonio matt ab und fügte sich. Als der Arzt seine Tochter untersuchte und diese sich dafür auch noch untenrum entkleiden sollte, verließ er unter Protest und Mitnahme seiner Gattin das Sprechzimmer und setzte sich neben eine ältere Frau, der er erklärte, dass der Arzt da drin seine Tochter verdorben hätte. Die Frau verließ daraufhin die Praxis.

Sara nahm nun die Pille, jedenfalls drei Tage lang. Dann war sie weg. Sie fand die Packung im Keller hinter den Dosenpfirsichen und stellte ihren Vater zur Rede. «Wie kommen meine Pillen hinter die Pfirsiche, Papa?»

«Weißi nickte.»

«Lässt du sie bitte einfach, wo sie sind?»

«Das iste mein Haus, kanni der Sachen tun, woi will.» Seine Tochter würde keinen Sex haben, wenn sie keine Pille hatte, dachte er wahrscheinlich. Jeder Tag, an dem er sie an der Einnahme hindern würde, wäre ein gewonnener Tag. Von ihm aus konnte das noch zehn, elf Jahre so gehen. Tatsächlich aber gelang es ihm nur noch einmal, die Packung verschwinden zu lassen (im Heizungskeller), danach versteckte Sara ihre Pille selber und nahm ihrem Vater so die Möglichkeit, ihre Familienplanung zu beeinflussen.

Nachdem ihre Schwester so erfolgreich gewesen war, ließ auch Lorella sich die Pille verschreiben, und ganz allmählich verebbten die Mahnungen des Vaters. Antonio beschränkte sich nun darauf, die äußere Erscheinung seiner Töchter zu geißeln und deren Freunde fürchterlichen Prüfungen zu unterziehen. Als erster war Rolf an der Reihe.

Ein abendlicher Besuch bei den Marcipanes führte einen Jungen niemals direkt in das Allerheiligste von Saras Zimmer, sondern immer und unweigerlich zunächst ins Wohnzimmer, wo Antonio ihm auf den Zahn fühlte.

Rolf war ein Fußballtalent, reich gesegnet mit dunklem Haar und Pickeln, unter der unebenen Haut aber scheinbar rein und ohne Arg und vor allem ausgestattet mit einer mühsam gezügelten Libido, die bei Sechzehnjährigen einfach ausbricht und machen will, wozu sie da ist. Rolf und Sara hatten schon eine Weile etwas miteinander, es war zu Nahkämpfen gekommen, in deren Verlauf er einige wichtige strategische Stellen bei Sara erobert hatte. Letztlich hatte sie die Schlachten aber immer für sich entschieden und ihre Jungfräulichkeit verteidigt. Als sie ihm nun eröffnete, dass sie die Pille bekommen hatte, suchten sie nach einer passenden Gelegenheit, dem richtigen Ort, der perfekten Stimmung. Aber immer störte irgendwas, es lief nicht richtig, es funktionierte einfach nicht, und bald wurde Rolf ungeduldig. Eines Abends entschloss er sich, Sara abends zu besuchen und – die Sache nötigenfalls zu beenden. Kuss oder Schluss.

Er rief an, um sich mit ihr zu verabreden, und erschien gegen 20 Uhr. Sara war blitzschnell an der Tür. Sie bat ihn leise hinein, aber natürlich hatte Antonio die Türglocke gehört, nicht umsonst hatte er sie vor einiger Zeit auf höchste Lautstärke gestellt.

«Saaaraaaa», hörten sie ihn aus dem Wohnzimmer rufen. Und nochmal: «Saaaraaaa!»

Sara nahm ihren Rolf an die Hand und ging ins Wohnzimmer, wo die Nachrichten liefen. Antonio saß mit einer geöffneten Flasche Bier[1] auf

1 Es handelt sich dabei bis heute um Altbier, wie man es am Niederrhein trinkt. Antonio ist kein Pilstrinker. Bier heißt bei ihm immer «ein lecker Bierken».

der Couch und lächelte Sara an. Ursula saß auf einem Sessel und ließ die Zeitschrift sinken. Sie sah Rolf an wie ein Bund unreifer Bananen.

«Oooh, wir aben Besuch.»

«Das ist Rolf. Rolf – meine Eltern.»

Rolf, der nicht vorhatte, länger zu bleiben als nötig, hob die Hand und grüßte läppisch, öffnete zwar den Mund, sagte aber nichts.

«Iste der arme Jung stumm? Stumm vor Gluck? Äh?»

Rolf trat einen Schritt vor und wiegte den Oberkörper nach links und rechts wie eine Pappel im Wind.

«Hallo. Ich bin der Rolf», sagte Rolf.

«Weißi schon. Setze dimal her.»

Rolf sah erschrocken Richtung Sara, die mit flehendem Blick zu ihrer Mutter hinübersah. Aber die zuckte bloß mit den Schultern. Irgendwie schien es ihr sogar recht zu sein, dass Antonio Rolf auf den Grill legte. Rolf setzte sich und legte seinen Mofahelm neben sich auf den Boden.

«Was willste du mit meine Tochter anfangen, da oben in Zimmer?»

«Anfangen? Nichts!»

«Nix? Luge!»

«Also nichts Schlimmes.»

Sara bekam rote Flecken. Sie wünschte sich nichts mehr, als dass Rolf mit ihr anstellte, was ihr Vater als schlimm bezeichnete.

«Abtier gekusst?»

«Ja, natürlich.»

«Und? Gut?»

Um Himmels willen! Papa!

«Ja, war super.»

Um Himmels willen! Rolf!

«Ah, war super, ja? Du haste meine Kind gekusst und nun willste du mehr, was?»

«Nein, nicht unbedingt.» Was hätte Rolf denn auch sonst darauf sagen können? Er schlug sich so, wie sich ein Sechzehnjähriger in solchen Situationen eben schlägt: miserabel.

«Was heißte nein? Gefällt dir nicht meine Tochter? Iste zu hässelick?»

«Nein, ganz im Gegenteil. Ich finde sie toll.»

«Wenn du sie tolle finds, dann musst du der Offensive gehen, mein Jung.»

«Danke für den Tipp.» Antonio hob missbilligend die Augenbrauen.

«So. Anderer Thema. Was machte der Vater?»

«Mein Vater?» Rolf sah sich schutzsuchend nach Sara um, die die Hände vors Gesicht hielt. «Wir haben eine Bäckerei.»

«Ah, die backen kleine Brötchen zu Haus, was», rief Antonio und stimmte ein sirenenartiges Geheul von einem Gelächter an. Rolf stand auf.

«Ich muss jetzt gehen», sagte er. «Es ist ja schon spät.»

Antonio winkte ihm zu und sagte: «Is gut, geh du mal. Ciao.»

«Auf Wiedersehen», sagte Rolf und verschwand schnell im Flur, begleitet von Sara, die ihm bis an die Tür folgte. Er gab ihr einen kurzen Kuss auf den Mund und ging. Er kam nie wieder. Als Sara ins Wohnzimmer kam, erfreute sich Antonio immer noch an seinem Spitzenwitz und nahm einen Schluck Bier.

«Das vergesse ich euch nie», schrie sie. «Vielen Dank, Papa.»

«Wirst noch dankbar sein fur mein Wissen von der Menschen. Der Kerle da iste ein Arschlock, glaube mir.»

Später musste Sara zugeben, dass ihr Vater recht hatte. Rolf erzählte überall eine ganz besonders gemeine Version seiner Begegnung mit dem bekloppten Herrn Marcipane herum und vergaß nie zu erwähnen, dass Sara frigide sei.

Als er ein paar Wochen später nach der Schule zu seinem Mofa kam, war es nicht mehr grün, sondern rosa. Jemand hatte sich die Mühe gemacht, es komplett umzulackieren – während der Schulstunden. Der Täter wurde nie gefunden. Als Sara das erzählt, muss sie lachen.

«Er war natürlich auch ganz wunderbar», sagt sie. Antonio war ihr Trainer, als sie Volleyball spielte, und pritschte stundenlang Bälle mit ihr durch den Garten. Er kam zu jedem Spiel und feuerte sie an, bis sie ihn bat, damit aufzuhören. Er reparierte Fahrräder und tapezierte die Zimmer seiner Töchter jedes Jahr neu, damit sie es schön hatten.

Am Nachmittag gehen wir zurück zu Nonna Anna. Antonio und Ursula sind nicht da, sie besuchen den Neugeborenen Primo, der von Antonio in vorausschauender Großzügigkeit einen Tennisschläger geschenkt bekommt. Als wir ins Gästezimmer kommen, liegt auf ihrem Kissen eine riesige Schokoladenbombe in Zellophan. Das Ding wiegt drei Kilo, und wenn es nicht schmilzt, können wir bis an unser Lebensende davon zehren.

SEI

Schließlich entwickelt sich der Urlaub doch noch sehr schön, auch für Sara, die ihrem Vater versucht zu verzeihen. Es bleibt ihr und mir nichts anderes übrig, als ihn zu lieben, und die ganze Familie dazu. Diese kratzigen Kerle, von denen man nie genau weiß, was sie eigentlich beruflich machen. Und ihre Frauen, deren Hüften erst schmal, dann rund und irgendwann, so nach dem dritten Kind, riesig werden. Wie bei Bibendum.[1] Sie können unglaublich sauer gucken, diese Frauen, aber meistens sind sie das gar nicht. Das ist halt so ein Italo-Frauen-Look.

Man kann meinen Verwandten nicht gerade vorwerfen, nicht laut genug zu sein. Allerdings ist jede Familie in der Nachbarschaft laut, und alle sind irgendwie anders laut. Kenner können

---

1 Angeber wissen: Bibendum heißt das Michelin-Männchen.

eine italienische Familie am Sound erkennen. Bei manchen dominieren die Mütter, bei anderen die Kinder und bei uns Onkel Raffaele. Sein Organ ist wirklich markerschütternd, vor allem wenn er seine Kinder ruft oder singt. Da er beides ständig macht, ergibt sich ein ungeheuerlicher Klangteppich, auf dem wir durch den Urlaub fliegen. Wenn er nicht zufälligerweise der Onkel meiner Frau wäre, würde ich ihn für unerträglich und sein Gebrüll für den schlimmstvorstellbaren Ton halten.[1]

---

1 Nach längerer Überlegung muss diese Aussage revidiert werden. Der mit weitem Abstand sadistischste, der gemeinste, der fieseste Ton der Welt ist das Geräusch, mit welchem die Kultursendung «Aspekte» im Zweiten Deutschen Fernsehen ihre Beiträge voneinander trennt. Er klingt wie eine Mischung aus einem homosexuellen Kuckuck und einer Luftschutzsirene. Unerträglich. Ich sehe diese Sendung nur, um zu prüfen, ob dieser Gruselsound immer noch da ist. Womöglich machen das alle anderen Zuschauer auch so, denn die Konträrfaszination dieses U-hu-hu-huuus ist enorm. Ein ebenfalls sehr schlimmes Geräusch: rappende Kinder im Werbefernsehen.

Seit einiger Zeit hat Onkel Raffaele einen Job. Das wäre nichts Besonderes, wenn es nicht sein allererster wäre. Er ist bereits 67 Jahre alt und hat noch nie ernsthaft gearbeitet. Hat mal gegen Bares beim Renovieren geholfen oder vielleicht ein Auto repariert, aber das waren Nebenjobs, wie er selber sagte. «Neben» neben Nichtstun. Nun aber hat er zu dem Ankreuzen von Lottozahlen noch eine regelmäßige Betätigung gefunden, in der er alle seine Talente (rumbrüllen, sich hinten anstellen, leere Kästchen ausfüllen) gut gebrauchen kann. Auch diese Aufgabe ist quasi inoffiziell und keineswegs mit der Zahlung von Steuern oder anderen Abgaben verbunden. Aber immerhin ist er aus dem Haus, was seine Frau natürlich großartig findet. Da kann sie mal für zwei oder drei Stündchen die Watte aus den Ohren nehmen.

Onkel Raffaele arbeitet in der Stadtverwaltung, und diese Formulierung muss man wörtlich nehmen. Er stellt sich vor den Eingang der Behörde und wartet auf Bürger, die Anträge stellen und Formulare ausfüllen müssen. Damit muss man sich nämlich auskennen, und wenn Raffaele Marcipane in den Jahren hemmungslosen Sozialschmarotzertums in irgendetwas eine

Meisterschaft entwickelt hat, dann in der Bewältigung von Behördenkram. Und der ist in Italien wirklich kafkaesk, ganz besonders im Gesundheitswesen. Da Raffaele aus Querulantentum und Langeweile ohnehin dauernd Bauanträge für fiktive Bürohäuser stellt und die Beamten mit konfusen Eingaben nervt, war es für ihn nur ein kleiner Schritt, dies sozusagen in den Adelsstand eines Berufes zu heben. Und da ist er nicht der Einzige. In Campobasso hat er fünf Kollegen, die mehr oder weniger regelmäßig vor dem Amt aufkreuzen und Mitbürgern ihre Dienste anbieten. Viele von denen haben es längst aufgegeben, die verschiedenfarbigen Bögen selber auszufüllen: ein einziger kleiner Fehler, und man steht wieder am Ende der Schlange. Andere haben keine Zeit zu verlieren. Wer kann es sich schon leisten, seine Schreinerei für einen halben Tag zu schließen, bloß um ein neues Gebiss für seine Mutter zu beantragen? Also erledigt Raffaele dies nach einem kurzen Briefing. Er und seine Leute sind ein regelrechtes Kompetenzteam, nur selten geht etwas schief. Im Falle der neuen Zähne für die Schreiner-Oma beantragte er einen Unterkiefer, obwohl ein Oberkiefer benötigt wurde, und fand die Kritik daran kleinlich. «Zähne sind Zähne.

Wenn sie nicht passen, verkauf sie doch weiter. Kannst froh sein, dass ich dir überhaupt geholfen habe», beschimpfte er seinen Kunden, der ihn aber trotzdem nicht bezahlte.

Sein Geschäft ist recht einträglich. Komplexe Sachverhalte, für die man lange anstehen muss oder häufiger an verschiedenen Schaltern oder Zimmern, kommen nicht selten auf zwanzig oder dreißig Euro. Gibt es hingegen nur etwas abzugeben, ist der Schwierigkeitsgrad also niedrig[1], muss sich Raffaele mit fünf Euro begnügen. Macht aber nichts, denn das Schöne an dieser Beschäftigung ist ja, dass man gebraucht wird –

---

1 In Managerkreisen sagt man dazu interessanterweise «low key». Meine Lieblingsmanagerbegriffe: Meint jemand, eine Vertragsverhandlung oder ein Geschäftsabschluss sei schwierig zu erreichen, so nennt er das einen «uphill fight». Das Gegenteil, einen leicht zu erreichenden Erfolg, bezeichnet man gerne als «low hanging fruit», was im E-Mail-Briefverkehr natürlich mit LHF abgekürzt werden muss. Die assoziative Nähe dieser Formulierung zu «Affenhaus» kann einem nicht verborgen bleiben.

und interessante Details seiner Mitbürger erfährt, die man anschließend erzählen kann.

Seit vier Tagen sind wir nun in Campobasso, und heute hat das Warten ein Ende, denn heute beginnen in Italien die Ferien. Das bedeutet, dass alle Binnenbewohner des Landes gleichzeitig ans Meer fahren. Wir werden vier bis fünf Autos bis unters Dach mit Menschen zwischen vier Monaten und 86 Jahren sowie mit derem Gepäck befüllen, bis die Autos pickepackevoll sind und aussehen wie Gläser mit Sülze. Anschließend wird die Hälfte wieder aussteigen, weil sie noch was vergessen hat. Dann wieder rein. Und raus. So geht das ein Weilchen, bis Onkel Raffaele der Kragen platzt und er einfach aufbricht. Die anderen werden eingeschüchtert hinterherfahren, und mindestens ein Auto kehrt nach zwanzig Minuten zurück, um die Nonna einzuladen, die in den Urlaubswirren am Straßenrand vergessen wurde. Früher hatte ich immer Angst vor diesem Chaos, inzwischen freue ich mich auf dieses Ritual. Am späten Nachmittag soll es losgehen.

Am Vormittag kommt Saras Cousin Marco vorbei. Mit ihm verbindet mich seit Jahren so etwas wie eine Freundschaft. Nach heftigen Umarmungen und brüderlichen Küssen fasst er die Ereignisse des letzten halben Jahres zusammen und ruft dann seinen Freund Fabio an. Die beiden sprechen so sieben- oder achtmal pro Tag miteinander. Wenn sie das nicht machen, müssen sie sterben. Er erreicht ihn auf Sardinien. Fabio schwärmt offenbar ein wenig vom Strand und den hübschen Frauen, Marco berichtet, dass ich da sei. Dann beenden sie ihr Gespräch.

«Fabio ist auf Sardinien?»

«Quatsch, der ist zu Hause in seinem Wohnzimmer.»

Das verstehe ich nicht. Wie kann der Bursche gleichzeitig auf Sardinien und zu Hause sein? Marco erklärt mir, dass Fabio sich gar keinen Urlaub leisten könne. Er arbeitet in der Casa Circondariale di Larino. Hinter diesem malerischen Begriff verbirgt sich das Gefängnis außerhalb von Campobasso. Man fährt manchmal daran vorbei. Es ist ein riesiger Komplex mitten im Nirgendwo. An den Fenstern hängen die Insassen ihre Handtücher auf, das sind die einzigen Farbtupfer auf dem ansonsten grauen Bau. Fabio ist dort Koch. Kein toller Job, aber immerhin. Jedenfalls reicht es nicht, um am sardischen Strand zwei Wochen lang einen auf dicke Hose zu machen.

«Du meinst, er tut nur so, als sei er in Urlaub, und in Wirklichkeit ist er zwei Wochen in seiner Wohnung?»

«So ist es.»

Dann erklärt Marco mir, dass Fabios Art des Sommerurlaubs in Italien überhaupt nicht ungewöhnlich sei. Wenn man ihm glauben darf, gibt es besonders in den Großstädten viele Singles, die vorgeben, in die Ferien zu fahren, aber in Wahrheit zu Hause bleiben. Sie kaufen für zwei Wochen ein, klappen die Fensterläden zu und tauchen unter. Auf diese Weise entgeht ihnen nicht nur der Sonnenschein in Sardinien, sondern auch der in ihrem Heimatort. Wenn sie zu Hause angerufen werden, gehen diese Feriensimulanten nicht dran. Klingelt hingegen das Handy, beschreiben sie ausführlich den Seeblick, den sie gerade nicht haben. Manche überzeugen sich selbst von ihren eigenen Schilderungen, sodass sie, wenn sie nach vierzehn Tagen wieder aus dem Haus gehen, sagenhaft erholt wirken und es auch tatsächlich sind. Ich finde das deprimierend. Marco klärt mich darüber auf, dass es für die Betroffenen noch viel deprimierender sei, in den Ferien alleine durch die Straßen zu laufen wie Bettler. Da ziehen sie sich lieber zurück.

Natürlich weiß man als Freund oder Nachbar ganz genau, wenn einer nicht in die Ferien gefahren ist. Aber man würde nie vorbeigehen und klingeln oder anrufen und sagen: «Hey Kumpel, ich weiß, dass du da bist.» Dabei würde der Zuhausebleiber das Gesicht verlieren. Also telefonieren Marco und Fabio ständig, und Fabio sagt, dass er einen Sonnenbrand oder ein nettes Mädchen aus Umbrien kennengelernt habe. Beide wissen, dass das nicht stimmt, aber keiner würde jemals eine Silbe darüber verlieren. So läuft das. Normalerweise.

Meine erschütterte Reaktion gibt Marco zu denken. «Der arme Kerl muss die ganze Zeit alleine in seiner dunklen Bude rumsitzen? Das ist doch furchtbar!»

«Ich weiß nicht. Er will es doch so.»

«Meinst du, er ist sauer, wenn wir ihn besuchen?»

«Ich weiß nicht, man macht das nicht.» Dann kommt ihm eine Idee. Er wählt Fabios Nummer.

«Sag mal, wie wäre es, wenn wir dich auf Sardinien besuchen kämen?»

Fabio gibt ihm eine längere Antwort, die ich nicht verstehe.

«Wir könnten Getränke mitbringen. Brauchst du sonst noch etwas auf Sardinien?»

Marco notiert sich einen kleinen Einkaufszettel. Sie verabschieden sich, und wir gehen zum Supermarkt. Die Sache ist sehr kompliziert. Wir können ihn besuchen, dabei darf aber sein Zuhausebleiben nicht thematisiert werden. Wir sollen ganz selbstverständlich bei ihm reinmarschieren, und wenn wir gehen, soll unausgesprochen klar sein, dass wir ihn nicht verraten. Das fühlt sich für mich nach Agentenfilm an, aber Marco ist ganz ernst dabei.

Wir kaufen im Supermarkt bei Cousin Paolo ein. Bei dem war ich auf der Hochzeit. Er hat sich einen Bart wachsen lassen. Jetzt sieht er fast aus wie seine Frau. Das ist die, die gerade einen gewissen Primo zur Welt gebracht hat. Paolo küsst mich ab und verkauft uns dann Rasierklingen, Brot, etwas Obst, Kalbsschnitzel, Geschirrspülmittel und Kondome. Letztere hat Fabio nur in Auftrag gegeben, um Marco zu ärgern, denn er weiß, dass Marco nirgendwo preisgeben wird, für wen der Einkauf ist. Ganz klar, dass Paolo die Präservative an der Kasse kommentiert: «Menschenskind Marco, sind die nicht eine Nummer zu groß für dich?» Dann holt er einen Luftballon aus einer Papiertüte hervor und gibt ihn Marco in die Hand. «Hier, das ist der richtige für dich. Viel Spaß.»

Auf dem Weg zu Fabio schärft Marco mir noch einmal ein, die Situation keinesfalls durch falsche Fragen zu verschärfen. Wir halten vor Fabios Wohnung. Er lebt in einem der kleinen Altstadthäuschen unterhalb der Burg. Vor dem Haus steht seine Vespa, abgedeckt mit einer grauen Plastikfolie. Keiner da, soll das heißen. Die Fensterläden sind geschlossen, aber das will nichts bedeuten, das ist hier immer so, auch bei den Nachbarn. Marco klingelt, nichts tut sich.

«Er weiß doch, dass wir kommen!?», frage ich.

«Ja, er weiß es, aber wenn er sofort aufmachen würde, könnten wir denken, dass er scharf auf unseren Besuch ist.»

Wir warten. Die Tüte mit den Einkäufen schneidet in meine Hände, also stelle ich sie auf die Straße, die nicht asphaltiert ist, sondern aus großen Steinquadern besteht, deren Kanten abgerundet sind. Schönes, abgenutztes Straßenpflaster. Ich habe reichlich Zeit, es mir anzusehen, denn in der ersten Etage tut sich – nichts. Marco wirft ein paar kleine Steine gegen die Fensterlädchen, die einen unvermutet großen Krach machen. Schließlich wird ihm das zu blöd, und er ruft seinen Freund auf dem Handy an.

«Fabio? Was zum Schwanz[1] machst du denn da in deiner Wohnung? Natürlich sind *wir* das, wer denn sonst? – Jetzt mach die Tür auf.»

Der Summer summt, wir gehen rein. Fabio empfängt uns in einer Art Kimono, den er aber nicht geschlossen hat. Darunter trägt er eine schwarze Unterhose und sonst nichts. Obwohl er seit über einer Woche Tag und Nacht in der abgedunkelten Wohnung verbringt, sieht seine Haut nicht blässlich aus, im Gegenteil. Er hält ein Glas Eistee in der Hand und begrüßt uns überschwänglich. Dann setzen wir uns ins Wohnzimmer, wo der Fernseher und eine kleine Höhensonne ein sehr mabusehaftes Licht verbreiten. Fabio baut einen Joint. Ihm dabei zuzusehen macht mehr Spaß, als das Ding zu rauchen, denn was da genau ver-

---

1 Wörtliche Übersetzung des ziemlich derben Ausdrucks «*Che cazzo fai?*». Wird oft benutzt. Man bekommt aber zu Hause Ärger, wenn man es beim Essen sagt. Bedeutet so viel wie «Was zum Teufel machst du?»

brennt, kann man nicht mit Sicherheit sagen. Tee? Alte Bananenschale? Socken?

Marco erzählt ihm von unserer Absicht, später am Tag nach Termoli, dem wunderbarsten Ferienort Italiens, zu fahren. Wir werden zu achtzehnt sein. Und Fabio? Was hat der noch vor?

«Ich muss Briefe schreiben.»

«Aus dem Urlaub?», frage ich freundlich, aber es ist schon zu spät. Er sieht mich an, als hätte ich seine Vespa umgekippt, und antwortet nicht mehr. Er verschwindet in der Küche und macht die Tür hinter sich zu. Ganz klar: Er ist beleidigt.

Wir verabschieden uns, indem wir Grußformeln in die Küche rufen. Als wir wieder auf der Straße stehen, macht Marco mir Vorwürfe. «Wie kannst du Fabio nur so beleidigen.»

«Kann das sein, dass ihr zwei einen an der Waffel habt?»

«Du verstehst das nicht. Die Sache ist zu ernst, um darüber Witze zu machen. In ein paar Tagen muss Fabio wieder bei der Arbeit sein, und du versaust ihm den Urlaub.»

«Welchen Urlaub?»

«Fängst du schon wieder davon an? Man redet nicht drüber.»

Ich lerne also, dass ein Tabu hier unten wirklich

ein Tabu ist. Es gibt noch weitere. Auch über die Mafia wird nicht gesprochen, das M-Wort wird nicht einmal in ganz harmlosen Zusammenhängen benutzt. Und über Sex darf man nicht reden, man darf noch nicht einmal ein harmloses Witzchen darüber machen. Einmal habe ich es bei meinem Schwiegervater versucht, und das war wirklich ein Debakel.

Er saß bei uns zu Hause am Tisch und bekam sein Frühstück: lecker Wurstbrot und einen Espresso. Ich selbst machte mir Milch warm und schüttete einen Espresso hinein. Dann sagte ich zu Antonio: «Wenn man eine Latte Macchiato zum Frühstück trinkt, dann ist das was? Häh?» Er zuckte mit den Schultern, und ich rief triumphierend: «Eine Morgenlatte.» Was für ein Spitzenwitz! Fand ich. Antonio sah mich mit einer Mischung von Abscheu und Mitleid an und trank aus seinem Tässchen. Dann sagte er ernst: «Komisch, dassi gegeben habe mein Tockter fur so ein Esel.» Ich habe nie wieder einen anzüglichen Scherz in seiner Gegenwart gemacht.

Die Fahrt nach Termoli geht überraschend stressfrei über die Bühne. Alle Mitreisenden aufzuzählen kostet Kraft, daher hier nur ganz kurz. Meine

Frau und ich haben Nonna Anna und Cousin Marco dabei. Sie fahren bei uns mit, weil sie nicht so viel Gepäck haben. Bei mir passt kaum noch etwas rein, denn ich habe ja meine Matratze dabei. Meine Schwiegereltern haben Antonios Schwester Maria (meine Lieblingstante) und ihren Mann Egidio dabei, die beiden sind Marcos Eltern. Noisy Raffael und seine Frau Maria (ja, Maria, davon gibt es in der Familie mehr als zwei Dutzend) sind ebenfalls mit von der Partie, sie haben ihren Sohn Gianluca und seine Frau Barbara sowie deren Sohn Antonio dabei. Dessen Schwester Ilaria hingegen fährt bei Supermarkt-Paolo, seiner Frau Pamela und Baby Primo mit. Marcos Freundin hat kurzfristig abgesagt, und zwar offenbar nicht nur den Urlaub, sondern auch ihre Beziehung mit Marco. Bevor wir losfuhren, gab es noch ein längeres Telefonat, dann hockte sich Marco in unser Auto und begann, eine SMS von alttestamentarischen Ausmaßen zu schreiben.

Wir halten nur zweimal. Der erste Stopp dient dem Einkauf von ungefähr einem Zentner Tomaten, weil Nonna Anna Sauce kochen will. Die Tomaten werden über alle Autos verteilt, ich finde noch ein Plätzchen im Handschuhfach. Beim zweiten Halt muss Primo gestillt werden, was von allen Frauen beobachtet und kommentiert wird. Die Männer stehen rum und rauchen. Nach zweieinhalb Stunden haben wir unser Ziel erreicht: das Ferienhaus. Erbaut im frühsozialistischen Stil mit unverputzter und auf diese Weise enorm proletarischer Fassade, an der ein langer Balkon klebt, der jederzeit abfallen könnte. Dieses Haus kenne ich noch nicht. Bisher haben wir immer woanders gewohnt.

Ich trage unser Gepäck, das der Nonna, das meiner Schwiegereltern und unter dem Gelächter der gerade Genannten meine Matratze ins Haus. Dies hat wie die meisten Ferienhäuser, die ich in Italien kennengelernt habe, kein richtiges Wohnzimmer, aber eine Küche. In dieser hier steht ein wahrhaft monströses Buffet, das antiker aussieht, als es vermutlich ist. Wir werden darin alles finden, was ein italienischer Haushalt braucht: Wäscheleinen, Kerzen mit Papstbildern, Batterien, die nirgendwo hineinpassen, eine Tischdecke aus Kunststoff, einen Abreißkalender von 1993, ein Foto von einer unbekannten Person, die vor einer unbekannten Kirche steht, und eine Espressokanne. In mir steigt Panik auf, denn die schmale Ausrüstung deutet auf zweierlei hin. Erstens ist hier eingebrochen worden, denn es gibt nicht einmal mehr verbogenes Besteck, das sonst zwingend in italienischen Ferienhäusern vorkommt. Womöglich ist der Raub nicht lange her, und das bedeutet, dass die Diebe in Kürze zurückkehren und uns, mich!, ausplündern. Und zweitens muss jetzt improvisiert werden. Ich fürchte dies weit mehr als den Diebstahl meiner Matratze, denn Improvisation bedeutet Chaos, und Chaos bedeutet Antonio. Passend dazu übrigens auch der Spitzname meines Schwiegervaters. Antonio wird seit ewigen Zeiten in seiner Familie nur Toni Casinista genannt. Das Wort *casinista* bedeutet im Italienischen gleichzeitig Stimmungskanone und Chaot. Eigentlich toll! Aber nur, wenn man das im Fernsehen sieht.

Raffaele, Marco, eine der Marias und Gianluca nebst beiden Kindern (die nur mitgehen, damit sie den Kauf von Süßigkeiten günstig für sich beeinflussen können) fahren zum Supermarkt, um einzukaufen. Antonio beginnt damit, das Haus wohnlicher zu machen, indem er sämtliche Möbel – so! Und so! Und so! – umstellt. Ich darf ihm dabei helfen. Sein innenarchitektonisches Schaffen führt zu vereinzelten Schäden an Sesseln, Betten und Regalen und offenbart gewaltige Wollmäuse und andere Schmutze, die zu beseitigen er bei seiner Frau in Auftrag gibt. Dann parkt er unsere Autos um. Alle sollen auf dem kleinen Grundstück Platz haben, was auch gelingt. Wir werden dann eben nicht im Garten sitzen können. Wenn wir nach draußen möchten, setzen wir uns zu siebzehnt auf den Balkon, nebeneinander, weil er ein wenig schmal ist. Was soll's, dafür können die Autos nicht auch noch geklaut werden, Antonio hat sie mit einer Wäscheleine eingepfercht. Mein Vorschlag, eine Anzeige bei der Polizei zu erstatten, wird unter allgemeinem Kopfschütteln abgelehnt. Marco erklärt mir, dass das hier erstens nicht unser Haus sei, die Sache also uns nichts anginge, und man zweitens nicht darauf aufmerksam machen wolle, dass es jetzt noch Gepäck im Haus zu holen gibt.

Am Abend ist das Ungemach längst vergessen. Wir trinken Rotwein mit Pfirsichen, spielen Karten und ducken uns, wenn Onkel Raffaele anfängt zu singen. Er kann auch «Lili Marleen», jedenfalls die Melodie, die er mit einem nach Deutsch klingenden Phantasietext[1] versieht und

---

1 Es macht Italienern großen Spaß, Deutsch nachzumachen. Das geht ganz einfach: Man muss

extra für mich immer wieder vorträgt. Die Frauen – auch meine – quasseln durcheinander und lachen auf Kosten der Männer. Ich bin der Einzige, der hier Bier trinkt, es wurde ja schließlich extra für mich gekauft. Mit meiner Flasche ziehe ich mich auf den Balkon zurück und sehe in die Sterne. Es fehlt mir an nichts, obwohl hier fast alles fehlt.

Am nächsten Tag ist es endlich an der Zeit, zum Strand zu gehen. Wir packen unsere siebenhundert Sachen und marschieren los. Am Meer angekommen, suchen wir einen adäquaten Platz, wir brauchen viel davon, denn wir haben ein Zelt dabei, damit sich Nonna und die Tanten umziehen können. Dann eine ganze Batterie von Klappstühlen und – autsch, *merda* – was war das denn? Ich wollte gerade einen Sonnenschirm fachgerecht in den Sand kreiseln lassen und stemmte mich dafür mit aller Kraft in den Boden, als sich von dort aus etwas mit nicht geringerer Kraft in meinen rechten Fuß bohrte. Ich lasse den

---

nur an jedes Wort die Endung «-en» hängen. Merkwürdigerweise klingt das dann wirklich sehr deutsch.

Schirm fallen und sehe nach: Ich bin in eine verrostete Schraube von ungefähr sieben Zentimeter Länge getreten. Mindestens zwei davon stecken in meiner Fußsohle. Es blutet ein wenig, Nonna Anna schreit «*Sangue, sangue!*»[1] und dann noch «Maria, er blutet!».

Dazu muss man sagen, dass man sich stets große Sorgen um mich macht, auch wenn ich nur Zeitung lese oder mir die Zähne putze. Es ist, als befürchte man ständig, etwas falsch zu machen und zur Strafe aus der EU ausgeschlossen zu werden. Auch die *merdosa*[2] Schraube nagt am Selbstwertgefühl meiner Familie.

«Das ist wieder typisch für Italien», schreit Antonio, dessen Emigrantentum immer auch dazu führt, seine Heimat zu verfluchen, wenn er dort zu Besuch ist. In Deutschland hingegen liebt er sein Italien über alles. Aber egal. Jedenfalls führt er sich auf wie der italienische Ministerpräsident, wenn man ihn der Steuerhinterziehung verdächtigt. Dies lockt andere Familienmitglieder an und natürlich auch Wildfremde sonder Zahl, die se-

1 Blut

2 beschissene

hen wollen, wie ein Deutscher an ihrem Strand stirbt. Das hatte man hier lange nicht mehr! Bald ist mein Fuß umringt von kringelhaarigen, braungebrannten Männern in knappen, aber bunten Badehosen. Die sehen aus, als wollten sie sagen: «Respekt. Das nenn ich mal ’ne Schraube.»

Marco sagt unpassenderweise: «Ich kenne einen, der ist an so was draufgegangen.»

Darauf Gianluca: «Wen denn?»

«Jesus.» Alle lachen, bloß ich nicht, denn das hier tut weh. Es schmerzt wirklich ungeheuerlich. Außerdem befürchte ich, Wundstarrkrampf, Tollwut oder AIDS zu bekommen, wenn ich nicht gleich zum Arzt gebracht werde. Antonio fragt Raffaele, ob dieser Werkzeug im Auto habe, vielleicht einen Schraubenzieher, doch der verneint. Er macht immer alles mit dem Hammer, er braucht keinen Schraubenzieher. Maria ist der Ansicht, man könne gut mit einer Schraube im Fuß leben, wenn man sie knapp absägen würde, und ein fremder Mann mit Brusthaar, das sich bis auf die Schulterblätter erstreckt, findet, man müsse das Ding herausreißen und sofort die Wunde aussaugen, wofür er sich zur Verfügung stellt. Ich lehne ab. Versteht man doch, oder?

Marco hat eine bessere Idee. «Wir könnten ihn

ja ins Krankenhaus bringen», schlägt er vor. Einerseits freue ich mich über so viel Umsicht, auf der anderen Seite habe ich aber auch Angst. Ich denke darüber nach, wann ich die letzte Tetanus-Impfung hatte. So etwas weiß man ja nie auswendig. Wahrscheinlich ist das zwanzig Jahre her und war gar keine Tetanus-Impfung. Und überhaupt, vielleicht kennen die so etwas hier überhaupt nicht und halten Tetanus für eine Eissorte. Wenn ich mich fürchte, werde ich immer ein bisschen paranoid.

Im Augenblick habe ich jedoch keine Wahl, also fahre ich mit Sara und Marco ins Krankenhaus, wo ich in einem Warteraum neben einem verheulten Teenager und einem Greis Platz nehme, der einen ungeheuren Insektenstich am Hals trägt und im Begriff ist, daran zu ersticken.

Wir warten fast zwei Stunden, es wird schon Nachmittag, als man sich endlich um mich kümmert. Ich habe bereits ein Badetuch durchgeblutet, und die Wunde, in der immer noch die Schraube steckt, hat einen blauen Rand. Eine Schwester wickelt das Tuch ab und holt den Arzt. Der stellt sich als unerfahrenes Jüngelchen heraus, der, kaum dass er meine Sara gesehen hat, damit beginnt, sie anzubaggern. Ich mache auf mich aufmerksam, indem ich laut ächze und auf meinen Fuß zeige.

«Ah, eine Schraube», sagt das Ärztlein und versucht, sie aus dem Fuß zu ziehen. Aber wenn das so einfach wäre, hätte ich es selbst schon gemacht, *buffone*[1]. Nachdem er mir mit seinem Gefummel nachhaltig die Laune verdorben hat, hält er plötzlich inne und zeigt aus dem Fenster. Ich sehe hin und – ratsch – zieht er das rostige Teil aus meinem Fuß. Er reinigt die Wunde und verbindet alles. Dann fragt er nach «Tetano» und gibt mir eine Spritze. Alles nicht so wild, kein Grund zur Aufregung, kann ja jedem mal passieren. Der Mann ist nett, und fähig ist er auch. Ich soll nochmal wiederkommen, damit er sich das ansehen kann, denn immerhin besteht die Gefahr einer Blutvergiftung.

Als wir in unser Ferienhaus zurückkehren, werde ich empfangen wie ein totgeglaubter Kriegsheimkehrer. Nonna Anna, die sonst oft spröde und ungeduldig mit mir ist, weint sogar. Mir wird ab heute die gesamte Fürsorge einer großen italienischen Familie zuteil. Ich trage einen Verband

---

1 Witzbold

am Fuß, der es mir unmöglich macht, normal zu gehen, also bekomme ich Krücken und Eis und Melone mit Schinken, wann immer mir danach ist. Man kann das glauben oder nicht, aber eine ärgerliche Verletzung in den Ferien muss diese nicht verderben. Ich bin sogar froh, dass ich in eine Schraube getreten bin, denn auf diese Weise muss ich nicht am familiären Trott teilnehmen. Ich genieße das regelrecht.

Ich sitze tagelang alleine auf dem Balkon, während meine zahlreichen Verwandten am Meer sind, und beobachte die Straße. Auch Nonna Anna bleibt im Haus, ihr ist es am Strand zu heiß. Sie kocht oder döst. Manchmal höre ich sie schnarchen. Immer wenn es ihr gerade einfällt, bringt sie mir ein Kaffeechen oder ein Glas Lemonsoda. Sehr angenehm! Schräg gegenüber von unserem Haus steht ein Müllcontainer und stinkt vor sich hin, aber er stört mich nicht, weil viele Leute vorbeikommen und ihm Geschenke bringen. Da gibt es allerhand zu beobachten.

Mülltrennung gibt es hier selbstverständlich nicht. Ich verbringe einen halben Nachmittag mit einer spannenden Diskussion in meinem Kopf. Was ist besser: die schon faschistoide Mülltrennerei deutscher Prägung, die für alle möglichen Abfälle verschiedenfarbige Tönnchen und bei Missachtung drakonische Strafen oder zumindest den Ausschluss aus dem Gutmenschentum vorsieht? Dieses philisterhaft deutsche Sortieren von Zigarettenpackungsfolie, Zigarettenpackungsstanniolpapier und Zigarettenpackungspappe in unterschiedliche Behälter? Oder die völlige Ignoranz gegenüber jeglichem Müll, sei es der eigene oder fremder? Das Schulterzucken, wenn der Abfall vor sich hin stinkt und die Ratten aus dem Container blinzeln, wenn man seine Säcke hineinstopft?

Ebenfalls ein großes Thema für mich sind täglich zwei konkurrierende Gemüsehändler, die im Abstand von drei Stunden mit ihren alten Lieferwagen vorbeikommen und mit einer Glocke bimmeln. Dann rufen sie, was sie im Angebot haben, und aus den Häusern strömen die Frauen und palavern mit ihnen. Das Angebot der beiden ist identisch, und die Kunden sind es auch. Sie gehen zuerst zu dem Älteren, der früher kommt, und kaufen ihm was ab, und später gehen sie auch zu dem Jüngeren und kaufen dieselben Sachen noch einmal. Ich sehe von oben zu, verstehe kein Wort, rauche und frage mich: Kaufen sie die Hälfte bei dem einen und die andere bei dem anderen, oder kaufen sie doppelt so viel, wie sie brauchen, um einen der beiden nicht zu entmutigen? Sie könnten ja auch abwechselnd an einem Tag bei dem einen und am nächsten Tag bei dem anderen kaufen oder bei keinem von ihnen. Vielleicht habe ich einen Sonnenstich?

Eines Nachmittags fliegt die Tür auf, und Antonio stürzt herein. «Schnell, du musst mir helfen!», ruft er mir auf Italienisch zu. Er schleppt Papier und eine Packung Schaschlikspieße herbei und beginnt damit, je vier Spieße in die Ecken des Papiers zu bohren.

«Was wird denn das?», frage ich ehrlich neugierig. Mir schwant, dass es sich dabei wieder einmal um eine von Antonios genialen Geschäftsideen handeln muss. Ich habe keinen Urlaub erlebt, an dem er die Menschheit nicht mit ausgeklügelten Erfindungen beglückt hat. Die Produktion der meisten davon wurde umgehend wieder eingestellt, denn entweder braucht niemand seine Erfindungen, oder sie sind zu kompliziert, oder er verkauft sie zu teuer. In unserem letzten Urlaub in Termoli ersann er einen Handschuh, mit dem man Sonnencreme gleichmäßig und großflächig auf dem Körper verteilen konnte. Dachte er jedenfalls, bis er ein paar lederne Autofahrerhandschuhe von Onkel Raffaele in einer Testreihe ruinierte.

Ebenfalls total erfolglos: eine neue Eisgeschmacksrichtung namens Kutteln-Zimt[1] und eine neue Sportart, in der es darum geht, so schnell wie möglich allen Badegästen die Badehosen runterzuziehen. Wer die meisten schafft, hat gewonnen und mindestens ein Veilchen. Nur einmal, ein einziges Mal funktionierte ein Produkt aus dem Hause Marcipane einwandfrei und konnte Gutes tun, nämlich seine Alarmanlage.

Er verkaufte sie für 20 Euro an einen Turiner Touristen, der ein sehr teures Auto besaß. Bei der Alarmanlage Ilaria 2002 handelte es sich genau genommen um seine siebenjährige Großnichte (Sie wissen schon: die Tochter von Giancarlo und Barbara, Schwester von Antonio und Enkelin von Raffaele). Er platzierte sie in Rufnähe zu dem teuren Auto und versprach ihr ein großes Eis mit Sahne, wenn sie schrie, falls sich jemand näherte. Der Mann aus Turin legte sich in die Sonne und schlief. Als er wieder aufwachte, bekam er

---

1 Klingt auf Italienisch aber eigentlich vielversprechend: *trippa-cannella*

Hunger und ging zu seinem Wagen, um Geld herauszuholen. Als er ihn aufschließen wollte, begann Ilaria so unfassbar schrill zu schreien, dass im Umkreis von hundert Metern die Glasscheiben zitterten. Dazu zeigte sie auf den Mann am Auto und brüllte: «Autodieb, ein Autodieb, ein Autodieb!» Der Mann hatte größte Mühe, den umstehenden Menschen und der Polizei klarzumachen, dass er der Besitzer des Wagens war und die Kleine da drüben sogar noch dafür bezahlte, wie am Spieß zu brüllen.

Ilaria hörte erst auf zu schreien, als sie nach fünfzehn Minuten hyperventilierte. Immerhin hatte sie sich als Alarmanlage zur Legende gemacht und erhielt nicht weniger als drei ernstgemeinte Anfragen von Hausbesitzern, die zwar gut dotiert waren, aber sie hätte nachts arbeiten müssen, und das verbot ihre Mutter.

Antonios neuer Clou sind nun die Schaschlikspießchen und das Papier.

«Das, liebe Jung, iste Schatten fur arme Leut.»

«Schatten für arme Leute?»

«Legst di an der Strand und steckste in der Sand, dann kannst schlafen ohne Sonne in der Augen.»

Soso. «Und was kostet das?»

Antonio lässt seine Goldzähne wild funkeln. Die Gier springt ihm aus den Augen. «Kostete nur funf Euro.»

«Fünf Euro für vier Holzspießchen und ein Blatt Papier? Das kauft doch kein Mensch.»

Niemals gibt dafür jemand Geld aus. Antonio rechnet mir nun vor, dass wir mit den 200 Schaschlikspießen 250 Euro Umsatz machen können. Das ist mehr als mit Schaschlik! Seine Begeisterung kennt keine Grenzen, und wo er recht hat, hat er recht. Außerdem will er mich am Gewinn beteiligen. Also bastele ich mit ihm erst einmal zwanzig Sonnendächer aus Papier, auch wenn ich die ganze Zeit denke, dass man sich ja auch ein T-Shirt oder ein Buch oder ein Handtuch oder einfach gar nichts auf den Kopf legen kann, wenn man am Strand schlafen will.

Ich humple ihm hinterher ans Meer und werde Zeuge, wie er von Badegast zu Badegast geht, sich bückt, freundlich sein Produkt anbietet, es erklärt, sich zu Demonstrationszwecken selber flach auf den Boden legt, das Papier über seine Nase stülpt und mit den Schaschlikspießen im Sand fixiert. Gut, er muss mit dem Preis runter, das war klar. Aber in kurzer Zeit sind die zwanzig Toni-Dächer, so heißt seine Erfindung, verkauft.

Für immerhin 50 Cent pro Stück. Wir laufen zurück zum Haus und werfen unter Einspannung der Enkelkinder eine Massenproduktion vorindustrieller Art an.

Nach einer Stunde haben wir achtzig Papiersonnensegel verkauft, überall auf dem Strand sind sie verteilt. Es sieht so stylish aus, wir haben ein must-have kreiert, das man überall auf der Welt gebrauchen kann. Und das Tollste ist: Auf der Oberseite ist Platz für Werbung! Wir werden reich. Antonio rechnet mir die Margen vor, mir wird schwindlig. Eine Milliarde Segel pro Saison! Und dann kommt, als sei es ein göttliches Zeichen, ein Wind auf, eine Böe, wie man sie gern hat am Meer. Sie fasst beherzt unter achtzig Papiersegelchen, rupft sie aus dem Sand und wirbelt sie mitsamt der Holzspieße nach oben in die Luft. Dort schlingern sie, taumeln tänzelnd im Wind und fliegen davon, unter sich Menschen, die ihnen hinterherlaufen, als habe jemand aus einem Hubschrauber Geldscheine abgeworfen.

Und da ist Antonios Traum auch schon wieder vorbei. Na gut, werden wir doch nicht reich. Was gibt's heute Abend zu essen?

An unserem letzten Abend geht es mal wieder um Campobasso. Die Altstadt, die Heimat liegt in Trümmern. Keiner kann sie retten. Antonio hält ein flammendes Plädoyer für den Denkmalschutz und sagt, in meine Richtung gewandt: «Ich weiß, was zu tun ist. Ihr werdet noch sehen, ich habe schon eine Idee.» Der Umstand, dass er dabei mich anguckt, macht mir Sorgen. Ich habe da so eine Vorahnung, nämlich dass er irgendwas Furchtbares plant und ich ihm dabei helfen soll. Diese Skepsis wird sich schon bald als begründet erweisen, aber an diesem Abend rückt er nicht mit seinem Masterplan zur Rettung der Altstadt von Campobasso heraus.

Ich habe gerade fünfzehn Euro beim Backgammon gegen Gianluca verloren, da klingelt das Telefon. Es ist Lorella, Saras große Schwester. Sie ist mit einem Diplomingenieur namens Jürgen verheiratet. Ich habe ihn nur einmal gesehen, und er war mir gleich sympathisch, weil er etwas von Rotwein versteht. Ich finde Weinkenner immer automatisch faszinierend, weil sie in dieser wunderbaren Aromawelt leben und Honig, Sandelholz und Himbeere schmecken, wo andere einfach sagen: «Rotwein! Das schmeckt nach … Rotwein eben.»

Sie leben in Südafrika, und Lorella ist schwanger. Ursula spricht leise mit ihrer älteren Tochter.

Aber sie ist anders als sonst, sie zittert richtig. Als sie auflegt, sind alle still, weil sie bemerkt haben, dass da etwas Besonderes vor sich geht. Ursula schaut zu uns herüber und sagt mit einer Sanftheit, die ich gar nicht von dieser pragmatischen Frau kenne: «Lorella und Jürgen kommen nach Hause. Sie wollen ihr Baby bei uns bekommen.» Sofort sehe ich Antonio an. Er sagt nichts, aber große runde Tränen laufen über sein unrasiertes Gesicht. Es ist, als weine ein alter Baum.

SIEBEN

Auf dem Rückweg von Campobasso nach Hause checken Sara und ich heimlich in einem Wellnesshotel am Gardasee ein. Dort erholen wir uns von unserer Familie und kommen entspannt aus den Ferien heim. Jetzt beginnt der Herbst, und der wird bei uns Münchnern vom nahenden Oktoberfest dominiert. Schon viele Wochen vorher beginnt der Aufbau der Bierzelte, schon Monate zuvor kann man Tische reservieren.

Deutsches Bier übt eine unheimliche Faszination auf Italiener aus, denn Bier gehört nicht unbedingt zu den herausragenden Spezialitäten ihres Landes. Die Bewohner Italiens haben in vielerlei Hinsicht aufgetrumpft, beispielsweise mit der Erfindung sehr langweiligen Fußballs sowie der euphorischen Begeisterung eben dafür. Auch Wein aus Italien ist sehr berühmt – da kann das Bier ruhig schmecken wie feuchter Vogelsand.

Viele Italiener fahren, um richtiges Bier zu trinken, gern einmal im Jahr nach München zum

Oktoberfest, wo man außer Italienern auch viele Skandinavier und Australier sieht, deren Bier ebenfalls nicht unbedingt Weltspitze ist. Australier und Skandinavier sind trinkfest und deshalb gern gesehene Gäste im Festzelt, was man von den Italienern nur sehr bedingt sagen kann. Sie vertragen nicht besonders viel und parken die halbe Stadt mit Wohnmobilen voll, denen sie früh entweichen, um auf die Festwiese zu krabbeln, wo sie schon morgens in den Zelten sitzen. Italiener trinken etwa drei Stunden an einem Liter Bier und schlafen dann entweder darüber ein – oder sie tanzen auf den Bänken. Es lässt sich hier eine gewisse Analogie zu der Art und Weise feststellen, wie Italiener sich im Straßenverkehr fortbewegen, nämlich entweder praktisch gar nicht oder aber in einem für alle beunruhigenden Tempo.

Die italienischen Gäste des Oktoberfestes trinken zwar nicht so viel, aber dafür kaufen sie groß ein. Keine Losbude mit rosa Plüschtieren ist vor ihnen sicher, kein Lebkuchenherz zu groß und keine Mütze zu albern. Wenn die Italiener nicht wären, könnte man das Oktoberfest ein hirnloses Rumgeschubse im Vollrausch nennen. Mit ihnen jedoch ist es ein hirnloses Rumgeschubse im Kaufrausch.

Das sind Dinge, die man wissen kann oder zu wissen glaubt, wenn man selbst auf das Oktoberfest geht. Das muss man, wenn man in der bayerischen Hauptstadt lebt. Mindestens einmal im Jahr muss man das, sonst ist man eine soziale Randgruppe. Auch ich möchte gesellschaftlich nicht abseits stehen und verbringe einen Abend pro Jahr auf der Wiesn. In den ersten Jahren meines Lebens in München pestete ich Ureinwohner gern mit der Frage, ob sie heute Abend mit auf die Wiese gingen. Münchner werden sehr böse, wenn man Wiese sagt und nicht Wiesn. Sie werden überhaupt sehr böse, wenn man irgendwas falsch ausspricht, dabei sprechen sie selber eigentlich alles falsch aus, wenn man es mal vom Standpunkt eines Hochdeutsch sprechenden Menschen aus betrachtet.

Das brünftig Röhrende im bayerischen Idiom verbreitet besonders unter Italienern und Japanern Furcht und Schrecken. So gesehen ist der Oktoberfest-Besuch vieler tausend Italiener als Abenteuerurlaub zu werten. Ähnlich wie Hannibal seine Elefanten, schieben die italienischen Wiesngäste ihre Wohnmobile und Kleinwagen über die Alpen in ein ungewisses Schicksal. Dazu gehört viel Mut und Geld und eine positive

Grundstimmung, die den Italienern beim Reisen aber ohnehin eigen ist. Keine Gegend der Welt kommt heute ohne Italiener aus, die sich verlaufen oder verfahren, auf jeden Fall verirrt haben. Immer wieder mal hört man von erschöpften Kleinwagenbesatzungen, die Mitte Oktober in der irrigen Annahme, das Oktoberfest fände im Oktober statt, nach München kommen. Die Enttäuschung darüber, dass das Oktoberfest im Wesentlichen im September abgehalten wird und die Verwunderung über die geradezu mediterrane Ungenauigkeit des Begriffs Oktoberfest hält aber nie lange vor. Italienische Touristen lassen sich den Urlaubsspaß niemals verderben und suchen stattdessen für mehrere Tage das Hofbräuhaus auf, wo sie sich den Platz mit Japanern und Amerikanern teilen, die ganzjährig dort zu finden sind.

Saras Cousin Marco plant seinen ersten Oktoberfestbesuch. Er hat sich dafür ein Wohnmobil geliehen und kündigt sein Kommen für das zweite Oktoberfestwochenende an. Dies ist das so genannte Italiener-Wochenende, wo in Bayern die Verkehrsnachrichten auf Italienisch gesendet werden, in der Hoffnung, die Gäste würden irgendwo weit draußen parken, möglichst in Rosenheim oder noch besser in Innsbruck. Am Italiener-Wochenende gibt es Lebkuchenherzen, auf denen *«ti amo»* steht, und ein Gedrängel, das man schon als Mutter aller Gedrängel bezeichnen kann. Das Oktoberfest ist neben der Tokioter U-Bahn vermutlich *das* Eldorado für Frotteure, besonders am Italiener-Wochenende, woraus man nun aber nicht ableiten sollte, die Italiener seien allesamt Frotteure. Sie schätzen bloß die Geselligkeit.

Mein Fuß ist seit dem Urlaub weitgehend abgeschwollen, also freue ich mich auf den Besuch und werde auch mit auf die Wiesn gehen. Marco und seine Kumpels wollen auf keinen Fall bei uns übernachten, da sie ohnehin nicht vorhaben zu schlafen. Sollten sie doch einnicken, dann möchten sie dies wiesnnah in ihrem Wohnmobil tun. Sara versucht, sie zu überreden, sie spricht von der Möglichkeit, zu duschen oder eventuell ausgestreckt auf einer richtigen Matratze schlafen zu können. Aber Marco bleibt hart. Er hat jedoch nicht mit der ordnenden Kraft der bayerischen Polizei gerechnet, die ihm schon auf der Autobahn mitteilt, dass er keinesfalls mit dem Wohnmobil in die Stadt könne. Das Parken rund um die Festwiese wird seit einigen Jahren weitgehend unterbunden, weil die Anwohner sonst in Fäkalien ertrunken wären. Also werden Marco und die Jungs auf einen Campingplatz umgeleitet, der von weitem aussieht wie das Freilaufgehege einer Hühnerfarm.

Marco hat zwei Freunde mitgebracht. Von weitem ist das Trio fast nicht zu unterscheiden, sie ähneln einander wie Tick, Trick und Track, das sind die Neffen von Donald Duck, die man nur anhand der unterschiedlich farbigen Mützen auseinanderhalten kann. Tick, Trick und Track heißen in Italien übrigens Qui, Quo und Qua. Und in Amerika Huey, Dewey und Louie[1], aber das ist jetzt nicht so wichtig.

Marcos Freund heißt Furio, ist ebenso klein, schlank und dunkelhaarig wie Marco. Er hat noch seinen Bruder Francesco mitgebracht, der nur zehn Monate jünger ist als er selbst und daher als Krone der Schöpfung innerhalb seiner Familie gilt. Nach Umarmung, Küssung und dem Austausch von Komplimenten wünschen die drei, un-

---

1 Huey (Tick) trägt normalerweise die rote Kappe, Dewey (Trick) die blaue und Louie (Track) die grüne.

verzüglich zur *festa di birra* gebracht zu werden. Es ist Freitagnachmittag. Leute, das hat doch keinen Sinn! Außerdem regnet es. Egal, egal, egal, wir müssen sofort dahin, wo es Bier und Brezeln und was auf die Nuss gibt. In direkter Nachbarschaft zu Marco und seinen Begleitern campiert eine Truppe aus Schweden. Sie sind leicht zu identifizieren, nicht nur an ihrem Auto, sondern auch an den Wikingerhelmen, die sie tragen, während sie gerade ein Nickerchen machen. Sie schlafen draußen, haben sich mit ihrem Zelt zugedeckt. Einige der Heringe stecken noch im Morast. Ob die Typen auf dem Oktoberfest waren, will Furio wissen. «O ja», antworte ich und registriere die leicht angeekelte Faszination, mit der er die Skandinavier betrachtet. Für ihn ist der Anblick von betrunkenen Wikingern eine Premiere. Wir in München sehen das jeden Herbst. Dies und noch viel schrecklichere Dinge!

Das Oktoberfest hat sich nämlich in den vergangenen Jahren stark verändert und ist von einer Art Gamsbart-Woodstock zu etwas mutiert, was man auch aus dem Privatfernsehen kennt: sauber angeprolte, also tätowierte Massenunterhaltung in tümelnden Klamotten, deren Designer einmal für ihre Geschmacklosigkeiten in der Hölle braten werden. Authentisch ist am Oktoberfest eigentlich bloß noch der Kopfschmerz am nächsten Tag. Mit einem Volksfest hat das Ganze jedenfalls kaum mehr etwas zu tun, mehr mit einem Wir-sind-das-Volk-Fest. Man kann es in etwa mit der Silvesterfeier am Brandenburger Tor vergleichen. Bloß ist das Oktoberfest auf albtraumhafte Weise schicker und dauert vor allem viel länger. Marco ist das schnuppe. Er versteht nicht, warum die Deutschen immer so an sich und aneinander leiden, statt ihren Spaß zu haben.

Und da hat er auch wieder recht. Man schämt sich ja als Deutscher in luziden Momenten für diese unangenehme Attitüde, alles früher besser gefunden zu haben oder es ganz anders zu wollen, meistens ohne störende Mitmenschen. Die Wahrheit aus außerdeutscher Sicht ist: Wir können uns ganz einfach auf nichts einstellen und mit nichts abfinden. Nicht mit dem vermurksten Wembley-Tor, nicht mit dem deutschen Essen, nicht mit den Fernsehgebühren.

Solche Sorgen hat Marco nicht. Er fügt sich schulterzuckend in die Unzulänglichkeiten seiner Heimat und freut sich dafür umso mehr, wenn er in der Fremde auf etwas Italienisches stößt. Das ist in München nicht schwer, denn München nimmt für sich in Anspruch, die nördlichste Stadt Italiens zu sein, und das stimmt auch. Man findet überall im Stadtbild die italienische Fahne, besonders wenn man an italienischen Lokalen vorbeikommt, und das ist häufig.

Auf der Theresienwiese verlieren wir Furio innerhalb von etwa einer halben Minute aus den Augen. Uns an den Händen haltend, suchen wir ihn und entdecken ihn schließlich bei einer angeregten Unterhaltung mit Studenten aus Turin, die gerade auf dem Heimweg sind. Sie tragen riesige graue Filzhüte und sind kaum noch des Italienischen mächtig. Immerhin kennen sie den Weg zur Quelle ihrer Trunkenheit und gestikulieren raumgreifend in Richtung eines gigantischen brüllenden Plastiklöwen, der auf einem Zelt montiert ist.

In dem Enthusiasmus, mit dem sich meine Begleiter nun durch die Ströme von verdauenden Leibern zum Ziel quetschen, sind sie Spermien nicht unähnlich, aber ich bin höflich genug, dies jetzt nicht zur Sprache zu bringen. Dafür ist mein Italienisch auch deutlich zu schlecht. Zwar habe ich in den vergangenen Jahren schon sehr viel dazugelernt, aber bei mir besteht immer das Risiko, in dieser Sprache böse auszurutschen.

Einmal ging ich in Campobasso zum Arzt, weil mich der kleine Hund von Tante Maria gebissen hatte. Ich erklärte Dottor Neri, dass meine *polpetta* (Fleischklößchen) heftig schmerzte. Der Doktor sah mich lange an. Dann bat er mich, ihm die Stelle mal zu zeigen. Ich schob die Hose hoch und deutete auf mein *polpaccio* (Wade), worauf er mir in freundlichem Ton zu verstehen gab, dass ich *polpettone* (wirres Zeug)[1] reden würde. In einem anderen Fall lobte ich eine Cousine meiner Frau im Rahmen eines größeren Abendessens mit ungefähr vierzehn aufmerksam zuhörenden Familienmitgliedern für ihren großen *senno* (Verstand). Dachte ich jedenfalls. Tatsächlich pries ich ihren großen *seno* (Busen). Aber jetzt sind wir ja nicht in Italien, sondern auf dem Oktoberfest, und da braucht man kein Italienisch zu können. Da braucht man nur Geld und Geduld, bis man es ausgeben darf.

---

1 Da wird es dann wirklich kompliziert, denn *polpettone* heißt auch Hackbraten. Man kann in Italien also sowohl Gehacktes essen als auch reden. Manche Menschen können das sogar gleichzeitig.

Natürlich ist das Zelt mit dem Plastiklöwen auf dem Dach geschlossen; und zwar, wie ein Mann mit zitterndem Bart unablässig in die Menge ruft, bereits seit sechs Stunden. Man ließe erst wieder Gäste hinein, wenn mindestens fünfhundert Menschen das Zelt verlassen hätten, was aber unzweifelhaft nie geschehen wird. Marco, Furio und Francesco sind untröstlich. Es gelingt mir, sie davon abzuhalten, es bei allen weiteren Zelten zu probieren, und biete ihnen an, die Fahrgeschäfte des Oktoberfestes zu erkunden. Die Jungs sind einverstanden, denn das Oktoberfest macht viel Lärm, und Lärm ist so etwas wie ein Magnet für meine italienische Familie.

Vor einer recht unspektakulär aussehenden Bude kündigt ein Mann an, es werde nun darin eine echte Enthauptung geben. Uiii! Ein Folter-Jokus wird angekündigt, mit Opfern aus dem Publikum. Genau wie in Abu Ghraib, denke ich, und löse sofort vier Karten. Bevor die Enthauptung beginnt, müssen wir allerdings erst den Tanz eines etwa siebzig Kilo schweren weiblichen Schmetterlings über uns ergehen lassen.

Zur Liquidierung eines Festwiesenbesuchers wird nun ein Freiwilliger gesucht. Wir sitzen ganz vorne, und selbstverständlich hebt Francesco sofort die Hand. Er wird auserwählt, was ich problematisch finde. Wie soll ich bloß seinen Eltern erklären, dass wir auf einem Volksfest waren und ihr Sohn dort versehentlich von einem bayerischen Schausteller geköpft wurde?

Feixend betritt Francesco die Bühne, und dann kommt ein ziemlich durchsichtiger Trick, für den David Copperfield in Las Vegas wahrscheinlich geteert und gefedert würde. Jedenfalls kracht die Guillotine abwärts, ein Kopf fällt in einen Korb, und ich denke: Na gut, so schlimm war's nicht. Alle lachen. Nur Francesco nicht. Der liegt weiterhin auf dem Bauch und rührt sich nicht.

Der Henker fordert ihn auf, sich zu erheben, aber Francesco bleibt liegen, denn er ist vor lauter Aufregung in Ohnmacht gefallen. Natürlich macht Furio zahllose Fotos von den Wiederbelebungsversuchen der Schmetterlingsfrau. Sie erweckt Francesco mittels leichter Wangenstreiche zum Leben, und unter tosendem Applaus verlässt er bleich, aber unversehrt die Bühne. Er hat sich mit seiner Performance geradewegs in den Show-Olymp geschossen.

Auf diesen Triumph muss nun aber endlich mal ein Bier getrunken werden. Wir ergattern einen Platz in einem der Biergärten, die aufgrund des

Nieselregens nicht ganz so voll sind, und bereits nach zehn Minuten starrt mich Marco glasig an. Dieses Bier, so bemerkt er, sei ja recht lecker, aber man trinke doch so einen Pokal nicht wirklich ernsthaft aus, oder? Ich muss ihn darüber belehren, dass es in Deutschland schlechtes Wetter gibt, wenn man nicht austrinkt, und dass es sogar angezeigt sei, das Glas zügig zu leeren, damit das Bier nicht schal wird. Keine Ahnung, was schal heißt, ich sage einfach, dass das Bier innerhalb von zwanzig Minuten schlecht wird. Da sich die Jungs nicht vergiften wollen, trinken sie nun also für ihre Verhältnisse ziemlich flott. Danach gehen wir auf die *Wilde Maus*.

Das ist eine Art Anfänger-Achterbahn ohne Looping. Auch das Tempo bleibt moderat, dafür sind die Räder unter den Wagen so weit hinter deren Front montiert, dass man vor den rechtwinkligen Kurven immer denkt, man schösse geradeaus, was aber im letzten Moment eben doch nicht geschieht. Ich finde das zumutbar. In Anbetracht von Furios labilem Gemüt möchte ich aber nicht mit ihm fahren, sondern nehme einen Wagen mit Marco, der sich an meiner Jacke festkrallt und wie irre kreischt. Wenig später fährt der Wagen los.

Auf der Fahrt drehe ich mich immer wieder nach den beiden Brüdern um und stelle fest, dass sie starr vor Schreck oder Verzückung die Fahrt zu genießen scheinen. Da ich nach hinten schaue, konzentriere ich mich nicht so auf die Fahrt und – knack – in der dritten Kurve dreht sich mein Kopf wie von selbst in Fahrtrichtung, und ein Nackenwirbel springt raus. Mein Chiropraktiker verdient viel Geld mit unbelehrbaren Wiesnbesuchern.

Mir reicht's für heute, es ist auch spät geworden. Auf dem Weg zur U-Bahn kommen wir an einer Hühnchenbraterei vorbei, wo wir einkehren, damit das Bier im Bauch nicht so einsam ist. Die Brüder Furio und Francesco Pizzi und Marco Marcipane trinken noch je eine Halbe zu ihrem Hähnchen und sind der Meinung, dass sich der Besuch schon sehr gelohnt habe. Besonders wenn wir morgen ganz früh in so ein Bierzelt gingen.

Zwischen U-Bahn und Campingplatz, also in meinem Auto, wird Furio übel. Er müsse mal ganz kurz aussteigen, übersetzt Marco. Leider geht das nicht, weil wir uns auf einer Autobahn befinden. Na gut, dann eben mal schnell die Scheibe runterfahren. Leider geht das nicht, weil die Kindersicherung eingeschaltet ist. Na gut, dann eben alles in eine Einkaufstüte, die zufällig herumliegt. Leider geht das nicht, weil Furio kein Zielwasser, sondern Bier getrunken hat. Na gut, dann eben die Hälfte in mein Auto.

Ich liefere die drei auf dem Campingplatz ab und überlasse sie der Obhut der Wikinger. Dann fahre ich nach Hause und mache mein Auto sauber. Ich lasse alle vier Fenster auf, aber der Geruch bleibt. Anderntags hole ich unseren Besuch wieder ab. Sara bleibt zu Hause, denn sie findet, das sei ein Männerding, und da wolle sie nicht stören. Sie geht gern aufs Oktoberfest, aber immer nur mit ihren Freundinnen. Sie muss nie etwas bezahlen. Frau müsste man sein. Das Leben wäre voller kostenloser Unterhaltung.

Ich treffe Qui, Quo und Qua in einem erbärmlichen Zustand an. Dabei bin ich selber versehrt, ich kann meinen Kopf kaum bewegen wegen dieser dämlichen Maus-Gondel. Trotz eines mörderischen Kopfschmerzes, den er sich nicht erklären kann, besteht Furio darauf, uns ein Frühstück zu machen, welches aus einem löslichen Kaffee und Cornflakes ohne Milch besteht, die er so viel besser findet, weil sie nur ohne Milch richtig knusprig seien. Von nebenan kommt ein Wikinger vorbei und lädt uns auf ein Partyfässchen *Faxe*-Bier ein. Die Schweden reisen heute ab, und da lohne es sich nicht mehr, zum Saufen extra in die Stadt zu fahren. Wir lehnen dankend ab, denn wir brauchen unsere Kondition noch. Dafür hat der Schwede Verständnis. Francesco moniert den komischen Geruch in meinem Auto, und dies ist der einzige Moment dieses Besuchs, in dem sich meine sonst so gastgebermäßig dufte Laune etwas eintrübt.

Es ist Samstagmorgen, zehn nach zehn. Wie zu erwarten war, sind die Zelte bereits ziemlich voll. Wer einmal drin ist in einem solchen Bierzelt, muss übrigens drin bleiben, denn wenn man nach draußen geht, um etwas von dem Bier wegzubringen, das man vor einer halben Stunde getrunken hat, kommt man nicht mehr hinein, auch nicht, wenn man dort Haustürschlüssel oder Ehefrau hat liegenlassen. Wer nicht oder nicht wieder reinkommt, muss warten. Selbst weinende Männer haben keine Lobby bei Türstehern und bei F. Zapf erst recht nicht. Der steht vor uns und verweigert den Einlass. Er sieht aus wie Asterix mit dem Körper von Obelix. Sein mit einem riesigen blonden Schnauzbart verzierter Schädel scheint zu gleichen Teilen aus Fett und Haaren zu bestehen. Diese Erscheinung hält Furio von jedem Versuch ab, sich ins Zelt zu mogeln. Also telefoniert er ausführlich mit zu Hause, um Bericht von der Lage zu geben und seine Mutter zu bitten, sein AS-Roma-Trikot nicht zu waschen (Furio ist 33 Jahre alt).

Das geht F. Zapf auf die Nerven. Man muss das auch mal verstehen: Zehn Stunden lang hört sich Zapf das Gemecker, Gewinsel, Gebrüll und Gezeter Hunderter Menschen an. Und dann schreit ihm ein kleinwüchsiger Südländer auch noch von der Seite ins Ohr. Als Furio zu Ende telefoniert hat und uns gerade erzählen will, dass seine Oma im Supermarkt auf einem Fisch ausgerutscht ist, von dem niemand wüsste, wie er dahin gekommen sei, weil es in dem Supermarkt gar keinen Fisch gibt, zieht Zapf ihn zu sich hin.

«Mogst nei?», fragt er ihn drohend, aber mit einer ziemlich drolligen Fistelstimme.

«Cosa?», fragt Furio zurück. Er hat wirklich Angst.

«Obst nei mogst?»

Furio sieht mich hilfesuchend an. Auch ich fürchte mich vor F. Zapf, aber ich trage die Verantwortung für Qui, Quo und Qua und kann sie nicht sich selber überlassen. Also sage ich: «Wir warten hier doch nur.»

«G'herst a zu dene do?»

«Ja, das sind mein Schwager und seine Freunde. Sie sind über tausend Kilometer gefahren, bloß um heute hier reinzugehen.»

Zapf lässt Furio los.

«Dausnd Killometr, wos? Ja, Herrschaft.»

Zapfs Miene hellt sich auf. Das findet er jetzt also schon enorm, dass einer tausend Kilometer mit dem Auto fährt, bloß um sich von ihm vermöbeln zu lassen.

«Seid's ihr aus Idalien oder wos?»

«Aus Campobasso sind die.»

«Wos is' jetz' des?»

«Das ist in der Nähe von Neapel.» So ungefähr stimmt das schon. Global betrachtet ist Kiel ja auch bei Hamburg.

Zapf nickt mit seinem riesigen Kopf, ob er lächelt, kann man nicht genau sagen, aber man wünscht es sich. Und dann geschieht das Wunder von München. Zapf schiebt uns vier mit einer sensenartigen Schaufelbewegung an sich vorbei und sagt: «Kimmt's eini.» Bis zur Abreise wird dieses Wunder auf mich zurückgeführt. Mit wenigen ruhigen Worten, so heißt es später, hätte ich den Riesen überredet, und es floss nicht ein Euro, was den Italienern fast schon spanisch vorkommt.

Innen weht uns der einzigartige Odem des Bierzeltes entgegen. Tausende und Abertausende Menschen sitzen, tanzen, laufen, stampfen, rülpsen, brüllen, singen in schattenfreiem Licht unter einem künstlichen Himmel. In der Mitte eine Empore, auf der die Band gerade das Mantra der Gemütlichkeit spielt. Rechts und links Balkone, von denen aus man wie ein römischer Kaiser auf den Pöbel schauen kann. Und überall Frauen, große Frauen. Qui, Quo und Qua sind überwältigt. Mehr noch. Sie können nicht fassen, was sie sehen. Eine Riesin, die einen Haufen Bier an uns vorbeiträgt, rüffelt uns an, wir stehen im Weg.

Das geht natürlich nicht, außerdem bekommt nur Bier, der auch sitzt. Also suchen wir uns ein Plätzchen. Zu viert muss das doch klappen. Aber überall blitzen wir ab, außer bei den italienischen Tischen, aber die sind schon so voll, da passen wir nicht mehr hin. Wir landen nach einer ganzen Weile bei einer Runde von älteren Herrschaften in Tracht, die Mitleid mit uns haben.

Wir setzen uns also, und schon nach einem knappen halben Stündchen kommt unser Bier, welches mit Rücksicht auf die Kondition der Italiener nur maßvoll eingeschenkt wurde. Es ist ja Festbier und hat mehr Alkohol als normales Bier, also werden die Gläser auch nur halbvoll gemacht. Ich würde mich ja beschweren und dann ehrenvoll rausfliegen, aber wenn die erschütternde Schankmoral meinem Besuch egal ist, ist sie mir eben auch egal. Wir prosten den Senioren aus Landshut zu, von denen einer früher schon mal beruflich in Italien war, wie er sagt. Was er denn da in Italien beruflich gemacht habe, fragt Marco, und der Mann sagt: «Gefreiter im Nachschubbataillon.»

Es ist so ungefähr elf Uhr, und langsam wird die Luft schlecht, was in Bayern immer ein besonderes Indiz für saumäßige Gemütlichkeit ist. Vor mir steht ein Bier, und neben mir steht Francesco, der die Hände in die Luft reißt und brüllt: «Jaaaaaa, erlepp nock, erlepp nock, erlepp nock, stibte nie!» Worum es denn in diesem lustigen Lied gehe, das hier alle immer singen, werde ich gefragt. So genau weiß ich es gar nicht, also höre ich zu und entnehme dem Text Folgendes: Irgendwie gibt es da im Sächsischen eine Art Forst-Zombie, der im Verlaufe des Liedes immer kränker und kränker und siecher und siecher wird und schließlich stirbt, nachdem er im Flur gestürzt ist. Am Ende wird sein Grab besucht, aber der tote Holzmichl liegt nicht darin, ist verschwunden und also offenbar doch nicht tot. Insbesondere den Umstand, dass dieses morbide Lied Anlass für ausgelassenste Fröhlichkeit bietet, finden meine Begleiter skurril, und anstatt zu singen, bleiben sie mehrere Minuten lang betroffen sitzen und starren in ihr Bier.

Um meine Freunde aufzuheitern, hole ich Riesenbrezeln. Ich liebe Riesenbrezeln. Sie verbinden sich im Magen mit Bier zu einer kleisterartigen Substanz, mit der man Tapeten an Wände kleben kann. Wenn man will. Füttert man hingegen kleine Vögel mit diesen Brezeln, fliegen sie wenige Meter weit und explodieren dann. Lecker Brezeln. Dazu sollte man möglichst viel Radi essen, also Rettich. Nach einer Stunde kann es einem dann so gehen wie einem kleinen Vogel, bloß ohne zu fliegen.

Das Schicksal des armen alten Holzmichl ist bald vergessen, zumal die Landser aus Landshut eine Runde spendieren. Dann brechen sie auf, mit unsicherem Schritt und ungewissem Ziel. Meine Freunde und ich singen den nächsten Holzmichl ihnen zu Ehren mit abgewandeltem Text: «Lebt denn der alte Wehrmachtssoldat ...?»

Wenig später kommen vier lustige Frauen aus Oer-Erkenschwick und fragen, ob bei uns noch

Platz sei. Aber natürlich, gerne, immer. Meine Übersetzungsmaschine läuft nicht mehr rund, das mag am Alkohol liegen. Und ich habe ein beständiges Summen im Kopf, dagegen trinke ich an. Marco, Franceso und Furio lassen es sich nicht nehmen und laden die Damen zu einem Getränk ein. Nach jedem Lied tauschen wir die Plätze, damit wir uns alle besser kennenlernen.

Um 12:10 sitze ich neben Angelika. Sie spricht so, wie man in Oer-Erkenschwick spricht, und hat ein bayerisches Dirndl an, wie man es nur in Oer-Erkenschwick kaufen kann. So richtig hübsch ist sie nicht, aber na ja, was soll's.

12:46. Wir singen.

13:21. Angelika hat ganz schön große Dinger.

13:59. Ich finde Angelika eigentlich doch sehr nett. Sie kann toll singen. Ich bin sicher: Mit der kann man Pferde stehlen. Oder zumindest Pferdeäpfel.

14:04. Ich glaube, da geht was.

14:09. Wir stoßen an und trinken. Danach wird mir klar: Ich habe mich geirrt. Eigentlich sieht Angelika super aus!

14:24. Angelika und ich sind ein Paar. Wir werden gemeinsam durchbrennen und im Hartz-IV-Bezieher-Fernsehen auftreten, wo wir auf kleinen Kunstledersesselchen sitzen und berichten, wie wir uns kennengelernt haben. Der Moderator wird als Überraschung meine Noch-Frau Sara hinzubitten, und die wird sagen, dass so eine Party-Beziehung niemals hält. Wenn ich also demnächst nach Hause käme, würde sie das Schloss ausgewechselt haben. Angelika und ich werden aber nur lächeln, denn wir wissen, dass wir füreinander bestimmt sind.

14:38. Sie ist ein Engel. Mehr noch: Sie ist eine Göttin!

14:41. Sie sitzt auf dem Schoß eines blondierten Fettsacks am Nachbartisch und singt «Er gehört zu mir». Dabei streichelt sie seinen Kopf.

15:03. Als ich mit zwei Riesenbrezeln zurückkomme, ist sie weg. Ihre Freundinnen wissen auch nicht, wo sie hingegangen ist, und sie kommt auch nicht wieder. So ein Flittchen. Meine Sara würde so etwas nie machen. Nie!

16:00. Ich nicke kurz ein.

16:16. Marco weckt mich auf. Zeit zu gehen, finden seine Freunde, denn Angelikas Freundinnen überfordern sie mit ihrer Herzlichkeit. Es kommt noch zu Umarmungen und gegenseitigen Treueschwüren, dann gehen wir, nicht ohne vorher mehrere Liter Wasser abzuschlagen. Ich könnte nun langsam ins Bett. Ist ja auch schon spät, Mensch. Halb fünf ist es schon. Doch Qui, Quo und Qua haben noch eine wichtige Mission: Souvenirs. Sie können unmöglich ohne Festbeute abziehen, das ist doch klar.

Zunächst versuchen sich Francesco und Marco am Schießstand. Ihre Gewinne sind allerdings nicht der Rede wert, über ein mickriges Sträußlein Plastikblumen kommen sie nicht hinaus. Dafür hat Francesco einen Huthändler erspäht, und binnen Sekunden tragen er und die anderen Plüschmützen auf dem Kopf, die Bierfässer darstellen sollen und sogar Zapfhähne haben. Mit den Hüten sind sie ungefähr so groß wie die anderen Oktoberfestbesucher.

Dann brauchen sie unbedingt Lebkuchenherzen. Die italienische Sprachvariante lehnen sie ab, die finden sie albern. Sie entscheiden sich für «I mog Di», «Spatzerl» sowie «Immer Dein». Schließlich bitten wir einen Losverkäufer, ein Gruppenfoto von uns zu machen.

Glücklicherweise legen Marco, Furio und Francesco keinen Wert auf große Achterbahnen, was ich im Hinblick auf meine noch im Nacken verbliebenen Wirbel sehr begrüße. Dafür zieht es sie aber in ein Spiegelkabinett, in dem sie sich weisungsgemäß verlaufen. Nach zwanzig Minuten sind Marco, Francesco und ich wieder draußen. Nach weiteren zehn Minuten löse ich erneut eine Karte, um Furio zu suchen. Eine Viertelstunde später bitte ich einen Angestellten, mir zu helfen, und weitere dreißig Minuten später komme ich nach erfolgloser Suche meines Besuchs aus Italien wieder raus. Dieser steht fasziniert vor mir und fragt mich, warum ich es trotz Hilfe nicht geschafft hätte, durch das Labyrinth zu gehen?

Nun brauchen wir aber dringend etwas Süßes, also kaufe ich Zuckerwatte für alle und kandierte Äpfel, deren Geschmack anschließend mit einigen Würstchen und Gurken neutralisiert werden muss. Dies sind kulinarisch ziemlich grenzwertige Erfahrungen, ich bin auf diese Weise ernüchtert. Aber meine Freunde sind überaus begeistert, auch und besonders von den tollen gelben Särgen, in denen die ohnmächtigen Besoffenen – «jaaaaa, er lebt noch» – von Sanitätern durch die Menge geschoben werden.

Auf dem Heimweg fragt mich Marco, was denn eigentlich die Polizei zu diesem Oktoberfest sage. Ich verstehe nicht, was er meint. Na ja, so viele Betrunkene, das sei doch ein schlechtes Beispiel für die Kinder. Ob das denn in Deutschland erlaubt sei?

«Natürlich ist das erlaubt, es ist sogar erwünscht», antworte ich.

«Man will, dass die Leute sich mit Alkohol vergiften?»

«Man will es nicht, aber man hat jedenfalls nichts dagegen.»

«Aber das ist doch gefährlich. Da kann doch viel passieren. In Campobasso wäre so etwas nicht erlaubt.»

Ich erkläre Marco, dass bei uns sogar der Bürgermeister persönlich das erste Bier einschenkt. Er ist von Amts wegen dazu verpflichtet, das größte Besäufnis der Welt zu eröffnen. Das findet Marco sensationell – und bei Licht betrachtet ist das auch sensationell.

Diesmal übernachten die Jungs bei uns, Sara hat Matratzen ausgelegt. Ich erzähle ihr von Angelika, und Sara ist sehr froh und dankbar, dass ich trotz dieser hammerharten Affäre nach Hause gekommen bin. Am nächsten Tag reisen Marco, Francesco und Furio ab. Ich bringe sie zu ihrem Wohnmobil, die Bierfassmützen werden sorgfältig verstaut, man freut sich schon aufs nächste Jahr.

Drei Wochen später kommt ein großer wattierter Umschlag. Darin befinden sich ein Brief und ein gerahmtes Foto. In dem Brief bedankt sich Marco für das einmalige Wochenende. Das Oktoberfest sei bestimmt das schönste Fest der Welt. Zur Erinnerung habe er ein Bild für mich gerahmt. Es zeigt vier Männer vor einer Losbude. Drei von ihnen tragen Wanderschuhe, ziemlich lächerliche Hüte und riesige Lebkuchenherzen. Sie haben einander die Hände auf die Schultern gelegt und strahlen wie Oscargewinner. Zwischen ihnen steht einer ohne Hut und ohne Herz: Ich. Bei diesem Anblick komme ich mir plötzlich schäbig vor.

ACHT

Sechs Monate nach Antonios Verrentung ist es vollbracht: Sein. Haus. Ist. Abbezahlt. Finanzmagier und Superchecker werden jetzt sagen, dass hinter diesem Rückzahlungsplan offenbar kein großes kaufmännisches Geschick steht. Wer klug handelt, hat sein Heim bereits fünf Jahre *vor* der Rente abbezahlt und nicht erst ein halbes Jahr danach. Ist das Haus rechtzeitig abgestottert, kann man sein Geld in die dann notwendigen Reparaturen (kaputtes Dach, kalte Heizung, feuchter Keller) stecken. Antonio muss damit noch ein wenig warten, er hat auch gar nicht vor, den vermoosten Garten zu erneuern oder die Waschbetonplatten vor dem Haus gegen Holzbohlen oder Kopfsteinpflaster einzutauschen. Er genießt erst einmal seinen Reichtum, immerhin hat er jetzt viel mehr Geld zum Ausgeben. Aber wofür? Er wird diese Fragen sicher nicht entscheiden, ohne mich zu konsultieren.

Eigentlich rechne ich immer mit Anrufen von

Antonio, der mir dann dringende Dinge aus seinem Leben erzählen muss. Schon ein Dreier im Lotto verschafft mir das Vergnügen einer halbstündigen Berichterstattung über die dramatische Ziehung, bei der er zuerst dachte, dass er gar nichts gewinnen würde, denn erst sei die 17 gekommen, nein, die 22 und dann die 4 oder 5. Nein: erst die 5 und so weiter und so weiter.

Antonios Prophezeiung, dass er einen Plan zur Rettung der alten Häuser von Campobasso habe, und den Blick, den er mir dabei im Urlaub zugeworfen hat, habe ich vergessen. Als er anruft, bin ich absolut arglos.

«I bin reich», heult es frohgemut aus dem Hörer. Er macht sich nie die Mühe zu sagen, dass er dran ist. Warum auch, ich erkenne ihn ja ohnehin sofort.

«He, alter *casinista*, wie geht's?»

«I bin reich», wiederholt er, ohne aus dem Sirenenmodus zu gehen.

«Ich hab's gehört. Hast du im Lotto gewonnen?»

«Näää, nix gewonne, alles mit Händer voll Arbeit selbste verdiente.»

Mit Händer voll Arbeit, soso.

«Was ist los?»

«Habi der Bude abgezahlte.» Seine Stimme steigert sich noch einmal dramatisch

«Ach so.» Jetzt ist der Groschen gefallen. Ich sage ihm, er könne sich doch nun endlich mal eine schöne Uhr kaufen, aber er lehnt mit den wundervollen Worten «'ne goldene Huur? Nee, magi nick» ab. Sein Auto ist auch erst zwei Jahre alt, und zu verwöhnende Enkelkinder sind unterwegs oder in Planung, aber noch nicht da. Aber was soll ich mir seinen Kopf zerbrechen? Er wird schon eine Möglichkeit finden, seinen Sozialstatus zu heben.

«Wir macke ein schön Reise», föhnt es aus dem Telefon.

«Das freut mich aber für euch.»

«Wir beide macke der Reis, Ursula bleibte zuruck und bewachte der Haus.»

«Du willst mit mir verreisen?» Ich fühle mich auf Anhieb gerührt und geehrt, allerdings verunsichert mich die ganze Chose auch ein wenig.

«Und wo fahren wir hin?», frage ich mit der größten Vorsicht. Ich war gerade in Italien. Wenn er nach Italien will, soll er alleine fahren. Außerdem ist meine Anzahl an Urlaubstagen begrenzt. Bei ihm war das schon immer anders. Wenn sein Kontingent verbraucht war, wurde er eben krank. So etwas kann man sich aber heutzutage nicht mehr leisten. Wenn er also nach Italien fahren will, lasse ich mir was einfallen. Ich höre, wie er am anderen Ende Luft holt. Dann kommt ein Tsunami aus Emphase und Begeisterung aus der Muschel geflutet: «Nach Amerikaaaa!»

«Wie bitte?» Ich bin starr vor Schreck. Das ist weit. Zu weit, um einfach abzuhauen, wenn es einem zu viel wird.

«Amerikaaa», schreit er.

«Wann? Jetzt sofort?»

«Balde, in ein paa Wocke. Muss erste einmal genau planen der Reis.»

«Aber warum ich? Und wohin genau? Und wieso überhaupt?» Ich bin konfus, immerhin habe ich es hier mit einem Menschen zu tun, für den bereits die wöchentliche Fahrt zum Altglascontainer eine gewaltige logistische Herausforderung darstellt. Und nun Amerika. Au Backe!

«Du musst kommen, bitte, ist ein wichtiger Reise fur mich. Also brauchi di dringende.»

Das klingt wirklich nach oberster Priorität. Ich sage ihm, dass ich wieder anrufe, und bespreche mich abends mit Sara. Sie versucht bei ihrer Mutter Näheres zu erfahren, aber die weiß auch nur, dass Antonio seit einigen Tagen verrückt spielt, immer nur von Amerika spricht und dass er dort etwas zu erledigen habe. Sie macht sich Sorgen, und darum sage ich am nächsten Tag zu. Wir fahren Mitte November, in sechs Wochen. Ob ich es bereuen werde oder nicht: Er ist mein Schwiegervater, und ich muss auf ihn aufpassen.

Nach ein paar Tagen kommen per Post Instruktionen. Antonio hat genau aufgelistet, was ich einpacken soll. Wie bei der Klassenfahrt. Was steht da? Ich rufe ihn an.

«Toni, hier steht Kleingeld zum Telefonieren. So ein Unsinn, die haben doch ganz anderes Geld. Die bezahlen da mit Dollar.»

«Weißi auch, aber musst du wechseln und brauchst Gelde dafur. Stimmte oder habi recht?»

«Ich nehme keine Haarbürste mit.»

«Wieso nick?»

«Weil ich keine Haare habe, die ich damit bürsten könnte.»

«Aber ihabe.»

«Dann nimm du eine Haarbürste mit.»

«Mein Koffer iste voll.»

«Hast du etwa schon gepackt?»

«Na sicher!», heult er los. Es sind noch fünf Wochen bis zur Abreise.

Zwei Wochen bevor wir aufbrechen, ruft Antonio atemlos an und beschwört mich, meinen Reisepass verlängern zu lassen. Ich beruhige ihn und schaue trotzdem mal nach: Er ist noch vier Jahre lang gültig, alles easy. Ich soll ihm den entsprechenden Eintrag aus meinem Pass vorlesen, und da reicht es mir.

«Jetzt mach aber mal ’n Punkt. Du tust ja so, als wollten wir auswandern.»

«Nee, is wichtig bittesehr.»

«Du musst mir vertrauen. Ist denn dein eigener Pass noch gültig?», frage ich ihn zum Spaß. Nach seinem Theater die ganze Zeit halte ich das für eine rhetorische Frage.

«Momentma.» Ich höre ihn herumkramen und «Uuuuuuursulaaaaa» rufen, und nach einer Ewigkeit kommt er wieder an den Apparat. «Dä is abgelaufen! *Porca miseria!* Muss Schluss macke.»

Dann höre ich drei Tage nichts von ihm. Das bedeutet normalerweise kein Unheil, aber in Anbetracht seiner panikartigen Reisevorbereitungen ist das schon ziemlich merkwürdig. Auf meine Anrufe reagiert er auch nicht. Schließlich das erlösende Klingeln. Antonio teilt mit, dass er mitkommen kann. Später erfahre ich, dass er einen zweitägigen Sitz- und Hungerstreik im italienischen Konsulat hingelegt hat, um rechtzeitig an einen neuen Pass zu kommen (der alte wurde nicht verlängert, weil man weder die Buchstaben darin entziffern noch sein Bild erkennen konnte). Ich komme in den Genuss der Videoaufzeichnung einer regionalen Nachrichtensendung, die meinen Schwiegervater zeigt, wie er am zweiten Tag seiner Konsulatsbesetzung von Ursula mit Suppe gefüttert wird. Dann sieht man noch, wie ihm der neue Pass überreicht wird und er all seine vielen Goldzähne in die Kamera hält.

Wir fahren gemeinsam zu meinen Schwiegereltern. Sara wird die Woche, die unsere Reise in die USA dauern soll, bei Ursula verbringen. Sie freut sich darauf, denn so kann sie endlich mal mit ihrer Mutter alleine sein, ohne dass Antonio sich ständig in alles einmischt. Sie ist nach wie vor nicht sehr scharf auf seine Gegenwart. Und sie wird ihre Schwester sehen, denn Lorella ist vor kurzem mit Jürgen aus Südafrika zurück und wohnt bei meinen Schwiegereltern, bis das Kind da ist. Lorella hätte es schick gefunden, wenn ihr Sohn ein kleiner Südafrikaner geworden wäre, aber Jürgen wollte, dass sie ihn in Deutschland bekommt, denn im Ausland wisse man ja nie, und bei den Hottentotten da unten sollte man Vorsicht walten lassen, und die medizinische Versorgung sei bei uns immer noch top, und das müsse man ausnutzen, wenn man schon das Privileg habe, aus einem der reichsten Länder der Welt zu kommen. Jürgen ist sehr klug. Er kann Wischblätter montieren.

Ich habe alles dabei, was Antonio mir aufgeschrieben hat, außer dem kleinen Topf, dem Gaskocher und dem Schlafsack. Ich bin sicher, wir werden in Amerika ein Bett und warmes Essen auftreiben. Auch den Honig habe ich nicht eingepackt. Den hat er für mich aufgeschrieben, er selbst mag gar keinen. Er nennt Honig beharrlich «Bienenscheiße».

Im Hause Marcipane ist Schwager Jürgen ziemlich schlecht drauf. Gleich nach seiner Ankunft ging er in den Keller, um nachzusehen, was sein Wein macht. Er hatte ihn vor dreieinhalb Jahren bei Antonio eingelagert. Lorella und er gingen damals für zwei Jahre im Auftrag seiner Firma nach Asien. Jürgen ist Ingenieur und kann von Dingen sprechen, deren bloße Existenz so rätselhaft ist, dass mir jedes Mal vor Begeisterung die Augen zufallen, wenn er davon anfängt. Jedenfalls besaß er damals eine wunderbare Sammlung mit zum Teil überragenden Jahrgängen. Er übergab Antonio mehr als zweihundert Bouteillen[1] – wie der Önologe sagt – zur Aufbewahrung, weil der marcipanesche Keller genau die richtige Temperatur und Luftfeuchte hat und er außerdem auf diese Weise zum Ausdruck bringen wollte, dass er seinem Schwiegervater – obwohl dieser Italiener ist – vertraute. Um zu verhindern, dass sein Schwiegervater sich an der einen oder anderen Flasche vergriff, sagte Jürgen ihm nachdrücklich, dass sein Wein ausschließlich zu besonderen Anlässen getrunken werden darf. Und daran hat Antonio sich gehalten. Als Lorella und Jürgen eintreffen, sind noch genau elf Flaschen da, für die Antonio bisher keinen besonderen Anlass gefunden hat.

Jürgen begrüßt mich mit einem kernigen Handschlag und raunt mir zu: «Viel Spaß in Amerika.» Lorella umarmt mich, soweit ihre Plautze dies zulässt, und freut sich. Sie ist ein Mensch, der so etwas auch sagt: «Du, ich freu mich einfach»,

---

1 Das Word-Rechtschreibprogramm erkennt dieses Wort an, ohne es zu unterstreichen. Seltsame Welt.

ruft sie. Sie gehört zu jenem ulkigen Teil unserer Gesellschaft, der seine Einkäufe auf ein Blatt Papier mit Kreisen stellt, damit die negativen Energien aus den Lebensmitteln weichen. Hinein kommen diese übrigens über den Warenscanner an der Supermarktkasse. Und sie lässt Steine in ihr Mineralwasser plumpsen.

Seit neuestem hält sie sich beim Einschlafen einen Walkmankopfhörer mit Französisch-Lektionen an den Bauch, damit ihr Kind frankophil wird. Das fänd sie schön, da würde sie sich unheimlich freuen. Ich stelle mir vor, wie das Baby aus dem Bauch kommt und in akzentfreiem Französisch sagt: «Bonjour, je suis enfin liberé et ne dois plus écouter cette merde.»[1]

Da jetzt ohnehin schon alles egal ist, geht Jürgen in den Keller und holt einen chilenischen Rotwein herauf. Jetzt sind nur noch zehn Flaschen übrig. Während die Schwestern plappern und Ursula sich daran macht, das Abendessen vorzubereiten, nimmt Antonio mich beiseite. Er ist

---

1 Hier muss ich mit der Übersetzung passen, ich spreche kein Französisch. Fragen Sie jemanden, der Französisch kann.

von einer konzentrierten Ruhe, die ich bei ihm noch nie so erlebt habe. Hochgradig aufgeregt, aber gleichzeitig still, beinahe angespannt von seiner Umgebung. Wenn man bedenkt, wie er seine Mitmenschen sonst auf Trab hält, ist das schon besorgniserregend.

«Haste du alles dabei?»

«Ja, klar», lüge ich.

Morgen um neun Uhr müssen wir aus dem Haus. Das Flugzeug geht um 14 Uhr, wir werden vier Stunden zu früh da sein, aber ich sehe ihm an, dass er auf Diskussionen keine Lust hat. Wir können uns ja noch irgendwo hinsetzen und etwas trinken. Denke ich.

Am nächsten Morgen beim Frühstück klingelt es an der Tür. Sara macht auf, und ich höre sie «Hallo Benno» sagen. Aha, Benno kommt zu Besuch. Kurz darauf steht er im Wohnzimmer. Er trägt eine kieselfarbene Windjacke, genau wie die silberzwiebelhaarigen Frauen, die manchmal den Reisebussen in München entsteigen, um sich das Glockenspiel auf dem Marienplatz anzuhören – ein überschätztes Erlebnis übrigens. Benno hat außerdem einen braunen Koffer dabei, der mit Frischhaltefolie umwickelt wurde, wie der Käse in der Kühltheke. Er hebt die Hand und sagt:

«Morgen. Jibbet Kaffee?» Warum hat der einen Koffer dabei?

«Willst du verreisen?», fragt Sara, die hinter ihm ins Wohnzimmer kommt.

«Ja sischer dat», antwortet er und stellt den Koffer auf das Stäbchenparkett von Familie Marcipanes Wohnzimmer. Ich merke, wie Panik in mir aufsteigt, meine Handflächen werden feucht.

«Antonio, sag mal, der kommt doch wohl nicht mit, oder?», frage ich.

«Naturlick kommt mit, iste mein Ubersetzer fur englische Sprache.»

«Ich kann auch Englisch», sage ich trotzig. Aber ich will Benno nicht brüskieren. Vielleicht ist es sogar gut, wenn noch einer dabei ist, der mir hilft, falls Antonio verlorengeht. Mein Schwiegervater kann schließlich selber entscheiden, wen er auf seine Reise einlädt.

«Benno iste ein Experte. Er gibte mir Lezioni.»

«Eine bisher», korrigiert seine Frau, die offensichtlich davon nicht sehr angetan ist.

«Und? Was hast du bisher gelernt?», frage ich ihn.

«Yes bedeutete ja.»

«Das ist alles?»

«No brauchi nichte lernen, der Wort kanni schon.»

Antonio erläutert nun, dass es immer gut sei, wenn man wisse, was «ja» in einer Sprache bedeutet, weil es höflich sei, alle Fragen erst einmal zu bejahen. Das mache einen guten Eindruck, besonders in einer so eleganten Stadt wie New York. Benno nickt heftig. Ich erfahre auf diese Weise so nebenbei, dass wir nach New York fliegen. Das erleichtert mich ein wenig, denn ich war zwar nie dort, kenne mich aber trotzdem dort aus.

Die Topographie von New York hat jeder schon mal gesehen: im Kino oder in Büchern oder auf diesen Postern, die manche Leute in der Küche haben. New York, oder zumindest Manhattan, hat einen viereckigen Park in der Mitte, oben drüber wird's gefährlich, und unten drunter sind alle Straßen gitterförmig angelegt. In New York gibt es zur Not Botschaften und ganz viele Krankenhäuser. Vielleicht hat Antonio recht: Wenn es auf der Welt eine Stadt gibt, in der man mit «Yes» und «No» über die Runden kommen kann, so ist das wahrscheinlich New York.

«Andere Vokabular mache wir auf der Reis. Der Flug dauerte lang.»

Das kann ja heiter werden. Mit einem wie Antonio, das geht noch, aber dann noch Benno? Ich krieg die Krise. Benno verdrückt sich und geht auf die Toilette.

«Papa, das kann doch wohl nicht dein Ernst sein», sagt Sara, die sich die meisten Sorgen um mich macht.

«Voller Ernste», sagt er kauend und schnipst Krümel von seinem Pullover. Ich sinke langsam in mich zusammen. Aus der Nummer komme ich nun nicht mehr raus. Die Tickets liegen im Flur, das Hotel ist gebucht, die Koffer sind gepackt, ich habe sie sogar schon ins Auto gebracht. Jetzt kann ich nicht mehr davonlaufen. Der Einzige mit richtig guter Laune ist Jürgen. Er strahlt über das ganze diplomierte Ingenieursgesicht und prostet mir mit seinem Kaffee zu. Antonio klatscht in die Hände und drängt zum Aufbruch. Mit Benno und seinem Koffer im Auto wird es eng, es passt niemand mehr hinein außer uns Reisenden und Jürgen, der uns zum Flughafen fährt. Ich verabschiede mich von Sara, sie drückt mich fest und flüstert mir zu: «Hals und Beinbruch, wird schon.»

Unterwegs reden wir wenig. Antonio geht immer wieder die Reiseunterlagen durch, um sicherzugehen, dass er nichts vergessen hat. Jürgen steuert Antonios Mercedes mit der zu Gebote stehenden Sorgfalt, und Benno starrt mich an.

«Musst du nicht heute Abend wieder bei deiner Mutter sein?», frage ich ihn nicht ohne eine gewisse Missbilligung.

«Nä. Die is im Heim», antwortet er.

«Seit wann das denn?»

Er schaut auf seine Citizen-Uhr. «Seit einer Stunde. Wat wills'e machen? Kanns'e nix machen.»

Wir sind so früh da, dass wir beim Einchecken nicht warten müssen. Es geht alles reibungslos, wenn man davon absieht, dass Bennos Koffer knapp unter 50 Kilo wiegt und eine Übergepäckgebühr fällig wird, die ich – wer sonst – bezahle, da Benno nur Dollarscheine dabei hat und Antonio sich schnell dünnemacht. 50 Kilo. Vielleicht hat er seine Mutter ja da drin, ich frage ihn nicht.

Wir gehen mit unseren Bordkarten zum Gate. An der Schleuse verabschieden wir uns von Jürgen. Nach ein paar Metern drehe ich mich noch einmal um. Jürgen wirft mir ein Kusshändchen zu. Jetzt gibt es kein Zurück mehr.

NINE

Wenn man sich in einem Flughafen befindet, ist es egal, wo der steht, denn Flughäfen sind auf der ganzen Welt gleich. Es sind künstliche Städte mit asphaltiertem Land drumherum, geschlossene Systeme, in denen nach immergleichen Gesetzen dieselben Schilder dieselbe Bedeutung haben. Auch der Blick aus den Fenstern ist derselbe und richtet sich auf parkende Flugzeuge, die ebenfalls überall gleich aussehen. Wenn man auf einem Flughafen ist, ist es egal, wo der steht. Flughäfen sind nirgendwo.

Als das Fliegen noch ein Abenteuer oder zumindest außergewöhnlich war, galten auch die Flughäfen als mythische Orte. Aber inzwischen ist das Flugwesen globalisiert, es gibt überall Kaffee aus derselben Pipeline und in den Duty-Free-Shops keine Zigaretten mehr, die man nicht zu Hause schon einmal gesehen hätte.

Das hat auch sein Gutes, denn es nimmt mir die Angst. Ich muss mich in Tokio oder in Stockholm oder in Dubai nicht allzu fremd fühlen, weil ich gelernt habe, wie so ein Flughafen organisiert ist. Es ist wie in einer vertrauten Wohnung: Man weiß, wo alles steht. Dasselbe kann ich von der Innenstadt von Kairo oder Lissabon nicht sagen. Flughäfen sind daher für mich ideale Aufenthaltsorte im Ausland. Erst wenn ich meinen Koffer habe und aus dem Schutz des Flughafens heraustrete, überkommt mich die Furcht vor der Fremde. Aber bis dahin ist noch Zeit.

Benno und Antonio sitzen bereits am Abfluggate und unterhalten sich in einer Phantasiesprache. Womöglich ist das eine von Bennos Englischlektionen. Mir wird langweilig, also mache ich mich auf den Weg, einen kleinen Espresso zu trinken, was heutzutage in Flughäfen und insbesondere auf Bahnhöfen in Deutschland nicht mehr schwierig ist. Alle naselang gibt es bei uns irgendetwas zu essen. Es kommt einem vor, als würde damit ein eklatanter Missstand behoben.

Außerirdische, die eines Tages bei uns landen, wenn wir alle weg und die Luft rein ist, werden den Eindruck gewinnen, dass in Mitteleuropa eine schwere Hungersnot grassierte und man deswegen alles Menschenmögliche unternommen hat, um die Versorgung mit Lebensmitteln zu garantieren. Die Außerirdischen werden das am Unterschied zu afrikanischen Ländern festmachen, wo nicht überall Sandwich- und Bagel- und Crêpesbuden herumstehen. Dort müssen alle ungemein satt gewesen sein, werden die außerirdischen Forscher schlussfolgern.

Ich finde eine Kaffeetheke, lasse mich auf einem Barhocker nieder und bestelle einen doppelten Espresso-Macchiato. Vor einer halben Stunde habe ich einen ersten Vorgeschmack auf die Reise mit meinem Schwiegervater und seinem Busenfreund bekommen. Antonio hatte mir feierlich mein Ticket überreicht und mich links und rechts auf die Wange geküsst. Dann standen wir am Security check. Benno zog brav seine Jacke aus und ging hindurch. Es piepste. Er wurde wieder zurückgeschickt und zog seinen Gürtel aus. Es piepste immer noch. Er kehrte nochmals um und entledigte sich seines Kleingelds, seiner Brille, seiner Schuhe, seines Feuerzeugs und einer Anzahl von Kleinstgegenständen aus seiner Hosentasche. Hinter uns wurden eilige Fluggäste nervös. Er ging abermals durch das Tor, und es piepste.

Ein Herr mit einem Metalldetektor machte sich daran, ihn zu untersuchen. Da sagte Benno: «Die Bombe is eh im Koffer.»

Das sollte man nie tun. Niemals. Augenblicklich ließ der Detektormann von Benno ab und winkte einen Kollegen herbei. Dieser befahl Benno in ein kleines Räumchen neben der Kontrolle. Benno winkte uns verzweifelt mit der linken Hand. Die rechte brauchte er, um seine Hose festzuhalten. So verschwand er mit dem Beamten.

Dann ging Antonio durch die Sicherheitsschleuse, natürlich ohne der Aufforderung, die Jacke auszuziehen, nachzukommen. Das ist eine der typischsten italienischen Eigenschaften an ihm. Wenn ihm Befehle einer Staatsmacht verkörpernden Person nicht gefallen, überhört er sie zunächst. Man kann es ja wenigstens mal versuchen. Das ist natürlich aussichtslos, auch in Italien übrigens. Es kostet nur Zeit und Energie. Er ging also los. Natürlich piepste es wie der Zeitzünder einer Atombombe in einem James-Bond-Film, und natürlich wurde er postwendend zurückgeschickt. Erste Passagiere in unserer Schlange wechselten nach links. Ich versuchte auszustrahlen, dass ich nicht zu diesen Typen gehörte, aber genügend Zeit hatte, um in dieser Marx-Brothers-Schlange weiter zu warten. Antonio zog mit Bedacht zuerst seine Winterjacke, dann sein Jackett sowie seine Strickjacke aus und verlangte nach einem Kleiderbügel. Die Frau hinter dem Monitor sagte: «Da sind Kästen. Legen sie alles in den Kasten. Und leeren Sie bitte Ihre Hosentaschen aus. Schlüssel, Kleingeld, Zigaretten, Feuerzeug. Bitte alles in …»

«Nää. Habe Sie bitte ein Kleiderbugl?»

«Tut mir leid, bitte legen Sie jetzt Ihre Sachen in den Kasten.»

Ein Mann mit einer großen Nase hob einen roten Plastikkasten von einem Stapel und hielt ihn vor Antonios Brust. «Hier rein», sagte Nase tonlos. Nicht unfreundlich, eher mechanisch.

«Nein», sagte Antonio.

«Bitte, Antonio, leg die Scheißsachen in den Kasten», hörte ich mich rufen. Mein Vorsatz, diese Reise mit unbeteiligter Miene und guter Laune einfach durchzustehen, zerstob bereits nach dreißig Metern Fußweg.

«Nee, magi nickte. Wisse Sie, junge Mann, zusammelegen von der gute Kleidung bedeutete Falte und Kummer fur die Saake.»

Das mag schon sein. Wenn man in einem Abendkleid durch die Sicherheitskontrolle will. Aber Antonio trägt heute kein Abendkleid.

«Legen Sie Ihre Sachen hier hinein, oder Sie können nicht passieren», sagte der Mann.

«Sie können ihn doch hinterher mit diesem Handdings absuchen. Ich garantiere Ihnen, er ist völlig harmlos.»

«Ich muss darauf bestehen.»

Ich schlug einen Kompromiss vor. Völlige Entleerung aller Kleidungsstücke und Transport der darin befindlichen Güter in einem Kasten durch das Röntgengerät gegen die Erlaubnis, ausnahmsweise alle Jacken anzubehalten. Antonio nickte heftig.

«Meinetwegen», brummte der Mann. Nach gefühlten sieben Stunden hatte ich alles aus Antonio herausdiskutiert, was er dabeihatte. Es füllte einen Kasten fast bis zur Hälfte. Er ging abermals durch die Schleuse, ich hielt den Atem an.

Piiiiiiiieeeeeeps. Na klar, völlig logisch.

Ein Mann mit einer eindrucksvollen Maschinenpistole vor dem Bauch begleitete Antonio dorthin, wo schon Benno war. Ich ging – ohne Piepsen – durch das Tor und rannte hinterher. Vor dem Raum musste ich warten. Ich rechnete nicht fest damit, heute noch nach New York zu kommen. Nach drei Minuten öffnete sich die Tür, und der Mann mit der Knarre sah sich um. Er fragte mich: «Gehören Sie zu den beiden Herren?» Ich bejahte und wurde hineingebeten.

In dem Raum befanden sich zwei Umkleidekabinen mit Vorhängen. Unten konnte ich die Schuhe von Benno und ein Stück käsiger Beine sehen. In der Nebenkabine stand Antonio, der sich singend anzog. Auf einem kleinen Tisch lagen konfiszierte Gegenstände. Benno hatte versucht, ein in Alufolie eingepacktes Leberwurstbrot durch die Kontrolle zu schmuggeln. Er hatte es sich in den Bund seiner Unterhose gesteckt.

«Nanu!», sagte ich zu dem Beamten. «Ein Wurstbrot? Das ist natürlich gefährlich.»

«Darum geht es nicht. Ihr Begleiter hat davon gesprochen, Sprengstoff in seinem Koffer zu transportieren. Haben Sie davon Kenntnis?»

Ich beugte mich leicht vor, damit Benno mich nicht hörte, und antwortete leise: «Mein Begleiter ist ein totaler Spinner.»

«Aha. Sie reisen mit einem Spinner», erwiderte er ebenso leise.

«Nein, mit zweien. Mein Schwiegervater ist auch einer.»

«Den Eindruck kann man haben.»

«Ich passe auf die beiden auf. Ich verbürge mich für sie. Sie sind vollkommen harmlos. Nur anstrengend, aber ganz und gar nicht gefährlich.»

«Also gut. Bitte schärfen Sie ihm ein, künftig

keine Witzchen dieser Art mehr im sicherheitsrelevanten Bereich zu machen.»

Ich war erleichtert. Dann fiel mir ein, dass es auch bei Antonio gepiepst hatte.

«Darf ich fragen, wieso mein Schwiegervater gepiepst hat?», flüsterte ich.

Darauf hob der Beamte ein Blatt Papier hoch. Darunter lag Antonios Goldkettchen. Und ein weiteres, silbernes mit einem Anhänger. Es war eine Münze von übernatürlicher Größe, darauf stand «Toro», und darunter war ein Stier abgebildet, Antonios Sternzeichen. Ich wäre einverstanden gewesen, wenn man dieses Monster von einem Amulett als Waffe bezeichnet und einbehalten hätte. Antonio kam aus der Kabine und lachte mich an.

«Eine Reisse, die is lustig», sang er in Abwandlung eines Seemannsliedes. Und wir sind noch nicht einmal losgefahren.

An der Espressobar komme ich wieder zur Ruhe. Ich rauche eine Zigarette und überdenke meine Situation. Es gibt nur zwei Möglichkeiten. Entweder ich übernehme die Leitung dieser Expedition, von der ich nicht einmal weiß, warum ich sie mache. Oder ich setze mich nach der Landung ab und verschwinde einfach. Ich könnte mir eine nette Woche machen und die beiden wieder am Flughafen treffen. Aber das geht natürlich nicht. Unmöglich. Sara und Ursula und Oma Tiggelkamp unbekannterweise würden mir das nie verzeihen. Ich trinke aus und kehre zu unserem Gate zurück, wo Toni und Benno immer noch murmelnd in ein Gespräch vertieft sind.

Ich baue mich vor den beiden auf und spreche ein Machtwort. «Ab jetzt hört alles auf mein Kommando. Ich will jetzt wissen, wo wir schlafen, und dann kümmere ich mich um alles.» Wie gewünscht reagieren die beiden alten Männer ausreichend eingeschüchtert. Antonio übergibt mir die Hotelgutscheine, und ich ziehe mich damit auf einen Platz weit weg von ihnen zurück. Im Flugzeug bestimme ich, wer von ihnen am Fenster sitzt (Antonio, weil er die Reise bezahlt hat). Ich selbst sitze vor Benno, am Gang. Das Flugzeug startet. Hinter mir ist Ruhe. Zum ersten Mal seit Stunden höre ich keinen der beiden reden. Dann schlafe ich ein.

Als ich aus unruhigen Träumen erwache und mich umsehe, ist Antonio verschwunden. «Au'm Klo ist der», sagt Benno eine Spur zu laut. Er trägt Kopfhörer. Als ich gerade nachsehen will, wo er bleibt, schiebt sich ein Vorhang zur Seite, und Antonio Marcipane kommt den Gang herunter. Er hat seine Hose gewechselt und trägt jetzt senffarbene Bermuda-Shorts. Und dazu ein paar weiße Thrombosestrümpfe, die ihm bis über die Knie reichen. Er sieht aus wie die männliche Ausgabe von Alice im Wunderland. Der herzzerreißende Stolz, mit dem er diese Montur trägt, macht mich ganz schwach. Ich höre, wie einige Leute lachen, aber die kennen ihn ja auch nicht. Die wissen nicht, wie sehr dieser kleine Mann seine Reise herbeigesehnt hat, dass er fünfzig Jahre darauf gewartet hat. Und jetzt will er alles richtig machen. Deshalb die Strümpfe. Gegen dicke Reisebeine. Aber die Hose?

«Was ist denn das für eine Hose? Haben wir Sommer in New York?»

«Nee, aber in Napoli is warm heut'»

«Wir fliegen aber nicht nach Neapel.»

«Is egal, is der gleichbreite Grad.»[1]

---

1 Da hat er recht, jedenfalls so sehr beinahe, dass man es gelten lassen kann. Beide Städte liegen zwischen dem 40. und dem 41. Breitengrad, Neapel ein paar Kilometer weiter nördlich. Für Pedanten: New York liegt bei 40,46 Grad nörd-

Hm. Wie mir scheint, hat Antonio Sekundärliteratur über New York gelesen. Antonio entspannt sich in seinem Sessel und entdeckt den Rufknopf, von dem er in den nächsten Stunden ausgiebig Gebrauch macht, um sich zu erkundigen, wie lange es noch dauert und um kostenlose Getränke zu ordern. Benno bleibt während des Fluges bemerkenswert ruhig. Im Bordkino gibt es eine Komödie, einen wirklich komischen Film. Die Leute lachen unter ihren Kopfhörern. Nur einer verzieht keine Miene: Benno. Er starrt auf den Monitor, doch nichts kann ihm auch nur ein Lächeln entlocken. Das macht mir irgendwie Sorgen.

«Benno!», ich stubse ihn an. «Hee, Benno.»

---

licher Breite und Neapel bei Breitengrad 40° 51 N. Sie können beim Abendessen gegen Ihre Gäste um eine Flasche Wein wetten und anhand des Atlas die Sache nachschlagen. Sie gewinnen. Wenn Sie sich dann wieder alle hinsetzen, wird einer fragen: «Wie war das nochmal mit dem Breitengrad?» Dann können Sie Folgendes antworten: Auf einem Globus verlaufen die Breitengrade parallel zum Äquator und sind

Er sieht mich streng an. «Isch guck der Film», sagt er laut und tadelnd.

«Is schon gut», sage ich. Wenig später kommt die Top-Pointe des Films. Das ganze Flugzeug lacht, Antonio schmeißt sogar seine Sirene an. Nur Benno schweigt stoisch. Das lässt mir keine Ruhe. Ich stehe auf und drehe mich zu ihm.

«Was ist los mit dir, Benno?», frage ich ihn.

Er nimmt seinen Kopfhörer ab.

«Wat is denn nu schon widder los? Isch bin der Film am Gucken.»

«Ja, schon klar, findest du ihn denn nicht komisch?»

«Nee, wat soll denn daran komisch sin?», sagt er und hält mir seinen Kopfhörer hin.

---

gleichmäßig Richtung Nord- und Südpol aufgeteilt. Der Äquator ist der nullte Breitengrad, der Südpol ist der 90ste im Süden und der Nordpol der 90ste im Norden. New York und Neapel befinden sich also ziemlich genau 40 Breitengrade nördlich des Äquators.

Aber kein Breitengrad ohne Längengrad. New York liegt auf dem Längengrad 73,54 W und Neapel auf 14° 16′ 60″ E, also Ost.

Ich setze ihn auf und bin mitten in Audio-Programm 13, Yoga und Meditation. Eine Stimme sagt zu esoterischem Gedudel: «Sie werden eins mit sich und der Welt. Wenn Sie jetzt einschlafen, dann ist das auch okay.»

Ich stelle ihm den richtigen Kanal ein und bereue diese milde Tat bald, weil Benno zwar immer noch nicht lacht, aber bei jedem Witz ruft: «Du krisst die Tür nit zu.» Dabei tritt er gegen meinen Sitz. Zum Glück schläft er bald ein und verpasst das Abendessen, welches Fragen aufwirft: Wer denkt sich diese Bordverpflegung aus? Woraus sind die Brötchen? Ist das die Zukunft der Ernährung? Werden wir bald alle vom schönen Klang der Namen der Gerichte (gebeizte Flusskrebs-

---

Die Längengrade verlaufen vom Nord- zum Südpol bzw. umgekehrt. Der nullte Längengrad saust zufällig festgelegt durch einen Vorort von London namens Greenwich, der offensichtlich Publicity brauchte. Östlich und westlich von Greenwich umspannen jeweils 180 Längengrade die Erde. New York liegt also 71 Längengrade westlich von Greenwich und Neapel 14 Längengrade in östlicher Richtung. Und wo kommen schwänze auf Wildreis an Erbsschaum) satt statt von der Matsche, die sich dahinter verbirgt?

Wir fliegen über den Nordpol, ich höre Toni und Benno leise schwatzen. Dann kommt die Stewardess mit bunten Kärtchen, die wir ausfüllen sollen. Man benötigt sie zur Einreise in die USA. Dieses Land will alles ganz genau wissen. Eigentlich signalisieren diese Karten, dass die Vereinigten Staaten von Amerika nicht scharf auf Besuch sind. Für ein Land, das einmal von Besuchern gegründet wurde, sind die ganz schön streng mit uns. Aber das ist wohl der Stil der Zeit.

Auf meiner Uhr ist es spätabends, als wir auf dem Flughafen JFK landen. Hier in New York ist

---

jetzt diese zusätzlichen und prätentiösen Zahlen her, die sich kein Mensch merken kann? Die kommen davon, dass es Menschen gibt, die alles supergenau wissen wollen. Vierzigster Breitengrad reicht denen nicht, sie unterteilen deshalb die Grade noch einmal in Winkelminuten und -sekunden. (1 Grad hat 60 Minuten; 1 Minute hat 60 Sekunden). Eine Winkelminute entspricht genau 1,852 km, das ist eine Seemeile. In Minuten und Sekunden kann man also ziemlich genau es Nachmittag. Und es sieht nicht gerade warm aus. Überall Lichter! Der erste Eindruck von Amerika ist der eines Kindes, das überall im Haus die Lampen anmacht, damit es sich nicht fürchtet.

Wir steigen aus. Antonio hat die umliegenden Sitzreihen noch mit einem Striptease erfreut, weil er doch lieber die lange Hose tragen will. Die Thrombosestrümpfe behält er erst einmal an. Ist ja schließlich schweinekalt hier. Wir entsteigen dem Flugzeug und gehen über einen final verschmutzten Teppich einen Gang entlang. Alles wirkt so abgenutzt und wie von einem dünnen öligen Firnis überzogen. Es riecht auch so. Wir strömen mit der Herde von Einreisewilligen in ei-

---

ausdrücken, wo man sich gerade befindet. Da, wo die Erde am dicksten ist, also am Äquator, misst ein Breitengrad 60 Seemeilen (also 111 km), das ergäbe einen Erdumfang von elegant aufgerundeten 40000 km, jedenfalls wenn die Erde so wie der Kinderzimmerglobus eine Kugel wäre. Ist sie aber nicht. Die Längen- und Breitengrade stimmen also nicht wirklich, und was ihre Form angeht, ist die Erde alles andere als perfekt. Aber wollen wir sie dafür schelten?

nen riesigen Saal, an dessen Ende braune Schalter auf uns warten. Wir stellen uns in mäandernde Kordelreihen und rücken wie Spielfiguren von Zeit zu Zeit einen Schritt nach vorn. Viel später weiß ich: Hier in Amerika steht man immer in Kordelreihen und fädelt sich in Engpässe ein. Das ganze Land ist eine riesige Strickliesl.

Als wir an der Reihe sind, werden wir getrennt. Ich gehe als Erster an den Schalter, Antonio nach mir, aber weit entfernt, und Benno schließlich nach links, drei Schalter weiter. Die Einreise in die USA ähnelt der in die DDR zum Transit nach Westberlin. Allerdings wurden mir dort nie Fingerabdrücke genommen, und ich wurde auch nie fotografiert. Nur blöd befragt.

Hier ist das anders. Vor mir sitzt eine uniformierte Dame afroamerikanischer Herkunft. Sie heißt Petrus, so steht es auf ihrem Namensschild. Ihre Frisur sieht wie ein Ananasbüschel aus, und ihre Nägel sind sehr lang und sehr rosa.

«Warum reisen Sie in die USA ein?»[1]

---

1 Das fragt sie natürlich auf Englisch. Ab hier gilt: Wenn Amerikaner vorkommen, wird englisch gesprochen. Versteht sich eigentlich von selbst,

«Ich bin Tourist.»

«Was wollen Sie sich ansehen?»

Eigentlich geht das Miss Petrus nichts an, aber ich will meine Chancen bei ihr nicht verschlechtern. Also antworte ich schnell: «Vielleicht das MoMA.»[1] Da will ich wirklich gern hin.

«Was ist das MoMA?»

«Ein Museum.»

«Nie gehört. Sehen Sie mich an. Nicht bewegen.»

Sie zieht eine kleine Kamera, die an einem gelenkigen Stativ befestigt ist, zu sich herunter und fotografiert mein Gesicht. Dann muss ich meine Fingerkuppen in einen Scanner legen. Ich werde gewissermaßen erkennungsdienstlich behandelt. Dabei will ich hier nichts stehlen. Wenn Miss Petrus mich lässt, will ich sogar Geld hier ausgeben. Ich lächle sie an.

«War's das?»

«Wo wohnen Sie in New York?»

Ich nenne ihr das Hotel, sie pfeffert missgelaunt

---

ist ja immer so, wenn irgendwo Amerikaner vorkommen.

1 Museum of Modern Art

einen Stempel in meinen Pass, «US Immigrant» steht auf dem Stempelabdruck. Dann gibt sie mir meinen Pass zurück. Ich verabschiede mich, aber Miss Petrus hat sich schon abgewandt und mit einer gelangweilten Geste den nächsten Immigranten zu sich herangewinkt. Ich sehe mich nach Toni Casinista und Benno um, aber ich kann keinen von beiden finden. Die werden doch nicht schon zum Gepäckband gelaufen sein. Da höre ich meinen Namen. Das ist Toni, der da ruft. Ich entdecke ihn ganz am Ende der Halle. Er wird von zwei Polizisten festgehalten, die ihn offenbar davonschleppen. Um Himmels willen. Und da ist auch Benno, ebenso in Polizeigewahrsam. Die beiden werden verhaftet.

Ich werde wahnsinnig, kann man diese Vögel denn nicht zwei Minuten alleine lassen? Was kann daran so schwer sein, sich fotografieren zu lassen und ein paar Fingerchen einzuscannen? Ich verfluche den Tag, an dem ich «ja» zu dieser Reise gesagt habe, und laufe zu Miss Petrus. Sie fotografiert gerade eine Teenagerin, die das cool zu finden scheint. Junge Menschen kennen den Begriff Big Brother nur aus anderen Zusammenhängen.

«Ich muss nochmal zurück.»

«Gehen Sie weiter.»

«Bitte! Ich muss zu meinem Schwiegervater.»

Ich kann kaum Schwiegervater sagen, da hat sie bereits auf einen Knopf gedrückt und Verstärkung angefordert. Ich gehe ihr auf die Nerven, und mein Schwiegervater ist ihr wurscht. Innerhalb von wenigen Sekunden stehen zwei Polizisten neben mir und fragen Miss Petrus, ob ich Probleme machen würde.

«Der wollte wieder zurück», sagt sie.

Einer der Polizisten, der aussieht wie der Cop von Village People[1], wendet sich an mich.

«Sir, ich muss Sie bitten, sich nicht weiter an diesem Platz aufzuhalten.»

---

1 Party Smalltalk: Wer kennt die Namen der Mitglieder von Village People? Sie, und zwar jetzt: Der Cop von Village People war ein Afroamerikaner namens Victor Willis. Er verließ die Band allerdings 1980 und wurde durch Ray Simpson ersetzt. Willis war Co-Autor des Hits «In the Navy». Seine Kollegen hießen: David Hodo (der Bauarbeiter), Alex Briley (der Soldat), Randy Jones (der Cowboy), Felipe Rose (der Indianer) und Glenn Hughes (der Ledermann). Dieser

«Mein Schwiegervater ist gerade verhaftet worden, dahinten an diesem Schalter. Ich muss zu ihm. Ich kann ihn doch nicht alleine lassen.»

«Wie heißt Ihr Schwiegervater?»

«Marcipane, Antonio.»

«Ist Ihr Schwiegervater Iraner, Iraker, Afghane oder Kubaner?»

«Nein! Um Himmels willen! Er ist Italiener.»

«Italiener also.» Die beiden sehen sich an, als glaubten sie mir kein Wort. Für sie scheint festzustehen, dass ich lüge und wie meine beiden armen und mit Sicherheit tief verschüchterten Begleiter zu irgendeinem Terrornetzwerk gehöre. Gut, wenn man Nervensägen zu den terroristischen Aktivitäten zählt, dann hätte Mister Village People recht.

«Sein Freund ist auch verhaftet worden. Er heißt Tiggelkamp. So einen Namen können sich getarnte islamistische Fundamentalisten gar nicht ausdenken.»

---

wurde 1995 durch Eric Azalone ersetzt und starb 2001. Er hat überhaupt nichts mit dem Glenn Hughes zu tun, der früher bei Deep Purple Bass spielte. Das ist jemand ganz anderes.

«Und die beiden Männer sind mit Ihnen gereist?»

«Ja.»

«Sir, ich muss Sie bitten, uns zu begleiten. Bitte machen Sie uns dabei keine Schwierigkeiten.»

Na super, werde ich auch verhaftet. Was soll's, auf diese Weise verliere ich wenigstens meine Senioren nicht und kann womöglich verhindern, dass sie nach Guantanamo Bay gebracht werden. Ich gehe, eskortiert von den zwei Polizeibeamten, durch den Saal, am Ende durch eine Tür und dann einen langen Gang entlang, dessen Wände mit demselben Teppich ausgekleidet sind wie der Fußboden. Ich bin sehr gespannt, aber ich habe keine Angst, dafür sind die Männer zu kultiviert.

Sie öffnen eine Tür, und ich sehe meine beiden Schutzbefohlenen, die jämmerlich auf zu kleinen Stühlen an einer Wand sitzen. Sie werden von einem Polizisten befragt, aber die Unterhaltung erstirbt, als wir hinzukommen. Ich winke den beiden zu. Benno scheint die ganze Angelegenheit nicht sehr zu beschäftigen. Er guckt, wie er immer guckt. Aber Antonio geht es nicht gut. In seinen Augen sehe ich Angst. Die werden mich nicht ins Land lassen, sagen diese Augen. Für einen, der sein ganzes Leben hindurch nie von etwas anderem geträumt hat als von New York, ist das hier fürchterlich.

Mein Cop sagt: «Der gehörte auch noch dazu. Aber seine Papiere sind unauffällig. Er hat wohl gesehen, dass seine Partner nicht durchgekommen sind, und hat sich gleich gestellt.»

Dann nimmt er mich am Arm und geht mit mir in einen Nebenraum. Er bietet mir einen Stuhl an und verlässt das Zimmer. Hier gibt es kein Fenster, nur künstliches Licht. An der Wand hängen Notizen, Fahndungsplakate, Fotos. Eine Weile passiert gar nichts, das macht mich unruhig. Was ist eigentlich mit unserem Gepäck? Das dreht sich jetzt wahrscheinlich munter auf dem Band, bis es irgendwer mitnimmt. Ich hätte schon gleich am Security Check umkehren sollen.

Der Cop kommt zurück und bringt Papiere mit, die er wortlos vor mich auf den Tisch legt. Er nickt mir zu, also nehme ich die Papiere zur Hand. Es sind die Karten, die Benno und Toni im Flugzeug ausgefüllt haben. Und plötzlich verstehe ich das ganze Drama: Die beiden haben sämtliche Fragen mit «ja» beantwortet.

A: Leiden Sie an einer ansteckenden Krankheit? Sind Sie körperlich oder geistig behindert?

Betreiben Sie Missbrauch mit Drogen, oder sind Sie drogenabhängig?

Antwort Antonio und Benno: Ja.

B: Sind Sie jemals wegen eines Vergehens, einer Straftat aus niedrigen Beweggründen oder eines Verstoßes gegen das Betäubungsmittelgesetz verhaftet oder verurteilt worden? Sind Sie jemals wegen zweier oder mehrerer Vergehen verhaftet oder verurteilt worden, für die insgesamt eine Haftstrafe von fünf Jahren oder mehr verhängt wurde? Handeln Sie mit kontrollierten Substanzen? Steht hinter Ihrer Einreise die Absicht, sich an strafbaren oder unmoralischen Handlungen zu beteiligen?

Antwort Antonio und Benno: Ja.

C: Waren oder sind Sie in Spionage-, Sabotage- oder terroristische Aktivitäten verwickelt? Waren Sie am Völkermord oder in der Zeit zwischen 1933 und 1945 in irgendeiner Weise an den Verfolgungen des nationalsozialistischen Regimes Deutschlands oder seiner Verbündeten beteiligt?

Antwort Antonio und Benno: Ja.

D: Beabsichtigen Sie, in den Vereinigten Staaten zu arbeiten? Sind Sie jemals von der Einreise ausgeschlossen und abgeschoben worden? Sind

Sie jemals aus den Vereinigten Staaten ausgewiesen worden? Haben Sie jemals ein Visum oder die Einreise in die Vereinigten Staaten durch Betrug oder falsche Angaben erlangt, oder haben Sie jemals den Versuch hierzu unternommen?

Antwort Antonio und Benno. Ja.

E: Haben Sie ein Kind der Obhut eines amerikanischen Staatsbürgers entzogen, dem das Sorgerecht für dieses Kind zugesprochen wurde?

Antwort Antonio und Benno: Ja. Hierzu muss ich allerdings bemerken, dass diese Frage vielleicht besser bei der Ausreise und nicht schon bei der Einreise gestellt werden sollte. Aber wer bin ich, den amerikanischen Behörden Vorschriften machen zu wollen?

F: Ist Ihnen jemals ein Visum oder die Einreise in die Vereinigten Staaten verweigert oder ein Visum annulliert worden?

Antwort Antonio: Ja, Benno: Nein. Da hat er sich wohl vertan.

G: Haben Sie jemals Immunität vor Strafverfolgung geltend gemacht?

Antwort Antonio und Benno: Ja.

Auch die Karte zur Zollerklärung liegt bei: Herr Marcipane und Herr Tiggelkamp führen demnach Frischfleisch in erheblichen Mengen, auch verbotene Substanzen und lebende Tiere ein. Ich glaube, nach Lage der Dinge hätte ich die beiden auch verhaftet.

«Was geschieht denn nun mit uns?»

«Sie werden abgeschoben. Die Einreise in die USA muss Ihnen leider verweigert werden.» Er steht hinter seinem Sessel und stützt sich auf der Rückenlehne ab.

«Das können Sie nicht tun. Die beiden wissen doch gar nicht, was sie getan haben. Sie haben sich das bestimmt gar nicht durchgelesen. Sie dachten, sie wären höflich, wenn sie alle Fragen mit ‹ja› beantworten.»

«Das ist hier kein Vergnügungsspielchen.»

«Haben Sie wirklich Zweifel an der Richtigkeit meiner Aussage? Würde jemand, bei dem auch nur eine einzige dieser Fragen zuträfe, im Ernst ‹ja› ankreuzen?»

Nebenan wird es laut. Ich verstehe nichts, aber es beunruhigt mich. Mein Polizist lächelt mich an.

«Sie meinen, jemand mit strafbaren Absichten würde ‹nein› ankreuzen», sagt er listig.

«Ja, natürlich.» Ich tappe voll in die Falle.

«Demnach haben Sie gelogen?»

«Nein! Natürlich nicht.»

Jetzt weiß ich wirklich nicht mehr weiter. Ich bin müde. Ich stehe vor einem Nervenzusammenbruch. Mein Cop merkt das, und sein Ton wird versöhnlicher.

«Wir werden den Fall prüfen. Wenn es in Ihrem Gepäck nichts Verdächtiges gibt, müssen Sie sich keine Sorgen machen.»

Das beruhigt mich. Ganz offensichtlich hat die Polizei unsere Koffer eingesammelt. Hoffnung verströmt kühle Luft in meinen erhitzten Körper. Nur das Geschrei nebenan macht mich nervös. Was ist da los? Die Tür geht auf, und ein weiterer Beamter steckt seinen Kopf herein. «Lieutenant, kommen Sie bitte einmal herein», sagt der Beamte, und mein Polizist verlässt den Raum. Einige Minuten später ist er wieder da und lässt die Tür offen. Ein Schwall Italienisch dringt herein. Jemand redet laut, aber es ist nicht Antonio. Der Polizist winkt mich heran. Ich stehe auf und gehe an die Tür. Antonio und Benno sitzen immer noch auf ihren Stühlchen. Benno schaut so neugierig unaufgeregt wie eh und je, aber Antonio hört aufmerksam zu und – lacht. Dann ergreift er das Wort und plappert munter drauflos. Sein neapolitanisch geprägter Dialekt ist schwer zu verstehen, aber die Rahmenhandlung verstehe ich trotzdem. Es geht um irgendeine Ortschaft bei Neapel, wo ein Cousin seiner Mutter herkommt. Als Antonio mich sieht, ruft er: «Komme rein, liebe Jung, hier iste alle okay. Toni hatte alle geregelt.»

Dann stellt er mir Pino Carbone vor. Er ist Polizist und wurde als Dolmetscher geholt, nachdem die Beamten an den beiden merkwürdigen Ausländern gescheitert waren. Carbone hatte recht schnell herausgefunden, dass die Herren durch ein Versehen die Dokumente falsch ausgefüllt hatten und vollkommen unverdächtig waren. Des Weiteren haben Pino Carbone und Antonio entdeckt, dass sie nicht nur aus derselben Ecke der Welt, sondern auch noch aus derselben Ecke Italiens, sogar aus derselben Ecke der Region Molise stammen. Was für eine Freude! Carbone ist ein um die Hüften recht gut gefüllter Mops mit einem angegrauten Haarkranz. Als er mich sieht, sagt er auf Italienisch: «Ist er das?»

Und Antonio: «Ja, mein deutscher Schwiegersohn. Ich bitte darum, ihn ebenfalls zu entlassen. Er ist absolut harmlos, ich bürge für ihn.»

Moment mal, habe ich die Scheißpapiere falsch ausgefüllt oder er? Ich bin zu schwach, um noch aufzubegehren.

«Sag Pino Carbone guten Tag», fordert mich Antonio mit patriarchalischer Geste auf.

«Guten Tag, Sir», sage ich.

Unsere Koffer stehen an der Tür. Carbone bringt uns noch nach draußen, wir rufen ein gelbes Taxi. Ich wollte schon immer mal in so einem Ding sitzen, aber jetzt ist es mir egal. Ich möchte nur duschen und ins Bett. Es ist erst ganz früh am Abend, aber die Zeitverschiebung tut ihr grässliches Werk. Ich nehme schemenhaft wahr, wie das endlose Queens an uns vorüberzieht, Flushing Meadows, La Guardia. Benno quengelt, dass er auf die Toilette muss, aber das kommt gar nicht bei mir an.

Ich höre zum ersten Mal die Sirene eines Polizeiautos. Wie im Fernsehen. Aber ganz genau wie im Fernsehen. «Wuhuuui.» Und wenn das Polizeiauto irgendwo hält, noch einmal, aber nur kurz und sterbend: «Wuuu.» Als wir in der 42. Straße am Hotel ankommen, werde ich noch einmal für einen Augenblick munter. Es handelt sich um das Haus einer preiswerten Hotelkette. Hinter jeder Tür vermute ich einen unglücklich masturbierenden Handelsvertreter, so ein Laden ist das. Aber was soll's, solange das Bett okay ist.

Benno und Antonio teilen sich ein Zimmer,

ich wohne alleine. Das Bett erweist sich als so schmal wie ein mitteleuropäisches Fensterbrett, die Klimaanlage als laut wie ein Lastwagen, und im Bad gibt es etwas, das aussieht wie eine Dusche mit hohen Beckenrändern oder eine halbe Badewanne. Das Fenster lässt sich nicht öffnen und geht nicht zur Straße, sondern zu einer zwei Meter entfernten Mauer. Ich setze mich aufs Bett, das dabei gefährlich einsinkt, und bin deprimiert. Dann sehe ich, wie auf der Wand der Schimmel Orgien feiert.

Wenn ich eine Zigarette anzünde, fliegt der Laden wahrscheinlich in die Luft. Ich will gerade ein Streichholz anreißen, da sehe ich den großen Aufkleber, der mir harte Strafen androht, wenn ich rauche, also lasse ich es sein. Ich bin zu müde, um mich zu beklagen. Es würde auch niemand zuhören. Aber ich werde mich bestimmt nicht mit dieser spermatischen Pferdedecke zudecken, ich werde einfach unzugedeckt einschlummern. Gute Nacht! Also lege ich mich aufs Bett und falle in einen nervösen Schlaf.

TEN

Nachts um vier wache ich in meinen Klamotten auf, gemütlich eingemummelt in der fiesen Decke. Nach einem durch Ekel ausgelösten Veitstanz gehe ich ins Bad und sondiere die Lage. Ja, richtig, bin in New York, der Stadt, in der niemand schläft. Das kommt wohl vom Jetlag. Ob Benno und Antonio schlafen? Ich habe mich nicht mehr richtig um sie gekümmert, seit wir angekommen sind.

Ich sah sie noch auf dem Flur, wo sie die Tür nicht aufbekamen. Man muss mit seiner Zimmerkarte vor einem Magneten herumfuchteln, was Antonio in helle Aufregung versetzte. Ich wartete, bis sie dann doch in ihrem Doppelzimmer verschwunden waren, und danach habe ich nichts mehr von ihnen gehört. Nach den Kapriolen von gestern wäre es sicher gut, mal nach ihnen zu sehen. Auf der anderen Seite sind die zwei zusammen über 120 Jahre alt und bedürfen keiner Aufsicht beim Schlafen. Ich beschließe also, meine Sachen auszupacken und das Fernsehprogramm zu checken. Dabei fällt auf, dass die Amerikaner genau denselben Mist anschauen wie wir. Es ist gleichzeitig beruhigend und empörend, dass das Fernsehen die Menschen überall auf der Welt auf dieselbe Weise sediert und verblöden lässt.

Um halb sieben halte ich es nicht mehr aus und rufe in Antonios Zimmer an. Die haben hier klotzige, irgendwie sehr unschicke Telefone. Er hebt ab, noch bevor es richtig getutet hat, offenbar sind Benno und er schon lange wach – oder sie haben gar nicht geschlafen.

«Was macht ihr?»

«Spielen ein schöne Partie *scacchi.*»

Schach ist eine der Lieblingsbeschäftigungen meines Schwiegervaters. Er hat immer so ein winziges Kästchen dabei mit kleinen Steckfiguren aus Plastik. Allerdings fehlen den schwarzen Figuren ein Turm und ein Läufer, die er durch abgebrochene Streichhölzer ersetzt hat. Wenn man nicht genau aufpasst, wechseln Turm und Läufer dauernd die Funktionen.

«Wie kann dein Turm so ziehen?», fragt man dann.

«Ist gar keine, iste ein Läufe.»

«Eben war der noch ein Turm.»

«War er nie.»

Toni bringt selten eine Runde zu Ende. Das liegt oft gar nicht an ihm, sondern an seinen Gegnern, zum Beispiel an mir. Es macht einfach keinen großen Spaß, mit ihm zu spielen, weil er ständig unter lautem Bedauern seine Züge zurücknimmt. Nein, er habe sich vertan, ruft er dann und stellt schon beim allerersten Zug seinen Bauern immer wieder auf die Ausgangsposition. So geht das weiter, manchmal bittet er sogar darum, den vorvorletzten Zug noch einmal zu wiederholen. Entweder gebe ich dann auf, oder ich biete ihm ein Remis an, welches er freudig annimmt. Wenn er mit Benno spielt, so dauert ein Match vermutlich Tage. Aber dafür sind wir nicht nach New York gekommen, vermute ich jedenfalls.

«Wann willst du frühstücken?», frage ich ihn. Wir verabreden uns für acht Uhr. Ich werde dann auch erfahren, was wir hier eigentlich genau wollen. Bin schon sehr gespannt, schließlich gab es ja einige Andeutungen.

Als ich um acht Uhr im Frühstücksraum eintreffe, sehe ich Benno und Antonio schon von weitem. Letzterer sitzt an einem Tisch und spricht mit dem Kellner. Antonio fragt ihn, ob er Italiener sei, was der Kellner freundlich verneint. Und ob er denn Italienisch spreche. Auch nicht. Und ob es Espresso gäbe. Ja, das schon. Aha, dann einen Espresso bitte. Benno steht am Frühstücksbuffet und lädt sich kleine Würstchen auf den Teller, so ungefähr dreißig Stück. Ein nahrhaftes, gesundes Frühstück ist das. Sein Outfit verrät eine gewisse Kennerschaft, was Städtereisen angeht. Er trägt nagelneue strahlend weiße Turnschuhe, ein rotweiß kariertes Hemd und darüber eine blaue Windjacke. Um den Hals hängt ein riesiger Brustbeutel, der schon von weitem brüllt: «Reiß mich ab, in mir sind nur Wertsachen!» Vielleicht sollte ich ihm vorschlagen, das Ding gar nicht oder unter der Kleidung zu tragen. Wir wollen doch das Schicksal nicht herausfordern.

Ich setze mich zu Antonio und lege meine Hand auf seine. Er gefällt mir heute Morgen. Frisch rasiert und eingestäubt mit einem atemberaubenden Duft, sitzt er mir gegenüber. Seine Augen strahlen, er wirkt tatendurstig, jung, fast kindlich. Er kann so wunderbar neugierig aussehen, das mag ich an ihm.

«Oookay», sage ich. Ich kann auch neugierig aussehen. «Was machen wir jetzt? Warum sind wir hier?»

«Diese klein Abordnung hat ein Aufgabe zur Überbringung von Fakte und zur Rettung?»

Hä? Ich verstehe nur Bahnhof.[1]

«Was für Fakten? Was für eine Rettung? Wem willst du was überbringen?»

Antonios Übersetzer, Kegelbruder und bester Freund Benno kommt an unseren Tisch und stellt seinen Teller mit in Damenstrumpfhosen gestopfter Säugetier-Biomasse ab. Er hat noch einen großen Klumpen weißliches Rührei draufgeschmonzt. Hmm, lecker.

«Mauro.»

«Wie, Mauro?», frage ich. «Wer ist Mauro?»

«Na, Mauro, habi dirdo erzählte von Mauro.»

Jetzt dämmert mir etwas. Vor Jahren war mal die Rede von einem gewissen Mauro. Das war

---

1 In Italien gibt es diese Redewendung auch so ähnlich. Dort sagt man *«non capisco un cavolo»*, also «verstehe nur Kohl». Kohl ist in diesem Zusammenhang nicht weniger merkwürdig als Bahnhof. Im Süden verbeiteter ist *«non capisco un cazzo»*, was die Sache in den Bereich des Geschlechtlichen bringt, aber auch nicht unbedingt verständlicher macht. Überall im Land gilt *«non capisco un tubo»*, «verstehe einen Schlauch». Was das soll, weiß kein Mensch.

ein Schulfreund von Antonio, einer aus seiner Kinderbande. Mit den Jungs von der Porta Mancina hatte Antonio großartige Abenteuer erlebt. Einer von ihnen war damals mit seinen Eltern ausgewandert. Nach Amerika. Sein Name war Mauro gewesen, das weiß ich noch.

«Du meinst den Mauro aus Campobasso?»

«Jawoll, meini. Wir mussen der besuchen.»

«Aha, und was willst du von dem?»

Antonio trinkt einen Schluck von dem Espresso, sieht angewidert in die Tasse, stellt sie ab und schiebt sie mit einer theatralischen Geste über den halben Tisch. Dann erfahre ich den Zweck unserer Reise.

Mauro Conti wanderte in den fünfziger Jahren aus, damals war er ungefähr fünfzehn Jahre alt. Sein Vater hatte als Arzt etwas Geld zurückgelegt, und so konnten die Contis sich die Überfahrt leisten. Mauro durfte sogar studieren und wurde Architekt, wie Antonio ausführt. Mein Schwiegervater holt weit aus, berichtet von der langen Tradition großartiger Baumeister in seinem Heimatland und kommt schließlich zum Kern seines Plans. Was nämlich bauen Architekten? Häuser! Und was geht in Campobasso gerade zugrunde? Häuser! Und wer wäre besser geeignet, dieser

Misere entgegenzutreten als der weltberühmte Mauro Conti? Ich bin sprachlos über so viel Logik. Benno verzehrt Würstchen Nummer 14 und sagt: «So sieht dat mal aus.» Offenbar kennt er den Plan schon. Weiter geht's.

Er, Antonio Marcipane, wird den bewunderten, den großen Sohn der Stadt Campobasso nach Hause holen, auf dass dieser sein Lebenswerk mit der Restaurierung seiner Heimat kröne. Das wirft natürlich Fragen auf. Warum muss es denn zum Beispiel unbedingt Mauro Conti sein, der die Altstadt vor dem drohenden Abriss bewahrt? Es gibt doch jede Menge hochangesehener Architekten in Italien. Und darüber hinaus auch in anderen Ländern. Görlitz ist ja auch nicht von Mauro Conti renoviert worden. Antonio sieht mich mitleidig an. Campobasso sei doch total pleite, die könnten sich das doch gar nicht leisten. Aber Mauro werde natürlich kostenlos arbeiten, für umme, wie es so schön heißt. Hier geht es um Heimat, um Verpflichtung. Er wird es uns nicht abschlagen, wenn wir als dreiköpfige Delegation kommen und ihn bitten. Daher auch keine schriftliche Anfrage, so etwas muss man nun einmal per-sön-lich machen. Da muss man mit den Augen arbeiten. Hier hat Antonio recht, bei mir hat er auch schon erfolgreich mit den Augen gearbeitet.

«Also gehen wir gleich zu ihm und überreden ihn, nach Italien zu kommen», fasse ich kurz zusammen.

«Sobalde wir ihm gefunde habe.»

«Moment mal. Du hast keinen Termin mit ihm gemacht?»

«Weißi seiner Adress?»

«Toni, sag jetzt nicht, dass du gar nicht weißt, wo er in New York wohnt oder sein Büro hat?»

«Nein, kein Ahnung, aber kann ja nickte zu komplizierte sein. Fur dieser Dinge biste du da in unser Team.»

«Das heißt, der Typ weiß auch gar nicht, dass du ihn besuchen willst?»

«Wozu? Iste ein Überraschung furihn.»

Jetzt wird mir einiges klar. Antonio brauchte für seine Reise einen Übersetzer und einen Scout. Benno hat sich bereits disqualifiziert. Und nun soll ich hier den Pfadfinder spielen. Na, super. Ich spüre, wie Verzweiflung in mir hochsteigt. Ich sitze hier in einem absolut beschissenen Hotel mit einem Würstchen essenden Irren und meinem verspulten Schwiegervater, und gleich machen wir uns auf die Suche nach jemandem, der unseren

Besuch so dringend nötig hat wie ein Herpesbläschen. Warum habe ich da mitgemacht? Warum sitze ich jetzt nicht zu Hause auf meiner Couch? Warum lächelt Antonio die ganze Zeit wie ein Weihnachtsengel? Ich koche.

«Wenn du mir das alles vor der Reise gesagt hättest, hätte ich das doch vorbereiten können. Ich hätte deinen komischen Ponti …»

«Conti!»

«… Conti im Internet gesucht und einen Termin vereinbart. Man kann bei berühmten Leuten nicht einfach auf der Matte stehen und sagen: Hallo, du kennst mich sicher noch, wir haben uns knapp fünfzig Jahre nicht gesehen. Bitte lass doch mal kurz alles stehen und liegen und komm in deine Heimat, an die du dich wahrscheinlich nicht mehr erinnerst, und baue unsere Stadt neu auf. Geld gibt's übrigens nicht dafür. Wie soll das gehen?»

«Bissen Respekte, wenni bitte darf», sagt Antonio. Er ist gekränkt, aber das kann ich jetzt auch nicht ändern. Ich komme gerade erst in Fahrt.

«Was für eine brillante Idee. Wenn wir uns da als Abgesandte von Campobasso vorstellen, dann nehme ich mal an, dass wir das tun, ohne dass irgendwer in Campobasso davon weiß, richtig?»

Antonio wiegt den Kopf hin und her und drückt sich vor einer Antwort. Also ist es so, wie ich sage.

«Das kann doch wohl nicht wahr sein.» Ich versuche, meine Gedanken zu ordnen. Mehr zu mir selbst als zu Antonio murmele ich weiter: «Du schleppst mich hierher, ohne auch nur den Funken einer Ahnung zu haben, wie wir den Kerl überhaupt finden sollen.» Ich seufze.

«Dä steht doch sischer im Tellefonbuch», mampft Benno dazwischen (Würstchen Nummer 23).

«Wollti grad sagen. Iste alle nickte so schlimm, wie du denkst», fügt Antonio hinzu und lässt seine Goldzähne aufblitzen. Da könnte er sogar recht haben. Aber ich bleibe unversöhnlich. Diese Form der Spontaneität geht mir auf die Nerven. Ich bin nun einmal nicht aus seinem Holz. Niemand ist das. Jedenfalls niemand, den ich kenne. Nun zieht Antonio einen Zettel aus der Brusttasche seines Jeanshemdes. Er ist mehrfach zusammengefaltet, und es dauert, bis Antonio ihn aufgeblättert hat. Er reicht ihn mir. Auf dem Papierchen stehen der Name und die Adresse von Pino Carbone, Antonios neuem Freund von der New Yorker Zollpolizei.

«Pino hatter schon gesagte, wenn wir ihn brauchen, er ist da furuns.»

«Okay. Wir suchen ihn, deinen Mauro. Und wenn wir ihn gefunden haben, versuchen wir ihn zu sprechen. Und wenn wir ihn nicht finden, dann machen wir uns wenigstens eine schöne Woche in New York. Einverstanden? Hand drauf?»

Ich lege meine Hand auf den Tisch, Benno lässt seine knochige Hand auf meiner nieder, und Antonio patscht seine beringte Rechte obendrauf. Was soll's, denke ich.

«Et kütt, wie et kütt», sagt Benno. Wer kann das schon bestreiten?

Nach dem Frühstück gehe ich auf mein Zimmer und rüste mich für einen Stadtrundgang aus. Ich habe einen Reiseführer dabei. Auf dem Titel ist das World Trade Center abgebildet, deswegen war das Buch reduziert. Hat nur die Hälfte gekostet. Ich stecke meine Kreditkarten ein, Zigaretten, Feuer und meinen Notizblock mit Stift. Unsere Suche wird an der Rezeption beginnen. Mit einem Blick ins Telefonbuch.

Dort finde ich 194 Contis, und ich sehe nur in Manhattan nach. Wer weiß, wie viele es davon noch in der Bronx, in Queens, in Brooklyn und auf Staten Island gibt. Hunderte, womöglich

Tausende. So kommen wir nicht weiter. Wir müssen jemanden finden, der Mauro kennt. Dieser jemand heißt überall auf der Welt gleich: Internet. Aber Antonio ist dagegen.

«Internet ist nickte gut.»

«Wieso? Wenn wir herausfinden wollen, wo dein Mauro steckt, dann sollten wir dort anfangen zu suchen.»

«Nä, magi nickte.»

«Warum?» Was ist jetzt schon wieder los?

«Iste unsportelich.»

«Unsportlich? Das ist effizient.»

Darauf sieht er mich an, als wolle er mich aus seiner Familie verstoßen. Was kann er dagegen haben, wenn wir den Namen Mauro Conti, womöglich mit dem Zusatz «Architect», in eine Suchmaschine eingeben und uns von ihr direkt in sein Büro führen lassen? Was ist dagegen einzuwenden? Ich schlage vor, in ein Internet-Café zu gehen und die Sache schnellstens hinter uns zu bringen.

Aber Antonio ist dagegen. Kategorisch.

«Wir finde der Mann auch so, glaube mir.»

Da entscheide ich, mein Engagement zu beenden. Wenn er in einer Stadt mit acht Komma eins Millionen Einwohnern einen davon finden will, ohne sich auch nur im Geringsten darum zu bemühen, dann soll er das machen. Mein Schwiegervater ist ja schließlich erwachsen.

Expeditionsleiter Marcipane klatscht in die Hände, wir gehen auf die Drehtür des Hotels zu, treten hinein, und dann sind wir da: Auf der Straße. Auf der 42sten Straße genauer gesagt. Ich gehe einen Schritt nach vorne, atme einmal tief ein, dieses New Yorker Großstadtluftgemisch. Dann drehe ich mich um. Benno fehlt. Wo ist Benno? Antonio macht eine etwas obszöne Geste, sie bedeutet: Benno ist auf der Toilette. Na ja, gut, warten wir. Nach zehn Minuten kommt er nach, und Antonio entscheidet: rechts rum, also Richtung Times Square.

Der Times Square verbraucht für sein unglaubliches Gefunzel und Gefunkel pro Stunde ungefähr so viel Strom wie alle Einwohner von Kassel in einem Jahr. Man kann leicht erkennen, wer ein New Yorker ist und wer nicht. Jeder der sich umsieht, der auf die Lichter und Videoschirme und aufleuchtenden Textnachrichten an den Häuserfassaden starrt, ist bestimmt keiner. Die Einwohner von New York reagieren darauf offenbar nicht mehr. Es nimmt sie nicht gefangen. Also haben die Häuser nicht bloß Millionen von

Glühbirnen, Dioden und blinkende Pixel, sondern auch Lautsprecher. Die Straße scheint wie eine Membran zu vibrieren. Kaum zu glauben, dass dieser Orkan von Musik und Stimmen von Menschen für Menschen gemacht wurde. Aber die hören das anscheinend gar nicht. Die New Yorker haben Hornhaut in den Ohren, oder kleine weiße I-Pod-Stöpsel. So machen sie sich mit ihrem Privatlärm vom Straßenlärm unabhängig. Was wohl passierte, wenn plötzlich alles verstummte und gleichzeitig alle Lichter ausgingen? Ich stelle mir den Effekt vor wie in einer Discothek am frühen Morgen, in einem guten Club, wo irgendwann die Musik ausgeht und die Lichter verlöschen. Die Putzfrau knipst ein taghelles Deckenlicht an, und plötzlich sieht der Raum ganz anders aus, völlig entfremdet und in Wirklichkeit ganz normal. So muss es beim Times Square gewesen sein, als vor ein paar Jahren abends der Strom ausfiel. Die Menschen haben sich ausgerechnet hier getroffen und Kerzlein angezündet, am normalerweise grellsten Ort der Welt. Als das Licht wieder anging und die Rechner wieder hochgefahren waren, um mit dem Bedröhnungsprogramm fortzufahren, hörten die New Yorker sofort wieder auf, diesen Ort wahrzunehmen. Sie setzten ihre

Sonnenbrillen auf, und die Hornhaut verschloss reflexartig ihre Ohrmuscheln.

Benno und Antonio gehen dicht hinter mir. Dieser Platz bietet ihnen entschieden mehr Information über Urbanität und das Tempo der Moderne, als sie benötigen, um sich davor zu fürchten. Mir geht es ehrlich gesagt genauso. Und natürlich wird mir klar, dass Antonio diese Stadt unterschätzt hat, das sehe ich in seinen Augen. Er hat sich mit etwas bei weitem zu Großen angelegt. Dass diese Stadt auch ruhige, fast einsame Ecken hat, werde ich ihm jetzt nicht auf die Nase binden, er soll ruhig ein Weilchen glauben, ganz Amerika sei wie hier.

Dann laufen wir weiter, immer die Straße entlang. Ich habe kein Ziel, und mir scheint, dass Antonio das seine stetig aus den Augen verliert. Man muss gegen New York kämpfen, man muss es sich erlaufen, um es zu bezwingen. Block für Block. Aber die Stadt wehrt sich gegen Wanderer. Sie flutet die Straßen mit Autos und Ortskundigen, gegen die man läuft wie gegen große Steine in einer Brandung. Die Stadt ist Gewalt, nicht die Menschen, die in ihr leben. Und diese Häuser, diese Architektur der Macht wirkt, als hätten riesenhafte Hunde Pissmarken gesetzt. Benno und

Antonio, der italienische und der deutsche Kleinstädter, taumeln zwischen den Wolkenkratzern herum. Niemand bemerkt sie und ihr Staunen. Wer hier staunt, hat die Stadt noch nicht erobert. Erst wenn einer geschäftig und mit einem klaren Ziel unter Ausnutzung aller Möglichkeiten, also zu Fuß und im raschen Wechsel mit Taxi, Bus und Subway, durch Manhattan navigiert, einem Affen gleich, der im Dschungel die Lianen, Äste und Bäume benutzt, ist er wirklich angekommen in New York.

Manche lernen das rasch, es dient dem Überleben in dieser mit Nieselregen-Feinstaub-Creme eingeschmierten Riesenstadt. Vor manchen Bürohäusern hat man mit Farbe kleine weiße Vierecke gemalt, darin stehen die Raucher. Sie müssen 49 Stockwerke hinunterfahren und sich vor das Haus begeben, wenn sie eine Zigarette qualmen wollen. Dort stehen sie wie Flamingos herum, und wenn sie fertig sind, fahren sie wieder 49 Stockwerke in die Höhe. Wenn jemand heimlich an seinem Arbeitsplatz raucht, fliegt er raus, oder es wird in den Abendnachrichten über ihn berichtet. Die Amerikaner sind fest davon überzeugt, im freiesten Land der Welt zu leben.

Immer weiterlaufen, laufen und immer wieder

nach hinten sehen, ob Antonio und Benno noch da sind. Man kann sie leicht verlieren, denn Benno ist zwar groß und schnell, aber Antonio eben nicht. Mit seinen Dackelbeinchen macht er doppelt so viele Schritte wie sein Freund, abends wird er sich zu der Behauptung versteigen, er sei dadurch, rein mathematisch betrachtet, doppelt so weit gelaufen wie wir. Wenn ich mich zu ihm umdrehe, blicke ich in sein gehetztes Gesicht, die Augen hat er weit aufgerissen, er sieht zugleich panisch und fasziniert aus.

Wir laufen zur Erholung die siebente Avenue hinauf zum Central Park, wo kleine alte Frauen kleine alte Hunde spazieren führen und Polizisten auf Pferden reiten. Der Central Park bekommt den beiden gut. Sie sitzen lange auf einer Bank und diskutieren in ihrer Geheimsprache. Dann sichtet Antonio einen mobilen Hotdog-Getränke-Eis-Brezelstand. Tatendurstig lädt er Benno und mich sowie mehrere Eichhörnchen zu einer Pretzel ein. Er bestellt die Ware persönlich und lässt es sich nicht nehmen, dem Verkäufer auf Italienisch zu erläutern, dass man Pretzel mit «B» schreibt. An dem «tz» nimmt er keinen Anstoß. Der Verkäufer (ursprünglich kam seine Familie aus Polen, leider nicht aus Italien, und er kennt überhaupt keinen Mauro Conti, was er bedauert) macht sich eilig davon, ich kann mich nicht mehr erkundigen, wo es hier zum Museum of Natural History geht. Dort soll es Dinosaurier geben. Zwar bin ich selber mit welchen unterwegs, aber ich habe die große Hoffnung, dass die Kollegen im Museum schweigen und das Wasser halten können.

Nachdem wir uns ein bisschen verlaufen haben, was problemlos möglich ist, wenn man an dem kleinen See in der Mitte des Parks nicht richtig aufpasst, passieren wir das Dakota Building, wo John Lennon erschossen wurde und seine Witwe immer noch wohnt, was Antonio zu der Annahme verleitet, dass sie ihn hat erschießen lassen, um die ganze Wohnung für sich haben zu können.

Fünf Blocks nach Norden und ich stehe mit Antonio und Benno vor einem gigantischen Skelett in der Eingangshalle des Museums. Armeen von Kindern drängeln sich an uns vorbei, heute ist offenbar großer Schulausflugstag. Benno fällt ein, dass er auf die Toilette muss. Nachdem er geraden Schrittes den Abort verlassen hat, sehen wir uns erst lebensgroße Puppen von Ureinwohnern verschiedener Kontinente an, dann vergiftete Pfeilspitzen aus Südamerika, Iglos, Pueblos, Inkatempel und Indianerkrempel. Antonio wird ganz stumm, längst hat er aufgehört, Wärter nach Mauro Conti zu fragen und ob sie vielleicht Angehörige der italienischen Gemeinde von Brooklyn seien. Er ist verändert, seit wir uns Landkarten mit großen roten Pfeilen angesehen haben. Da waren die Völkerwanderungen zu sehen, die großen Trecks der Menschheitsgeschichte, wenn Stämme Tausende von Kilometern wanderten, weil es ihnen irgendwo zu kalt oder gefährlich geworden war. Den Begriff «Zuhause» oder «Heimat» gab es damals noch nicht, weil kaum jemand dort blieb, wo er geboren worden war, also niemand ein Zuhause hatte.

Der kleine Einwanderer neben mir wird darüber ganz melancholisch. Auch er wird nicht sterben, wo er geboren ist. Aber eigentlich dachte ich, er sei mit seiner Heimatlosigkeit versöhnt. Er hat ja Ursula und sein Haus und zwei Töchter. Ich stupse ihn an und frage ihn, was los ist: Da sieht er mich an und sagt, indem er auf die große Karte deutet: «Bin ja nickte sehr weit gekommene. Bloß na Krefelde.»

«Was heißt denn hier bloß?», sage ich tröstend. «Das ist doch was, oder? Und wenn du nach

Amerika gegangen wärst, wen hättest du dann nie kennengelernt?»

Er zuckt mit den Schultern.

«Benno und mich», rufe ich.

Da gibt er mir einen Kuss, der nicht auf meiner Wange landet, aber immerhin am Hals.

Weiter oben die Dinosaurierskelette, riesige Dinger, beeindruckende, gewaltige Knochen und Zähne. Ich könnte mir so etwas stundenlang ansehen, aber Benno drängt zum Aufbruch. Er habe noch etwas vor, sagt er. Ich frage mich zwar, was das sein kann, aber wenn er weg will, will er weg. Als wir vor der Tür stehen, weiß ich, warum er gehen wollte. Er holt aus der Tasche einen großen metallenen Stift, eine Art bronzenen Nagel, und zeigt ihn uns.

«Was ist das?», frage ich.

«Dat issene Zahn.»

«Du hast einen Zahn mitgehen lassen?» Ich bin empört und sehe mich hektisch um. «Du kannst doch nicht einfach einen Dinosaurierzahn stehlen. Bist du eigentlich wahnsinnig?»

Amerikaner verstehen bei der Schändung von prähistorischen Exponaten überhaupt keinen Spaß. Benno hält den Zahn in die Sonne und begutachtet den Beißer fachmännisch.

«Pack das Ding ein», herrsche ich ihn an, «oder willst du gleich in den Knast?»

Er steckt den Zahn widerwillig ein. Ich überlege. Wenn man uns mit einem amerikanischen Saurierzahn aus einem amerikanischen Museum bei der Ausreise erwischt – und bei meinem bisherigen Glück mit diesen beiden Diplodoken wird dies garantiert der Fall sein –, sind wir geliefert.

«Wie kommst du überhaupt dazu, dem Viech einen Zahn zu ziehen. Und was war das für einer?»

«Stegosaurus, glaubisch. Äwwer isch han der Zahn nit jezogen. Dä wor schief. Isch wollt der Zahn richtigrum drücken, da isser erusjefallen.»

«Wir müssen ihn wieder ins Gebiss setzen, bevor es jemand merkt.»

«Dat jeht nit», jammert Benno.

«Und ob das geht», sage ich drohend.

«Nä, isag, wir hauene ab», sagt Antonio, dem die Diskussion schon viel zu lange dauert. «I habe Hunger.»

«Wir gehen zurück», entscheide ich. Leicht angesäuert folgen Tiggelkamp und Marcipane, und ich löse erneut drei Karten zu je zehn Dollar. Dann spazieren wir in den Saal, wo der Saurier mit dem Zahnproblem steht. Vor ihm hat sich eine größere Menschenmenge eingefunden, auch Wärter sind dabei und ein versteinerter Paläontologe. Wir kommen näher, und ich erkenne das ganze Ausmaß von Bennos Tat. Genau genommen hat der Stegosauros nicht einen, sondern alle Zähne verloren. Der Kiefer ist leer, die Zähne liegen auf dem Boden herum. Außer einem.

«Isch hab doch jesacht, der Zahn können wir nit mehr reintun. Isch weiß ja nit, wo der jenau jewesen is», raunt Benno. Dann schlägt er vor, den Zahn bei einem der Kinder in den Rucksack zu stecken. Ich warne ihn und flüstere zum Rückzug.

Ich bin schon sauer, das muss ich sagen. Also rede ich erst mal nicht mehr mit meinen Kameraden. Schnellen Schrittes haste ich durch den Central Park zurück, Richtung Downtown, Richtung Mittagessen, Richtung Schnauze voll. Auch Antonio und Benno sagen nichts.

Es dauert eineinhalb Stunden, bis sie ihre Sprache wieder gefunden haben. In dieser Zeit sind wir schweigend gewandert, mal mit, mal gegen den Strom der Menschen, die wissen, wo sie hinwollen. Es ist Benno, der an einer roten Ampel das Wort ergreift: «Isch müsste ma' aufs Klo.» Das sollte möglich sein. Wir stehen vor der Central Station, dem Hauptbahnhof, und ich bin ganz sicher, dass die da drin irgendwo eine Toilette haben. Ich habe mich auch wieder beruhigt. Wir gehen also hinein, und Antonio macht «Ohhh» und «Ahhh», wie in einer Kirche, und so wirkt die Halle auch. An der Decke sind zwar keine Heiligen zu sehen, aber Tausende Sterne. «Das soll der Winterhimmel sein», doziere ich, in meinen Reiseführer blickend. «Die Fenster sind bis zu 25 Meter hoch.» Antonio ist über die Maßen berührt. Diese einschüchternde Größe geht so weit über seine Vorstellungskraft hinaus, es ist so viel mehr, als er erwartet hätte, so viel mehr als das, wovon er sein Leben lang geträumt hat. Ich muss aufpassen, dass sein Herz diese Reise übersteht. Und ich muss schnell eine Toilette für Benno finden. Ich frage einen Uniformierten, der uns den Weg weist, und Benno verschwindet.

Während wir warten, lege ich meinen Arm um Antonios Schulter und frage: «Und? Gefällt dir New York?»

«Iste eigentlick ein italienische Stadt.»

«Aha. Und wo sind sie, deine Italiener?»

«In Little Italy, da mussen wir gehen, um Mauro zu finden.»

«Okay, wir gehen dahin. Kein Problem.»

Aber erst muss ich etwas essen. Beim Frühstück habe ich mich zurückgehalten, ich war zu sehr mit Antonio beschäftigt. Ich sehe in meinem Reiseführer nach, was es hier in der Nähe gibt. Das Buch gibt erschöpfend darüber Auskunft, wo man eventuell Brad Pitt oder Madonna oder Liz Taylor bei der Nahrungsaufnahme begegnen kann. Alles Lokale, in die ich auf keinen Fall gehen würde. Ich finde ein Restaurant, wo am Nebentisch George Clooney sitzt, eine fürchterliche Vorstellung. Und zwar nicht, weil man mich für einen indiskreten Gaffer halten könnte, wenn ich hinüberspähe, um zu sehen, ob George Clooney zuerst die Spargelspitzen oder zuerst die Spargelenden isst, sondern weil George Clooney mich dazu zwingt, ihm beim Spargelessen zuzusehen. Das ist Nötigung.

Was wohl erst los wäre, wenn Kylie Minogue, Gwen Stefani und Halle Berry genau neben Benno, Antonio und mir Spargel essen würden? Da könnte ich nicht mit umgehen. Ich lotse die Jungs also zum *Bryant Park Grill*, dort geht angeblich Woody Allen hin. Da dieser aber garantiert nicht irgendwo auftaucht, wo deutsche Touristen ihn fotografieren könnten, fühle ich mich bei der Entscheidung einigermaßen wohl.

Wir erhalten einen Tisch zwischen Jerry Seinfeld und der Toilette, was Benno spontan zu einer Lobeshymne auf den Kellner veranlasst («Dä Jung kennt die Bedürfnisse seiner Gäste.»), und als dieser die Speisekarte bringt, stellt Antonio seine obligatorische Frage nach der womöglich italienischen Herkunft des Kellners. Er kommt aber aus Kanada. Die alten Männer schauen in die Karte und werden nicht schlau aus ihr.

«Der soll ein italienisch Karte bringene.»

«Die gibt's hier bestimmt nicht. Warum auch? Das ist ein amerikanisches Restaurant in Amerika. Die lesen gern alles auf Englisch», zische ich ihm zu. Ich habe keine Lust auf einen weiteren Antonio-Auftritt und bestelle drei Club Sandwiches und für Antonio außerdem Nudeln. Er kann keinen Tag seines Lebens ohne Nudeln auskommen.

Benno macht ein paar Fotos mit seiner Pocket-Kamera, dann fragt er mich: «Und wo gibtet jetz' die Rauchverzehrer?»

Ich habe keine Ahnung, was er meint.

«Was für Dinger?»

Das Essen kommt. Riesige Portionen. Benno vergisst darüber, mir zu antworten, und reißt das Sandwich. Aber dann kommt er doch wieder aufs

Thema zurück. Zehn Minuten sind vergangen, aber er antwortet mir, als hätte ich ihn gerade erst gefragt.

«Rauchverzehrer. Ich sammel die.»

«Aha, und was sind Rauchverzehrer?»

Diesmal ignoriert er meine Frage und antwortet auf eine andere, die niemand gestellt hat.

«Dä Toni hätt jesaaht, hier gibbet Rauchverzehrer. Sonst wär isch doch jar nit mitjekommen.»

Klingt interessant. Benno hat Antonio erzählt, er sei ein astreiner Übersetzer, und Antonio hat ihm gesagt, in New York gäbe es massenhaft Rauchverzehrer. Ich finde, die beiden verdienen einander.

«Und jetzt willst du also einen Rauchverzehrer?», frage ich sanft. Wir müssen uns behutsam an dieses Thema herantasten.

«Besser zwei. Oder drei.»

«Antonio, was meinst du dazu? Vielleicht weiß ja Mauro, wo wir hier einen Rauchverzehrer bekommen, hä?»

«Vielleichte weiß er, du biste kluuug, du biste ein gute Charakter mit viel Intelligenz.»

Ich stochere in einem großen Haufen Pommes frites herum und fühle mich wie der Landvermesser bei Kafka. Ich komme keinen Schritt weiter, im Gegenteil, alles wird immer komplizierter. Und meine beiden Rentner hier tun so unbeschwert, als stünden sie an einem Kiosk am Niederrhein und tränken Feigenschnaps. Eigentlich bin ich neidisch auf sie.

«Benno, wenn du mir sagst, was ein Rauchverzehrer ist, dann suchen wir auch danach, einverstanden?»

Das gefällt Benno, er setzt sich aufrecht hin und legt den Kopf schief, um dann tief Luft zu holen. Nach einem Monolog, der wie eine presbyterianische Predigt klingt und gut ein Viertelstündchen dauert, bin ich über die Geschichte und die Funktion unterschiedlicher Rauchverzehrtechniken und Rauchverzehrermodelle besser informiert[1]

---

1 Kurz gefasst und somit ohne jede Rücksichtnahme auf die Seelen leidenschaftlicher Rauchverzehrerkenner lässt sich ein Rauchverzehrer als ein Gerät definieren, welches Tabakrauch aufsaugt und die Zimmerluft erfrischt. Früher standen diese Dinger aus Porzellan in Herrenzimmern, wo Herren Zigarren rauchten und sich über den Versailler Vertrag beschwerten, später auf dem Fernseher. Manche haben leuchtende

als die meisten anderen Menschen auf der Welt. Auch haben wir das Sammelgebiet eingeschränkt. Da Benno und seine Mutter (sie ist maßgeblich an der Tiggelkamp'schen Rauchverzehrersammlung beteiligt) bereits eine unübersehbare Anzahl von Buddhas und Pagoden aus Porzellan ihr Eigen nennen, hat er sich bereits seit einigen Jahren auf Hunde kapriziert und sucht nach Terriern und Möpsen. Sie müssen noch funktionstüchtig sein, und am besten elektrisch.

Donnerwetter, denke ich. Nie hätte ich mir träumen lassen, dass ich in New York einen verschollenen Architekten und einen Rauchverzehrermops suchen werde. Das ist schon eine ganz tolle Karriere für einen einfachen Schwiegersohn. Ich zahle und gebe dem kanadischen Kellner ein gutes Trinkgeld. Ich könnte jetzt im Hotel ein wenig schlafen, aber Antonio will auf jeden Fall heute noch «nach der zwei Turmeda».

Also auf zu Ground Zero. Inzwischen schmerzen meine Füße. Auch wenn ich es nicht zugeben

---

Augen. Mehr muss man darüber nicht wissen, zumal der Rauchverzehrer inneneinrichtungstechnisch so was von aus der Mode ist.

will. Wir sind schon weit gelaufen, viel weiter, als ich selber freiwillig laufen würde. Aber New York ist so.

Ich entscheide, dass wir uns ein Taxi gönnen, und so fahren wir mit Oscar Pedalvio aus Puerto Rico (kein Italiener, hat noch nie Mauro Conti befördert, soweit er das beurteilen kann) zum ehemaligen Welthandelszentrum. Dort, wo es einmal stand, steht jetzt ein Loch, ein riesiges Loch. Es ist, als habe Gott der Stadt zwei kariöse Zähne gezogen (wie Benno dem Stegosaurus). Aber es war nicht Gott, nicht einmal Allah, sondern nur eine Handvoll wahnsinniger krimineller Fremder, die zerstört haben, was sie für den Mittelpunkt einer anderen Kultur hielten. Zur Strafe kamen ebenso fremde Kriminelle anschließend zu ihnen und bombten sie in die Steinzeit zurück.

In dem Loch, vor dem Touristen stehen und versuchen, Fotos vom Nichts zu machen, wird an der Wiederauferstehung des Ortes gearbeitet. Benno und Antonio sehen dem schweigend zu, ringsum gibt es noch rußgeschwärzte Häuser, die wie Filmkulissen aus einem Jerry-Bruckheimer[1]-

---

1 Dem Filmproduzenten Jerry Bruckheimer ver-

Film wirken. Es wird schon dunkel, als wir in eine Sports Bar gehen, wo kein italienischer Fußball läuft und es zwar viele Sorten Bier, aber kein deutsches gibt. Wir sehen eine Weile Baseball an, ohne so richtig zu verstehen, was die Menschen in dem Stadion daran derart in Raserei versetzt. Auf der Fahrt ins Hotel schläft Benno ein. Ich bringe die Jungs noch auf ihr Zimmer und gehe heimlich an die Rezeption. Für fünf Dollar pro Minute lässt mich der Kerl hinter der Theke an seinen Rechner. Ich rufe eine Suchmaschine im Internet auf und gebe «Mauro Conti, Architect» ein. Ich finde Tanzschulen, Kneipiers, einen Gärtner, sogar einen Zweitligafußballer dieses Namens. Nach zwanzig Dollar bin ich sicher: Es gibt gar keinen Architekten namens Mauro Conti.

---

dankt die Menschheit Werke wie «Bad Company – Die Welt ist in guten Händen», «Black Hawk down», «Pearl Harbour» und «Armageddon». Privat soll er aber nett sein.

ELEVEN

«Darf ich dich etwas fragen, Antonio?», beginne ich am nächsten Morgen beim Frühstück die Konversation. Ich habe mir das gut überlegt.

«Schieß ab», ruft Antonio und beißt in einen Pancake, den er zuvor in Ahornsirup gebadet hat. Das ist ein amerikanisches Nationalgericht, und wenn man begriffen hat, dass man wirklich viel Ahornsirup nehmen muss, schmeckt es auch vorzüglich. Die Amerikaner verstehen was vom Frühstücken.

«Woher weißt du eigentlich, dass Mauro Conti Architekt ist? Ich meine, du hast ihn doch ein halbes Jahrhundert nicht mehr gesprochen.» Nach meiner gestrigen Kurzrecherche scheint mir diese Frage angebracht.

«Kennte jeder der Geschicht von Mauro. Der Mann ist eine *mito*.»

«Ein Mythos, verstehe. Gibt es denn noch irgendeinen, der in Campobasso mit ihm Kontakt hat?» Ich will ihm eine Brücke bauen, denn ich kann ihn nicht mit der Wahrheit konfrontieren. Das wäre ein Vertrauensbruch.

«Gab schon, vor zwanzige Jahren war einmal der Baffone bei ihm besuchen.»

Das verunsichert mich nun wieder. Der Metzger Baffone ist durchaus vertrauenswürdig, und Antonio würde mich in diesem Punkt nicht anlügen.

«Okay, noch eine Frage.»

«Bitte ja.» Antonio schaut mich mit wachen Augen an. Wahrscheinlich hat er sich darauf eingestellt, dass ich ihm diese ganze Architektennummer nicht abkaufe. Benno setzt sich zu uns. Er trägt dieselben Klamotten wie gestern. Wenn er sie nicht wechselt, würde ich schon gern wissen, was in seinem Koffer ist. Andererseits geht mich das nichts an.

«Also: Wenn Baffone ihn in New York besucht hat, dann könnte er doch eine Adresse von Mauro haben. Warum hast du Baffone nicht einfach danach gefragt?»

«Weißi do nickte, ob der in New Yorke besuchtat.»

«Das heißt, du weißt auch gar nicht, ob Mauro überhaupt in New York lebt?»

Er schüttelt vorsichtig den Kopf. «New York

iste Amerika. Jede kommt zuerste mal hier, iste die Stadt fur Emigration.»

«Aber Himmelherrgottmariaundjosefscheißenocheins, das ist doch schon fünfzig Jahre her. Er könnte heute genauso gut in Chicago wohnen oder in Miami oder in San Francisco.» Der Mann ist zum Wahnsinnigwerden.

«Kann seine, wer kennte schon der Wege von Mauro Conti?» Antonio arbeitet mit den Händen, ich liebe das. Seine Finger zeigen nach oben, er tippt sie beim Sprechen gegen seine Brust. Ich kann es nicht mehr zurückhalten.

«Toni, sag mal ganz ehrlich.»

«Was?»

«Hast du dir diesen Mauro nur ausgedacht?»

Antonio blitzt mich an. Ich habe einen Fehler gemacht, ich habe gegen einen ehernen Kodex verstoßen. Man weiß von Unwahrheiten, aber man spricht das nicht an, schon gar nicht gegenüber dem Familienoberhaupt, das einen zu einer Reise eingeladen hat. Benno steht auf, um ans Buffet zu gehen. Im Weggehen sagt er: «Nu' is' äwwer Sturm inne Tapete.» Mein Schwiegervater schaut mir in die Augen und sagt dann langsam: «Biste du meine Jung?»

«Klar, Antonio, ich bin dein Junge, aber …»

«Gute, dann lasse wir der Thema furimmer falle. Sprecken nie mehr daruber. Iste gut fur alle Ewigkeit.»

«Toni, ich wollte dich doch damit nicht beleidigen. Es tut mir leid. Wenn es deinen Mauro gibt, dann finden wir ihn auch. Verstehst du, ich würde auch nach Detroit fahren oder nach Las Vegas, wenn es dir hilft. Aber ich muss schon wissen, ob das überhaupt einen Sinn hat.»

«Warum? Immer muss bei dir alles ein Sinn habene. Verstehi nickte. Wozu brauchstu ein Sinn, wenn du ein Glaube hast?» Er kommt mir mal wieder mit Trick 185 aus der Argumentationsfibel für Italiener. Immer, wenn er es gerade gut gebrauchen kann, wird er religiös.

«Ich kann einfach nicht an dein Phantom glauben, wenn du mir nicht wenigstens sagst, dass es wirklich existiert.»

«Okay, machi ein Test mit dir.»

«Antonio, bitte!»

Benno kommt wieder zurück. Er hat sich heute für Speck entschieden. Und für Spiegeleier. Um mehr auf den Teller zu bekommen, hat er zunächst die gebratenen Speckstreifen sternförmig über den Tellerrand hinaus aufgefächert und somit den Umfang des Tellers verdoppelt. Dann hat er Spiegeleier darauf gehäuft und auf die Eier weitere Speckstreifen drapiert. Ich glaube, Benno muss nach dem Frühstück sterben.

«Bereit fur der Test?»

«Okay, was immer du willst», sage ich matt.

«Warste du schon einmal in dein Leben in Islande?»

«Nein.»

«Aber du glaubste, dass der Island existierte.»

«Ich bin sicher, dass Island existiert, aber das hat doch nichts mit Mauro zu tun.» Was für ein Trickser.

«Glaubst du existierte Harry Belafonte?»

Wie kommt der denn jetzt auf Harry Belafonte? Ich nicke, denn ich glaube fest an die Existenz von Harry Belafonte.

«Schon ma gesehen?»

«Früher im Fernsehen, klar.»

«Und warste du sicher, dass war auch Harry Belafonte?»

«Ich glaube doch schon», antworte ich. Antonio bohrt mir seinen rechten Zeigefinger in die Brust.

«Siehste, gewonnen. Du *glaubste* an Harry Belafonte.» Kunstpause, zurücklehnen, triumphierendes Lächeln. «Undi glauban Mauro.»

Dem habe ich nichts mehr entgegenzusetzen. Ich trinke meinen Kaffee und freue mich auf den Tag in New York. Heute werden wir die ausgelatschten Pfade des Massentourismus hinter uns lassen, denn heute fahren wir nach Queens. Ich habe Pino Carbone heute Morgen angerufen. Ich fand seine Nummer auf dem Zettel in meiner Hosentasche und wollte ausprobieren, wie man in Amerika telefoniert. Es gibt keinen großen Unterschied zu unserer Methode. Pino fragte nach Benno und Antonio, ob alles okay sei, und als ich bejahte und ein bisschen erzählt hatte, lud er uns ein. Zum Barbecue bei sich zu Hause. Er bot sogar an, dass sein Sohn uns abholen könnte, aber ich finde, wir müssen selber hinfahren, mit dem öffentlichen Personennahverkehr. Das ist doch eine schöne Aufgabe, und man kann hinterher stolz darauf sein. Antonio ist von dieser Idee begeistert, Benno nicht so.

«Und wat is' mit dem Rauchverzehrer?»

«Wir haben doch noch vier Tage Zeit dafür», wiegele ich ab. Ich möchte gerne zu Pino, weil ich mich nach Gesellschaft von ganz normalen Menschen sehne. Außerdem bin ich neugierig darauf.

«Wenn isch ohne Rauchverzehrer na Hus

komm, steh' isch wirklisch nackich inne Erbsen.»[1]

Offenbar hat Benno seiner Mutter ein Mitbringsel versprochen, damit sie freiwillig ins Heim geht. Die Sache ist also wirklich wichtig. Wir werden uns darum kümmern. Ich verspreche es ihm, und damit ist er fürs Erste zufrieden. Tatsächlich habe ich keine Ahnung, wo wir hier so ein Ding herbekommen sollen, geschweige denn, was «Rauchverzehrer» auf Englisch heißt, vielleicht «steam consumer» oder «smokesucker». Was für eine Freude wird es sein, diese Worte hilflos stammelnd in einem Antiquitätenladen zum Besten zu geben, umringt von Einheimischen, die hinterher wochenlang erzählen werden, dass ein perverser Kraut da war, der eine Hummelfigur suchte, die auch saugen kann. Ich habe die schwach flackernde Hoffnung, dass Benno die Sache vergisst.

Nach dem Frühstück kaufe ich eine detaillierte New-York-Karte und entdecke die Straße, in der die Carbones in Queens leben. Es ist irgendwo beim Queens Boulevard, in einer der tausend

1 «Nackig in den Erbsen stehen» ist eine schöne rheinische Wendung für «aufgeschmissen sein».

Querstraßen. Allerdings habe ich keine Vorstellung davon, wie lange man dorthin braucht, wenn man die U-Bahn nimmt und dann noch zu Fuß geht. Ich möchte nicht zu spät kommen, daher schlage ich vor, sofort loszufahren. Das erweist sich als klug, denn Benno und Antonio stellen heute einen neuen Rekord im Superlangsamgehen auf. Warum sollten sie sich auch beeilen, sie sind schließlich Rentner und keine Sportstudenten. Außerdem quält Antonio eine Blase, die er sich gestern erlaufen hat.

Am Times Square gehen wir in die Subway-Station, ich kaufe am Automaten eine Metrokarte. Die zieht man durch einen Schlitz, worauf sich die Sperre des Drehkreuzes löst und man hindurchspazieren kann. An großen Stationen gibt es viele dieser Drehkreuze. Ein ebenso simples wie gutes System: Solange man eine Station nicht verlässt, kann man so weit fahren, wie man möchte. Es gibt keine Tarifgrenzen und Entfernungswaben, keine feindselig gestalteten Schemazeichnungen an Ticketautomaten, bloß diese Drehgitter, durch welche der geübte New Yorker in Millisekunden wischt wie ein Luftzug mit Aktentasche. Es entsteht überhaupt kein Stau, außer an unserem Drehkreuz natürlich.

Mir gelingt das Durchziehen und Durchmarschieren recht flüssig, ich bin allerdings auch beseelt von dem Wunsch, hier nicht ständig als Anfänger aufzufallen. Nachdem ich die Schranke überwunden habe, reiche ich Antonio die Karte. Er zieht sie falschrum durch den Schlitz, ist ja nicht schlimm, ich helfe ihm. Die Eingeborenen zischen an uns vorbei wie Lachse in einer Stromschnelle, und nach dem sechsten Versuch gibt die Schranke seinem Bauch nach. Antonio geht mit erhobenen Armen hindurch und begrüßt mich auf der anderen Seite euphorisch. Wieder ein kleiner Sieg bei der Eroberung Manhattans. Benno hingegen verzweifelt an dem Kartenschlitz. Er kennt das auch von zu Hause nicht, denn er besitzt keine Karten mit Magnetstreifen. Das ist ihm unheimlich. Schließlich erbarmt sich eine junge Frau und schiebt für ihn die Karte durch. Ich will mich noch bei ihr bedanken, aber da ist sie schon weg – mit der Karte. Es waren noch siebzehn Fahrten drauf.

«Wat will'se machen?», tröstet mich Benno. «Kann'se nix machen.» Wahrscheinlich hat er da recht.

Wir laufen durch die gekachelten schmutzigen Gänge zur Linie E, die uns nach Queens bringen wird. Hier unten ist es feucht, Tausende von Menschen eilen an uns vorbei, durch den Dunst der U-Bahn-Luft mit ihrem ganz speziellen Geruch. Der kommt, wie mir scheint, wieder von dem öligen Überzug, den hier der Boden, die Kacheln, die Kleidung und die Gleise haben, diese Schutzschicht aus Ruß, Staub, Öl und dem Atem der New Yorker. Vieles in New York wirkt auf diese Weise schmutzig und vernachlässigt, aber man kann sich die Stadt gar nicht anders vorstellen. Dieser Ölfilm gehört dazu wie die Feuerleitern und die Klimaanlagen, die wie rausgeschubst aus den Häusern ragen.

Der Bahnsteig wäre, wie ich mit fachmännischem Blick feststelle, nach den Maßstäben der Stadt München eindeutig zu schmal, die Beleuchtung vielleicht gerade noch ausreichend, und die Beschilderung würde bei uns einen Aufstand der Anständigen auslösen. Bei mir ruft dieser Bahnsteig daher ein gewisses Unwohlsein hervor. Hier lauert Gefahr, finde ich, und blicke immer wieder angespannt umher. Antonio und Benno sind ebenfalls besorgt, denn die U-Bahnen schießen wie Torpedos über die Gleise und machen einen Lärm, gegen den auf einem italienischen Kindergeburtstag geradezu Grabesstille herrscht.

Es ist das ungeheure Rappeln und Klappern, das Jahrmarkthafte dieser Bahnen, das mich am meisten beunruhigt. Unser Zug hält mit lautem Scheppern an und entlässt eine Welle von völlig ungerührten Großstädtern. Natürlich gewöhnt man sich an den Lärm, es ist ja logischer Lärm. Warum sollte es in einer Stadt, in der alles größer, höher und voller ist, leiser als anderswo sein? Logisch ist, dass alles viel lauter ist. Diese Erkenntnis nimmt mir einen Teil meiner Furcht, als ich mich auf einen Plastiksitz zwischen Benno und Antonio fallen lasse. Die beiden legen synchron die gefalteten Hände in den Schoß und schweigen andächtig. Die Geisterbahn fährt los, es schaukelt und ruckelt blechern durch den Tunnel.

Uns gegenüber sitzen zwei Schwarze in einer Montur, mit der man heute niemanden mehr überraschen kann. MTV hat diesen Kleidungsstil weltweit verbreitet, er hat sich inzwischen bis nach Würzburg und Pinneberg durchgesetzt. Der eine Kerl hat einen weißen Trainingsanzug an und eine weiße Kappe, deren Schirm einen tiefen Schatten auf sein ohnehin dunkles Gesicht wirft. Nur das Weiß in seinen Augen ist gut zu sehen. Er starrt mich an. Der Junge, er mag so um die siebzehn Jahre alt sein, trägt monströse Sneakers mit riesigen offenen Schnürbändern. Ich schätze, er ist ziemlich groß. Sein Kopf wackelt bei jedem Schlag, den uns die U-Bahn versetzt, hin und her.

Sein Kollege ist etwas farbenfroher gekleidet. Er trägt eine Hängehose, die so locker sitzt, dass man einen schönen Blick auf seine Unterhose bekommt, wenn man hinsieht. Ich bemühe mich, dies nicht zu tun. Werde ich gerade durch das ostentative Weggucken für ihn interessant? Oder mache ich damit etwas, was er bei mir erreichen will? Bin ich gerade brav oder aufsässig? Zeige ich Respekt, indem ich ihn nicht mustere, oder sollte ich ihn ansehen, seinem Aussehen Tribut zollen? Die beiden reden nicht. Im Gegensatz zu seinem Kumpel trägt der zweite keine Turnschuhe, sondern wanderschuhartige Klötze aus hellem Wildleder. Um seinen Kopf windet sich ein etwas überreichlich piratesk aussehendes schwarzes Tuch. Er hat einen massiven Ohrring, einen flaumigen Schnauzbart und offensichtlich schlechte Laune. Auch er wendet den Blick nicht von mir, ich meine sogar, ein grimmiges Grinsen bei ihm zu erahnen.

Ich will meinen Begleitern auf keinen Fall Angst machen, daher weise ich sie nicht auf die drohende Gefahr von gegenüber hin. Die beiden haben ohnehin genug damit zu tun, die anderen Fahrgäste zu mustern, die müde und gleichgültig, stumm und fahl im Neonlicht herumsitzen wie Leguane in einem Terrarium. Von Zeit zu Zeit kann ich nicht widerstehen und schaue hin. Die beiden mustern mich weiterhin wie zwei Löwen, die ein Gnu beobachten, bevor sie es reißen. Ich warte eine Haltestelle ab. Wenn sie dann immer noch gucken, haben sie es auf mich abgesehen.

Wir können natürlich sitzen bleiben, bis die Burschen aussteigen. Wenn sie das bis zur Endstation nicht tun, ist unser, oder besser: mein Schicksal besiegelt. Falls sie vorher verschwinden, ist alles in Ordnung. Aber was ist, wenn sie mit uns den Zug verlassen? Viel Zeit bleibt nicht zum Überlegen, denn an der nächsten Haltestelle müssen wir raus.

Ich stupse Antonio an und deute mit dem Kinn zur Tür. Wir erheben uns, kann man ja nicht rechtzeitig genug machen. Als der Zug hält, steigen wir aus. Ich habe es plötzlich eilig, ziehe Benno («Heee, lass dat sin») am Ärmel, drehe mich nach den Gangsta-Rappern um, dabei stehen sie bereits auf dem Bahnsteig. Sie haben eine andere Tür genommen. So blöd und aufgeregt, wie ich in den sich leerenden Zug hineinstiere, wissen sie nun, dass ich nach ihnen Ausschau halte. Als ich sie wie zufällig neben meinen beiden Freunden stehen sehe, verliere ich den Rest meines ohnehin zweifelhaften Heldenmutes. Klar, die werden uns gleich ausrauben. Sie werden uns alles wegnehmen, und wenn sie schon mal dabei sind, knallen sie uns gleich ab, denn sie sind mit Sicherheit bewaffnet. Oder sie sind nicht bewaffnet, aber bis unter die Mützen voll mit Crack. Sie wissen nicht, was sie im Rausch tun, und wahrscheinlich werden sie mich bloß aus Lust am Töten umbringen. Das hat man schon gehört aus Amerika.

Ich sage zu Benno und Antonio: «Auf geht's» und deute Richtung Ausgang. Meine Saurier scheinen den Ernst der Lage noch nicht begriffen zu haben, denn sie laufen ganz gemächlich dem Ausgang entgegen. Auch wieder typisch. Einer, nämlich ich, erkennt die Lage, die anderen verlassen sich darauf und drehen alle Aufmerksamkeitsregler nach links. Wenn es dazu überhaupt noch kommt, werde ich es sein, der die Kerle auf der Polizeiwache beschreibt. Antonio und Benno werden sich hinterher kaum an deren Aussehen erinnern können, nur ich, weil ich bereits seit zwanzig Minuten mit ihnen eine Gnu-Löwen-

Beziehung habe. Es kommt mir vor, als würden wir uns schon kennen, dabei haben sie noch gar nicht «Gib mir dein Geld und die Kreditkarten» gesagt.

Hinter der Drehtür sehe ich mich um, und tatsächlich: die beiden folgen uns. Jetzt stehen wir auf der Straße, mitten in Queens, und ich kann es nicht mehr hinauszögern: Ich muss nun einfach in die Karte sehen, sonst verlaufen wir uns, und das würde die Sache nicht gerade vereinfachen. Ich werde aber nicht gleich schlau aus der verdammten Karte. Wo ist nochmal Norden, wir müssen nämlich nach Süden.

Nachdem ich eine Minute lang wie Christoph Kolumbus verwirrt die Karte gedreht habe («Das hier ist doch nie im Leben Indien!?»), sehe ich die Löwen wieder. Sie stehen in einiger Entfernung herum und sehen natürlich in meine Richtung. Was für ein Geräusch macht eigentlich ein Gnu? Macht es «muh» wie eine Kuh, oder eher «blök» wie eine Riesenziege? Oder fügt es sich still in sein Schicksal?

Manchmal kommen einem im Moment der größten Verzweiflung plötzlich die besten Einfälle. Ich erinnere mich auf einmal daran, dass mir ein Freund vor langer Zeit erzählte, wie er sich in Rio de Janeiro vor Überfällen geschützt hat. Das Schlüsselwort heißt: «Act crazy». Er sagte: «Wenn du mal in eine Gruppe gefährlicher Typen gerätst, verhalte dich so auffällig wie möglich. Sabbere dich voll, laufe wie ein Buckliger, beuge den Oberkörper vor und zurück. Dann wirst du garantiert nicht überfallen. Act crazy.» Das leuchtet mir ein. Sogar cracksüchtige Ghettobrutalos haben vermutlich eine gewisse Hemmschwelle, was Verrückte angeht. Sie wollen nicht schuld an epileptischen Anfällen sein oder sich die Klamotten vollrotzen lassen. Wenn ich also Antonio und Benno heil hier rausbringen will, muss ich tun, was ein Mann in Krisensituationen halt tun muss: Mich wie ein Depp aufführen. Noch ein Kontrollblick zu den Jungs – sie sehen immer noch zu uns rüber –, und dann lege ich los.

Ich lasse die Straßenkarte fallen und strecke den Kopf vor, lasse meine Zunge raushängen und mache dabei Geräusche wie ein verrücktes Gnu. Ich stampfe mit den Füßen auf und wackle mit dem Schädel wie früher im Keller meiner Eltern, wenn AC/DC lief. Ich drehe mich ein bisschen im Kreis, ich lasse Spucke an meinem Kinn herablaufen. Die Burschen kommen neugierig näher und stellen sich zu meinen Begleitern, die mich fassungslos ansehen.

«*Tutto bene?*», ruft Antonio besorgt.

«Wat is' denn mit dem loss?», fragt Benno, der noch den ruhigsten Eindruck auf mich macht.

Der weiße Trainingsanzug fragt: «Alles okay, Mann? Was ist los mit Ihnen, Sir?»

Der andere zieht ein mit Strasssteinen besetztes Handy aus seiner Tasche und wählt eine Nummer, dann dreht er sich um. Wahrscheinlich will er Verstärkung holen. Ich mache Monsterkrallen, schiebe den Unterkiefer nach vorne und reiße die Augen auf. Act crazy! Der Trainingsanzug bückt sich und schaut mich von unten an.

«Hey, hallo, jemand zu Hause?», fragt er. Du kriegst meine Kreditkarten nicht, Kumpel. Versuche nicht, ein verrücktes Gnu auszurauben. Ich mache «Wuhuuu», und dann berührt mich jemand von hinten, einer hat seine Hand auf meine Schultern gelegt. Ich fahre herum und spucke drauflos. Das gefällt dem Polizeibeamten nicht sehr. Ich habe doch tatsächlich einen Cop angespuckt. Der Mann reagiert mit dem gewissen Beamtentrotz, der in der ganzen Welt zu Hause ist. Er wischt sich die volle Ladung von der Backe, schubst mich von sich, setzt nach, und als ich stolpere, drückt er mich zu Boden. Antonio schreit «Aufhör, aufhör», und da biegt auch schon ein Streifenwagen um die Ecke. Super, mit dieser tollen Sirene. Sehr effektvoll. Ich liege auf dem Bauch und rühre mich nicht, während zwei weitere Cops aus dem Auto steigen und auf uns zukommen.

«Werden Sie ruhig auf dem Boden liegen bleiben, wenn ich Sie loslasse, Sir?»

Ich nicke, und er lockert seinen Griff. Ich sehe, wie die drei Beamten sich unterhalten.

«Was ist genau passiert?», will nun der älteste Polizist, ein Weißer mit weißen Haaren, wissen. Darauf tritt der Bursche mit dem Trainingsanzug vor und sagt: «Der Mann hat uns schon die ganze Zeit im Zug angestiert. Leroy und ich sind hier ausgestiegen und haben auf meine Schwester gewartet, da hat er sich in die Nähe gestellt und so getan, als würde er eine Straßenkarte lesen. Aber in Wirklichkeit hat er immer zu uns rübergesehen, Officer. Wie so'n Perverser aus'm Fernsehen.»

«Und dann?»

«Dann hat er auf einmal angefangen, sich wie'n Wilder aufzuführen. Wir wollten ihm helfen, aber da ist er total ausgerastet.»

Leroy mischt sich ein: «Genauso war's, Officer.» Er hebt sein Funkelhandy in die Luft. «Ich habe bei der Polizei angerufen. Ich glaube, der wollte uns ans Leder, und dann ist er verrückt geworden.»

Der Polizist wendet sich an Benno und Antonio.

«Können Sie das bestätigen?»

Benno und Antonio sehen sich an, sie haben natürlich kein Wort verstanden und antworten im Chor: «Ja.»

Meine Lage wird dadurch nicht gerade verbessert. Ich setze mich auf und frage «Darf ich auch mal was sagen?», worauf der jüngere Polizist aus dem Wagen mich anherrscht, ich solle auf dem Boden liegen bleiben.

«Wo kommen Sie her?», fragt der Weißhaarige in Richtung Benno. Die Frage hat er verstanden und strahlt über das ganze Gesicht, weil er endlich auch mal was zur Unterhaltung beitragen kann.

«Krefeld.» Seine Antwort verwirrt die Kollegen, und für einen Moment hat es den Anschein, als würden sie Benno in putativer Notwehr erschießen. Nun kommt Trainingsanzugs Schwester dazu. «Können wir gehen, Officer?», fragt

Leroy. Die Beamten lassen die Jugendlichen ziehen und wissen nun auch nicht, was sie mit mir machen sollen. Sie ahnen ja nicht, dass ich zu den beiden älteren Gentlemen aus diesem Land namens Kräifelt gehöre. Ich sage mit dem Gesicht zum Boden: «Sir, das ist mein Schwiegervater. Wir sind Touristen aus Deutschland.»

«Wer ist Ihr Schwiegervater?» Der Weißhaarige ist verwirrt.

«Antonio, kannst du mal die Hand heben?» Ich würde gerne wieder aufstehen. Antonio hebt die Hand und lächelt die Polizisten an. Das Goldzahnlächeln.

«Stehen Sie bitte auf, Sir.»

Ich stehe auf und versuche, den Uniformierten so knapp wie möglich zu erklären, was gerade passiert ist. Die Sache mit dem crazy acting lasse ich aber weg. Ich sage stattdessen, mir sei plötzlich übel geworden.

«Was machen Sie hier? Das ist normalerweise keine Gegend, in die man als Tourist kommt.» Da hat er recht. Ziemlich trist hier.

«Wir sind zum Barbecue eingeladen. Bei einem Beamten von der Zollpolizei. Sein Name ist Pino Carbone.»

So langsam entspannt sich die Lage. Meine Angaben überzeugen die Cops zumindest so weit, dass ich nicht verhaftet werde.

«Sie haben Sergeant Hobbs angespuckt, Sir. Wir können das nicht tolerieren.»

Ich entschuldige mich geflissentlich. Mister Hobbs sieht nicht nachtragend aus, aber auch nicht richtig überzeugt. Auf jeden Fall trollt er sich. Die beiden anderen stehen unschlüssig mit uns auf der Straße herum. Schließlich fragt old whitewig nach der Adresse von Pino. Ich reiche ihm den Zettel, und er sagt: «Das ist mehr als zwei Meilen von hier entfernt. Ich schlage vor, dass wir sie dorthin bringen, bevor Sie sich noch weiteren Ärger zuziehen.»

«Das ist aber nett von Ihnen.»

«Ich will in meinem Bezirk keine Scherereien. Und Sie drei sehen nach Ärger aus.»

Das hat noch nie jemand zu mir gesagt, ich finde, es klingt beinahe schmeichelhaft. Wir steigen in das Polizeifahrzeug, und die beiden Cops bringen uns zu Pino. Wir kommen dadurch überpünktlich, aber das stört mich wenig. Auf der Fahrt spricht niemand, ich habe Zeit, die Situation noch einmal Revue passieren zu lassen. Mein Auftritt war an sich schon peinlich genug, aber noch viel unangenehmer ist mir, dass ich die beiden schwarzen Jungs verdächtigte, mich auszurauben zu wollen. Warum habe ich das getan? Weil sie schwarz waren? Weil ich Angst hatte? Weil ich überhaupt keine Ahnung vom Leben in dieser Stadt habe? Weil ich ein Weichei bin? Oder weil sie mich vielleicht schon überfallen hätten, bloß nicht am helllichten Tag? Ich werde es nie erfahren, aber es bedrückt mich, denn ich bin ein politisch korrekter Deutscher, und mein Verhalten war nicht korrekt. Von der Scham bekomme ich ganz warme Füße.

Es wäre nicht nötig und es verstärkt meine Seelenpein, dass der Officer es sich nicht nehmen lässt, eigenhändig an der Tür von Pinos schmalem Häuschen zu klingeln. Es ist ein graues Reihenhaus in einer Straße mit lauter grauen zweistöckigen Reihenhäusern, die alle ziemlich heruntergekommen aussehen. Vor den Häusern kleine Vorgärten mit zertrampeltem Rasen, der jetzt im November die Farbe der Häuser annimmt. Es ist nicht auszuschließen, dass es hier im Sommer richtig nett aussieht, aber im Moment wirkt das alles etwas trostlos, selbst wenn es ungewöhnlich warm ist an diesem Sonntag. An manchen Häusern hängen Basketballkörbe.

Auf der Straße stehen kleine japanische Autos,

hier und da auch amerikanische Mittelklasse. Queens ist so etwas wie der Vorhof zum amerikanischen Traum. Wer hier wohnt, kommt vielleicht noch woandershin. Von anderen Gegenden dieser Stadt lässt sich das nicht sagen. Aber da fahren wir nicht hin. Mein Reiseführer rät dringend davon ab. Aber ich würde ohnehin nicht auf die Idee kommen, durch Bedford Stuyvesant zu spazieren. Wenn ich das nicht in Hamburg oder Berlin in den entsprechenden Gegenden tun würde, warum dann ausgerechnet in New York? Pino öffnet die Tür, und vor ihm steht zunächst einmal ein Streifenpolizist. «Ich bringe Ihren Besuch», sagt Weißkopf und lässt es sich nicht nehmen, ausführlich zu schildern, wie ich zunächst zwei Jugendliche bedrängt, dann schweren Landfriedensbruch begangen und schließlich seinen Kollegen bespuckt habe.

Pino hört sich das alles an und nimmt auch die schulmeisterliche Ermahnung, gut auf uns aufzupassen, gelassen entgegen. Als die Cops weg sind, sagt er: «Ihr habt Nerven. Zwei Tage in New York, zweimal verhaftet. Auch 'n Kunststück.» Genau genommen sogar schon dreimal, wenn man die Sicherheitskontrolle am Düsseldorfer Flughafen mitzählt. Von dem Saurierzahn erzähle ich ihm natürlich auch nichts. Er führt uns durch einen dunklen Flur ins Wohnzimmer, wo eine vielköpfige Familie an einem Tisch sitzt und aus einem Kanister Coca-Cola trinkt. Antonio schiebt sich in den Mittelpunkt der Szene, indem er die ganze Mannschaft auf Italienisch begrüßt. Es ist, als würfe man einen Fisch in ein Aquarium, in dem schon zwanzig Fische von derselben Sorte schwimmen. Mein dicker alter Schwiegervaterfisch schlägt einmal mit der Schwanzflosse und verschwindet dann zwischen den anderen.

Schon bald herrscht ein großes fröhliches Getöse. Pino hat allerhand Cousins und Tanten, die älteren erinnern sich sogar noch an Campobasso. Die Kinder, von denen man bis zu einem gewissen Alter absolut nicht sagen kann, welchem Geschlecht sie angehören (meistens hält man dann kleine dicke Jungs für kleine dicke Mädchen), sind von genau demselben Kaliber wie in Italien, dabei sind das alles waschechte kleine Amerikaner.

Pino legt aber großen Wert auf seine Abstammung, es wird von fast allen nur Italienisch gesprochen, und auch die Einrichtung spiegelt seine Herkunft wider. Natürlich hängt ein großes Kreuz über der Kommode im Wohnzimmer. Seine

Sitzmöbel sind mit dicker transparenter Plastikplane überzogen, damit sie länger halten. Und an den Wänden hängen kitschig gerahmte Fotos von Osterprozessionen in Little Italy und von der Abschlussfeier der Polizei-Akademie. Die Carbones haben einen außergewöhnlich großen Fernseher in ihrem außergewöhnlich kleinen Wohnzimmer, das sich mit immer mehr Familienmitgliedern und Nachbarn füllt. Alle wollen den lustigen Burschen sehen, den Pino bei der Arbeit kennengelernt hat.

Es kommen auch Cops in Uniform. Pinos drei Brüder sind ebenfalls Polizisten geworden, und sein Vater war auch einer. Die Familie kam Anfang des letzten Jahrhunderts nach Amerika und hat über Generationen immer nach den Gesetzen dieses großartigen Landes gelebt, wie Pino für meinen Geschmack einige Male zu oft betont. Sie sind Amerikaner, gute Amerikaner. Sie haben Opfer gebracht in Vietnam und im ersten Irak-Krieg. Als Pino das erzählt, kommt es mir vor, als wolle er damit sagen: Wir haben Soldaten beerdigt, also gehört uns etwas von diesem Land.

Pino gibt mir ein Bier und zeigt mir den Garten, der nicht der Rede wert ist. Er ist so winzig, dass beinahe nur der allerdings gigantische Grill hineinpasst, und er wird von einem schmutzigen Lattenzaun begrenzt, der an die zwei Meter hoch ist und dem Gärtchen auch noch das letzte bisschen Licht nimmt. Außerdem stehen da noch ein Tisch und zwei Stühlchen, auf die wir uns setzen. Wir nippen an unserem Bier, und ich sehe ihm zu, wie er die *salsicce* wendet. Ich fühle mich wohl, gut aufgehoben. Es ist wie in Campobasso.

Zwischendurch kommt Pinos Frau Rosa nach draußen und meckert über irgendeinen Ottavio, der sich nicht blicken ließe. Das ist der Sohn der Carbones, neunzehn, ein schwieriges Alter.

«Ich mag deinen Schwiegervater», sagt Pino und legt Fisch auf den Grill. «Ich mag ihn wirklich. Er erinnert mich an alles, was mein Großvater mir von zu Hause erzählt hat.» Er nennt Italien sein Zuhause, obwohl er noch nie dort war.

«Interessant, denn er lebt schon seit vierzig Jahren in Deutschland», sage ich. «Er ist auch sehr deutsch, manchmal.»

«Mag sein», antwortet Pino, «aber deine Wurzeln verlierst du nie. In dem Moment, wo ich ihn in diesem Büro zum ersten Mal gesehen habe, wusste ich, dass er aus meiner Gegend kommt.»

«Woran haben Sie das gesehen?»

«Ich habe es gar nicht gesehen. Ich habe es gefühlt.»

Antonio hat inzwischen die ganze Familie reihum gefragt, ob jemand zufällig Mauro Conti kenne (leider nein), und ihnen erzählt, dass er hier in einer geheimen Mission zur Rettung von Campobasso sei. Er genießt die Aufmerksamkeit der Carbones in vollen Zügen.

Dann wird gegessen. Wir Italiener knabbern ja gern. Bisschen hiervon, bisschen davon. So ein Barbecue dauert dann eben den ganzen Tag. Es ist zwar keine Grillsaison, aber das scheint hier niemanden zu stören. Gegen Abend gibt es auch noch Spaghetti, die von Rosa und ihren zwei Töchtern mit *ragù con polpette* serviert werden. Die ältere Tochter, sie heißt Livia, ist so unglaublich hübsch, dass sie die ganze Familie noch einmal ins Unglück stürzen wird, wie Antonio anerkennend ausruft. Das ist ein riesiges Kompliment und wird auch so aufgefasst. Ich liebe dieses Theater.

Es ist schon langsam Zeit, aufzubrechen und in unseren Läusebunker zurückzukehren, da bemerke ich, dass ich Benno schon eine ganze Weile nicht mehr gesehen habe. Man muss sich um ihn eigentlich keine Sorgen machen, denn er entfernt sich normalerweise nicht von der Truppe. Er hat die ganze Zeit auf einem Sofa gesessen und still seine Würstchen gemampft. Es gehe ihm gut, sagte er, wenn ich alle Stunde bei ihm fragte, ob alles okay sei. Er verdrückte zwei Dutzend Würstchen und zwei Steaks und trank dazu zwei Flaschen Wein, und plötzlich war er verschwunden. Bevor ich mich überall umsehe, gehe ich erst einmal Richtung Bad. Benno verbringt ungefähr ein Zwölftel des Tages auf dem Klo, und daher liegt es nahe, dass ich ihn dort finde. Die Tür ist verschlossen. Ich klopfe. Es erinnert mich an unsere erste Begegnung.

«Benno, bist du da drin?»

Keine Antwort.

«Bist du das, Benno?»

Nichts.

Ich lauter: «Benno!»

Nochmal klopfen. Mit Nachdruck. Wenn niemand antwortet, ist es immer Benno. «Ich gehe hier nicht weg, bist du antwortest. Ist alles okay mit dir, Benno?»

Schließlich höre ich etwas im Bad. Der Drehknauf bewegt sich. Vorsichtig wird geöffnet, und Bennos Pferdeschädel schiebt sich zwischen Tür und Rahmen. Er sieht vollkommen verstört aus.

«Was ist denn los, Mann? Ich kriege Angst, wenn du nichts sagst.»

Im Bad ist es stockdunkel. Er winkt mich hinein. Was ist bloß in den gefahren? Da sehe ich, dass am Ende des Raums zwei orangene Punkte leuchten. Es sind Augen. Als ich das Deckenlicht anknipse, verstehe ich, warum Benno nicht vom Klo gekommen ist. In einem kleinen weißen Regal unter dem Fenster steht ein zauberhafter Rauchverzehrer.

TWELVE

Benno ist selig. Pino hat ihm den Rauchverzehrer geschenkt, den er in seinem Badezimmer stehen hatte. Das Ding hat den Carbones ohnehin nie so recht gefallen. Es ist eine graugrüne Eule aus Porzellan. Lange Zeit wussten sie noch nicht einmal, wofür der Vogel mit den schockierend blinkenden Augen überhaupt gut war. Pino hat die Eule vor Jahren bei der Versteigerung von beschlagnahmten Zollgütern für einen Dollar ersteigert. Sie war als Versteck für 200 Gramm Kokain von Frankreich in die Vereinigten Staaten von Amerika eingeführt worden und in einer Lagerhalle mit anderem Strandgut des Transitreiseverkehrs gelandet. Niemand hatte für den merkwürdigen Rauchverzehrer geboten, also tat Pino Carbone es aus Mitleid und einer gewissen Konträrfaszination für das Scheußliche. Er brachte die Eule mit nach Hause und montierte einen amerikanischen Stecker ans Kabel. Rosa stellte sie erst in den Flur, aber dann ins Bad, weil sie die Eule dort nicht ständig sehen musste, und irgendwann vergaßen die Carbones das hässliche Teil. Es entmaterialisierte sich sozusagen.

Erst als der komische Deutsche mit glasigen Augen auf die Eule zeigte, fiel Pino wieder ein, dass er sie überhaupt besaß. Er schenkte dem Freund seines Freundes Antonio das Ding, und so tat es am Ende noch ein gutes Werk.

Benno hat die Eule im Hotelzimmer auf seinen Nachttisch gestellt und erfreut sich nun an ihr, die ganze Nacht hat sie geleuchtet und Rauch verzehrt. Das Beste an diesem Rauchverzehrervogel ist, dass er Benno zuflog. Das nennt man Sammlerglück. Er musste sich nicht einmal bemühen, um in den Besitz seines neuen Schatzes zu kommen. Der Wert des Artefaktes lässt sich schwer schätzen, denn das Porzellan ist ein wenig angeschlagen. Aber das ist Benno egal. Auch wenn es kein Terrier und kein Mops geworden ist, so hat er doch bei seiner Rückkehr etwas vorzuweisen. Apropos Rückkehr: Von ihm aus können wir jetzt wieder nach Hause fliegen, New York ist hiermit für ihn abgehakt.

Auch heute trägt Benno wieder seinen merkwürdigen Aufzug. Vielleicht hat er mehrere Garnituren gleicher Art im Gepäck?

Ich klappe meine Karte auf und mache den Tagesplan. Heute geht es nun endlich nach Little Italy. Zu Fuß sind das ungefähr vier Kilometer. Das müsste also zu schaffen sein. Wir werden nach Spuren des meiner Meinung nach fiktiven Mauro Conti suchen, und Antonio wird schier ausflippen, wenn er dort unter Emigranten oder zumindest Emigranten-Nachkommen sein darf. Es wird sein großer Tag in New York, und daher habe ich auch viel Zeit dafür eingeplant. Apropos Antonio, wo ist der eigentlich?

«Weißt du, wo Antonio bleibt?»

«Dä is' krank.»

Wir sitzen hier bald seit einer Viertelstunde, und erst auf Nachfrage teilt Benno mit, dass sein Freund krank ist. Das nenn ich einen Kumpel.

«Was heißt, der ist krank?»

«Dat heißt, es jeht ihm nit jut.»

«Was es bedeutet, weiß ich. Was er hat, will ich wissen.»

«Dat widdisch[1] nit. Vielleischt Krebbs?»

«Benno. Bitte. Damit macht man keine Scherze.»

---

1 weiß ich

«Häs' du schomma erlewt, dat isch ene Schechz jemaht hätt?»

Dann schildert er mir ausführlich die Genese der Erkrankung eines Bekannten namens Leuven Pitter[1], wo auch erst keiner wusste, was der hatte. Er habe bloß immer so geguckt und gesagt, es ginge ihm nicht gut, und als es schon zu spät war, habe man bei ihm dann «Krebbs» festgestellt. Pitter sei zwei Tage später verstorben. Wenn man ihm diese tödliche Diagnose nicht gestellt hätte, könnte er heute noch leben.

Ich lasse Benno mit seinem Essen – von allem alles, wie mir scheint – alleine und gehe nach oben zu Antonio.

Er öffnet die Tür und verzieht sich dann wieder ins Bett, wo er sich bis zum Kinn zudeckt. Er

---

1 Zu den wenigen Gemeinsamkeiten des Bayerischen und des Rheinischen gehört die vor allem ländliche Neigung, den Nach- vor dem Vornamen zu nennen, sodass die Bezeichnung Vor- und Nachname ihre Bedeutung in paritätischer Eintracht verlieren, was die Sache wieder nicht so schlimm macht. In diesem Falle hieße der Patient von Amts wegen Peter Leuven.

sieht gar nicht so elend aus, körperlich fehlt ihm auch nichts.

«Was ist denn los, Toni Casinista?»

Normalerweise reagiert er freudig auf seinen Spitznamen. Er will ihm dann sofort alle Ehre machen. Aber heute nicht.

«Kein Ahnung, bin nickte so rechte lustig heut'.»

«Und woran liegt's?»

«Iste so anders hier wie zu Haus.»

Das stimmt natürlich. Zu Hause steht er völlig im Mittelpunkt seiner kleinen Welt. Da schlägt keine Tür zu, ohne dass er weiß, warum. Dort kennt er jeden Pfad, dort kann er im Supermarkt ungestraft Waren umetikettieren und so bares Geld sparen. Dort wäscht er jede Woche sein Auto und sieht sich anschließend die Bundesliga an. Aber hier ist das anders. In New York kennt ihn niemand. Keiner ist scharf auf seinen Gesang, auf seine philosophischen Ausführungen, auf seine politischen Ansichten. Hier ist er bloß ein Molekül unter Millionen anderen Molekülen. Hier ist er – fremd. Und das gefällt ihm nicht. Es macht ihn unsicher. Es verändert ihn. Aus dem schlauen Antonio, der immer eine gute Idee hat, um sein Leben noch schöner zu machen, wird hier Stunde um Stunde sichtbarer ein alter Mann, der nicht einmal die Himmelsrichtung, in die er schaut, bestimmen kann. Sein Hotelfenster geht nach Norden, aber zwei Tage lang hat er gedacht, es liege zum Osten hin. Als wir darüber gestern Abend sprachen, wurde er beinahe wütend. Und heute ist er deswegen krank. Er hat Heimweh.

«Willst du nach Hause?»

«Keiner Fall!»

Ich würde das an seiner Stelle auch nicht zugeben. Die Niederlage wäre einfach zu groß.

Ich versuche ihn aufzumuntern, indem ich ihm sage, dass wir nach Little Italy laufen wollen. Benno sei auch schon ganz wild darauf. Letzteres stimmt so nicht, aber Benno wird sicher nicht das Gegenteil behaupten.

«Wir wollen doch Mauro finden», setze ich hinzu, auch wenn ich ahne, dass Antonio ihn gar nicht wirklich sucht.

«Okee, gehen wir. Vielleickte besser als hier rummeliegen.»

Er zieht sich mühsam an, während ich mich im Zimmer umsehe. Außer der Eule, dem Saurierzahn und einem Tablettendöschen hat Benno keinerlei Gegenstände von sich im Zimmer verteilt. Es sieht aus, als könne er jederzeit wieder aufbrechen. Der Koffer liegt auf einem Stuhl, zugeklappt. Schade.

Als Antonio sich für den Stadtbummel klar gemacht und Duft aufgetragen hat, kehren wir zu Benno zurück, der die Philosophie des «All you can eat» verinnerlicht hat und ganz wörtlich nimmt. Mir scheint es sogar, dass er diesen Satz als Befehl auffasst.

Unser heutiger Gewaltmarsch führt uns geradewegs den Broadway hinunter. Diese berühmte Straße kann es in der Realität nicht wirklich mit ihrem Ruf aufnehmen. Relativ unbeeindruckt marschieren Benno und Antonio stadtabwärts, in einem Schlenker nehmen wir das Empire State Building mit, wo wir kaum eine Stunde in einer Kordelschlange darauf warten, nach oben zu fahren und die Aussicht zu genießen. Benno macht ein paar Bilder, Antonio interviewt den Aufzugmann, der den ganzen Tag mit dem Lift rauf- und runtersaust, um die internationale Gemeinschaft von Nichtnewyorkern zur Aussichtsplattform zu bringen. Seine Familie kommt ursprünglich aus Deutschland, sie ist um 1890 übergesiedelt. Er kann aber trotzdem kein Deutsch. Nein, auch kein Italienisch, leider. Und Mauro Conti kennt er nicht. Aber er kann sich ja auch nicht alle Namen merken.

Das Empire State Building war das erste Gebäude, das Antonio jemals mit Namen kannte, das lag natürlich an King Kong. Jahrelang hat er dieses Haus in seinen Träumen bewohnt, hat vom oberen Stockwerk seiner in Italien verbliebenen Familie zugewinkt. Als er tatsächlich oben ist, wird seine Laune aber nicht besser, denn egal, wohin er schaut, nur Häuser, Häuser, Häuser und kein Fleck, der noch frei wäre, wo man noch Pionier sein könnte. Die Welt ist über seine Träume hinweggegangen, New York hält sich einfach nicht mehr an das Versprechen, das es dem kleinen Antonio damals gegeben hat: Ich warte auf dich, und ich werde aussehen, wie du mich haben möchtest.

Auch heute ist es viel zu warm für die Jahreszeit, womöglich sogar wärmer als in Neapel. Das steigert die Wanderlust. Je näher wir Antonios Mekka Little Italy kommen, desto besser wird seine Stimmung. Wir marschieren die Bowery hinunter, eine Gegend, die so gar nichts gemein hat mit dem New York, das sich wenige Kilometer weiter nördlich herausputzt wie eine Prostituierte für eine Silvesterparty. Die Straße ist breit, aber leer, die Häuser ducken sich im Schatten der Wolkenkratzer, und die Geschäfte machen nicht den Eindruck, als seien sie wegen Überfüllung geschlossen. An der Ecke Bowery und Zweite Straße bleibt Antonio auf einmal wie angewurzelt stehen. Er weigert sich, auch nur einen Schritt weiterzugehen, stattdessen blickt er hypnotisiert auf das Straßenschild. «Joey Ramone Place» steht da. Ramone? Klingt das nicht sehr vertraut? Italienisch. Antonio ist zu Hause. Denkt er jedenfalls.

«Joey Ramone war ein Legende», beginnt er zu dozieren. «War der erste Burgermeiste von italienische Herkunfte und bewirkte so viel gute Sache, dass man hier ihn zu Ehre ein Straß bennante.»

Ich widerspreche nicht, denn in einem hat Antonio recht: Joey Ramone war wirklich eine Legende[1]. Und es ist auch nicht mehr weit von

---

1 Joey Ramone wäre natürlich niemals Bürgermeister von New York geworden. Sein wirklicher Name war Jeffrey Hyman. Er wurde am 19. Mai 1952 in Forest Hills in Queens geboren. 1974 gründeten der Sänger mit Johnny Ramone (eigentlich John Cummings, geboren am 8. Ok-

hier bis Little Italy, also lassen wir das mal gelten. Ist auch viel besser für Antonios Stimmung. Hier gibt es Läden, in denen man alte Restauranteinrichtungen kaufen kann, Großküchengeräte, gastronomische Kaffeemaschinen. In einem Schaufenster erspäht Antonio ein gigantisches Modell Marke *Pavoni*, was ihm beinahe das Herz bricht, denn sie ist viel zu groß und zu teuer, um sie zu kaufen. Rauchverzehrer sehe ich nicht, aber Benno ist ja schon bedient.

Die Suche nach Little Italy gestaltet sich im

---

tober 1951 auf Long Island), Dee Dee Ramone (bürgerlich: Douglas Colvin, geboren am 18. September 1952 in Fort Lee, Virginia) und Tommy Ramone (hieß in Wahrheit Tom Erdelyi, geboren am 28. Januar 1952 in Budapest) die Punkband «The Ramones». Ihre Namen liehen sie sich bei Paul McCartney, der sich in der Frühzeit der Beatles für eine kurze Zeit so genannt hatte. Dieser Name führt übrigens bis heute immer mal wieder zu der irrigen Annahme, dass Phil Ramone etwas mit den Ramones zu tun hat. Es handelt sich aber dabei um einen Musikproduzenten, der für die Schallplattenindustrie so etwas weiteren Verlauf als überaus schwierig, denn Little Italy ist verschwunden. Nicht mehr da. Ausradiert. Dort, wo es laut Karte eigentlich sein sollte, ist Chinatown. Überall ist Chinatown, und das hat auch einen beträchtlichen Reiz, wenn man einen chinesischen Schwiegervater hat. Habe ich aber nicht. Meiner nörgelt und jammert und klagt darüber, dass sein Eldorado offenbar dem Kommerz geopfert wurde und man so wohl den vielen chinesischen Touristen etwas bieten wolle, ganz zum Nachteil der Italiener, die immerhin diese

---

ist wie Jerry Bruckheimer für den Film: Phil Ramone produzierte unter anderem Rod Stewart, Billy Joel, Chicago und Patricia Kaas. Egal. Die Ramones brachten es jedenfalls fertig, fast drei Jahrzehnte lang immer mit den gleichen Pilzkopf-Frisuren und Klamotten in der Öffentlichkeit aufzutauchen, und veröffentlichten in 22 Jahren und unterschiedlicher Besetzung 13 Alben, bevor sie sich 1996 trennten.

Am 19. Januar 1998 wurde Joey Ramone mit Verdacht auf Blutkrebs in ein New Yorker Krankenhaus eingeliefert. Er starb am 15. April 2001 mit 49 Jahren. Ein knappes Jahr später verblich

Stadt gegründet und regiert haben. Hatte New York jemals einen chinesischen Bürgermeister? Nein, na also.

Die Chinesen verkaufen in der Mott Street, also in Ex-Little Italy kleine Schildkröten und Frösche, allerhand Meeresgetier, das in großen Bottichen wimmelt, lebende und tote Aale, Krebse auch, die zu Hunderten in Eimern darauf warten, ihrem Schöpfer oder wenigstens einem versierten Koch entgegenzutreten. Das bringt Benno auf die Idee, etwas zu essen, möglichst mit Stäbchen, denn dann dauert's länger, und das steigert den Genuss. Antonio missbilligt diese Idee jedoch. Er ist strikt gegen ein Mittagessen in Chinatown, weil erstens die asiatische Pasta ein schlechter

---

auch Dee Dee Ramone, ebenfalls 49 Jahre alt, allerdings an einer Überdosis Drogen und in Hollywood. Johnny Ramone folgte am 15. September 2004 mit 55 Jahren, er litt an Prostatakrebs. Eine Wiedervereinigung der Band gilt als ausgesprochen unwahrscheinlich.

Joey Ramone und seine Verdienste um die Musikkultur der Stadt New York würdigend, wurde am 30. November 2003 die Ecke Second

Witz sei und er zweitens dieses Viertel nicht auch noch fördern wolle.

Ich kaufe mir in der Canal Street eine gefälschte Markenuhr, die immer noch irrwitzige 50 Dollar kostet, und falle nicht auf einen der ältesten Abzockertricks der Welt rein. Das Metallarmband ist nämlich etliche Nummern zu groß. Damit es passt, muss ich es über der Jacke tragen. Oder ich lasse es enger machen. Der freundliche Verkäufer steht diesem Ansinnen positiv gegenüber, allerdings kostet es 30 Dollar, mit einem Stift und einem Hämmerchen die kleine Niete im Kettenarmband herauszuschlagen, um dann ein paar Glieder herauszunehmen. 30 Dollar? Dafür? Ich bin empört. Der Verkäufer lächelt.

Ich werde das im Hotel selber machen, kann

Street und Bowery in Joey Ramone Place umbenannt. Der Joey Ramone Place liegt gleich neben dem CBGB's, einem Musikclub, in dem die Ramones ihre Karriere starteten. Und was lernen wir daraus? Wenn man als Popmusiker auf ein postumes Straßenschild aus ist, sollte man Sänger einer Band sein, niemals Schlagzeuger, Bassist oder Gitarrist.

ja nicht so schwer sein. Und wenn ich das nicht schaffe, gehe ich in ein Uhrengeschäft, die machen das umsonst. Hm. Aber nicht bei einer Fälschung. Das fröhliche Gesicht eines autorisierten Fachhändlers vor Augen, der mir den Mittelfinger zeigt, überlege ich, ob ich die 30 Dollar eventuell doch investieren soll, aber ich möchte dem Burschen nicht den Triumph gönnen.

Wir suchen weiter nach Little Italy wie nach einer verlorenen Kontaktlinse. Es kann doch gar nicht sein, dass es das nicht mehr gibt. Vielleicht ist es auch umgezogen, nach Detroit oder Atlanta. Dort könnte man so eine Attraktion bestimmt brauchen. Kurz bevor Antonio vor lauter Enttäuschung einen Schwächeanfall bekommt, finden wir den letzten Rest von Klein-Italien, das sich auf die Mulberry Street verzogen hat, wo die Straße heftig geschmückt auf Touristen wartet. Antonio Marcipane ist außer sich. Er spricht so ziemlich jeden italienisch aussehenden Menschen auf der Straße an, fragt, wo die Leute herstammen und seit wann sie schon in Amerika leben, und muss feststellen, dass die meisten in New York geboren sind und kaum einer seine Sprache spricht. Nach Mauro fragt er schon gar nicht mehr.

Bennos schon mythenhafter Appetit treibt uns

in ein derart italienisches Restaurant, dass ich mich für einen Augenblick fühle wie Heinz Erhard 1956 im Urlaub in Venedig. Hier sieht es wirklich schon technicolorhaft nach Kulisse aus. An den Decken Fischernetze, in denen Plastikkrabben liegen, an den Wänden der weltberühmte weiße Schlawinerputz, jenes hingeschlamperte Symbol uritalienischer Gemütlichkeit. Um das Bild abzurunden, steht auf der Bar mit der zweigruppigen Faema E61[1] auch noch eine Vorspeisenflasche.

Vorspeisenflaschen haben mich schon immer fasziniert. Von zarten Kinder- oder geduldigen Greisenhänden werden verschiedene Gemüsesorten tagelang derart geschickt in eine meist riesige Flasche gepfriemelt, dass die unterschiedlich farbige Füllung am Ende ein Muster ergibt,

---

1 Was das ist? Das ist *die* Kaffeemaschine schlechthin. Wird eigentlich schon aufgrund ihrer enormen Größe nur in der Gastronomie genutzt, es gibt aber auch sehr gesuchte schmale Exemplare mit nur einem Espressohebel. Wenn Sie eine Faema E61 besitzen, dann haben Sie Geschmack – und eine Stromrechnung wie Caesar's Palace.

manchmal sogar eine Städteansicht von Rimini. Früher dachte ich, das ganze sei bloß Talmi, und die ganze Pracht in Wahrheit als bedruckte Folie auf die Flasche geklebt, aber das stimmt nicht. Es sind wahrhafte Meisterwerke italienischer Ingenieurskunst, ganz ähnlich dem Maserati Biturbo. Dessen Motor fuhr so zuverlässig, als habe man anstelle der Zylinder Vorspeisenflaschen unter die Haube gebaut.

Wir setzen uns an ein rotweißkariert eingedecktes Tischlein, auf dem eine Tropfkerze in einer strohig ummantelten und dickbauchigen Weinflasche befestigt ist, welche vormals Rotwein von minderer Qualität enthalten hat. Jürgen hat solche Flaschen jedenfalls nicht. Bei näherer Betrachtung entpuppt sich die Kerze als elektrische Lampe, wie bei einer Weihnachtsbaumbeleuchtung. Zu dieser Tageszeit ist sie aber ausgeschaltet. Ich sehe mich um, aber außer uns kann ich keine Gäste entdecken. Das ist nicht unbedingt ein gutes Zeichen in einer Millionenstadt. Benno geht und sucht die Toilette.

Wir warten nicht lange, dann kommt ein richtig klassischer Mario. Ein klassischer Mario ist ein dicklicher Südländer mit meist rundem Gesicht, dichtem schwarzem Haar und einem lustigen neapolitanischen Räuberschnauzbart. Er trägt eine schwarze Hose und ein weißes Hemd, beides sehr, man möchte sagen: zu eng. Auf Antonios erfreute landsmannschaftliche Begrüßung antwortet er noch akzentfrei, doch dann geht es in sprachliche Feinheiten und mit Marios Italienisch bergab. Es zeigt sich schnell, dass er ungefähr so gut Italienisch spricht wie ich, allerdings mit einem osteuropäischen Akzent. Antonio fragt ihn, ob er denn nicht aus Italien komme, und der leicht peinlich berührte Ober antwortet, dass er aus Ungarn sei. Selbstverständlich kennt er keinen Gast namens Mauro Conti. Dann nimmt er unsere Bestellung entgegen und zieht ab.

«So eine Aschelocke», zischt Antonio.

Das finde ich ungerecht. Der Mann sieht absolut rollenkonform aus. Okay, man hätte beim Casting darauf achten können, dass er auch Italienisch spricht, aber ansonsten ist er perfekt. Ich muss ihn in Schutz nehmen. Aber Antonio ist unversöhnlich.

«Das sinde Betruger, Gaune sindas.»

«Ach komm! Ich finde es sehr hübsch hier.»

Benno hat den Kellner auf dem Rückweg vom Klo abgefangen und Pasta sowie Pizza und Kalbsschnitzel bestellt. Auf Deutsch, aber es hat geklappt. Wahrscheinlich kommen hier mehr Deutsche als Italiener hin.

«Dat Klo is' pickobello.» Er zeigt mir den erhobenen Daumen, Zeichen seiner äußersten Wertschätzung. Das ärgert Antonio nur noch mehr.

«Das iste Spiegelung von Tatsache.»

«Du meinst Vorspiegelung falscher Tatsachen. Jetzt gib ihnen doch eine Chance. Vielleicht ist das Essen ja gut.»

«Wahrscheinliche iste der Koch ein Spanier.»

«Wart's ab.»

Mit einem hörbaren «klack» schaltet der Kellner unsere Tropfkerze sowie alle anderen im Restaurant an. Sie geben ein irgendwie beunruhigendes Licht. Eigentlich fehlen jetzt nur noch original italienische Familiengeräusche und Mopedgeknatter vom Band.

Das Essen kommt innerhalb weniger Sekunden und stellt sich als so abgrundtief erschütternde Pampe heraus, dass nicht einmal Benno seine Bestellung komplett hinunterbekommt. Die Sauce und die Pilze auf meinen Linguini, die in Wirklichkeit Spaghetti sind, kommen aus der Plastiktüte und wurden offenbar in der Mikrowelle erhitzt und dann über Nudeln aus dem Kühlschrank geschüttet. Der Käse auf der Pizza ist Gouda und das Kalb an Altersschwäche gestorben, bevor man es seiner zähen Lenden beraubte.

Antonio sieht seinen persönlichen Stolz verletzt, zumal auch der Wein ungefähr so italienisch ist wie der Super Bowl. Das Unheil nimmt seinen Lauf, denn der ungarische Italiener weiß nicht, was Amaro ist. Antonios gestenreiche Versuche, ihm dies zu erklären, quittiert er mit einem an Gleichgültigkeit nicht mehr steigerbaren Schulterzucken. Dann bringt er drei Gläschen Wodka und wenig später eine Rechnung, die den Schluss nahelegt, ich hätte den Laden gerade gekauft. Ich will sie schnell bezahlen, damit wir hier verschwinden können. Jetzt bloß keine Szene, einfach die Klappe halten und die Kreditkarte rausrücken. In einem unaufmerksamen Moment entreißt mir mein auf Krawall gebürsteter Schwiegervater die Rechnung und bricht in ein amtliches Geheul aus, dessen Übersetzung in etwa lautet, dass er sofort den Patron zu sprechen wünscht.

Dieser erscheint in Gestalt des albanischen Kochs, der mir unmissverständlich klarmacht, dass wir entweder zahlen oder sterben. Ich ziehe das Leben vor und reiche dem Ungarn meine Kreditkarte, die Antonio ihm aus der Hand fischt, um damit zu türmen. Aber er kommt nicht weit, weil der Koch ihn an der Jacke erwischt und unter lautem Gezeter festhält, während Benno den Albaner als «Lump, Flegel und Mörder» beschimpft. Tatsächlich ist zwar unser Mittagessen das Einzige, was der Bursche auf dem Gewissen hat, aber Benno kennt keine Grenzen, wenn er einmal in Fahrt ist.

Irgendwann ruft der Ungar ins Getümmel, dass die Polizei gleich da sei, und das macht mir nun wirklich Sorgen. Ich habe Konfrontationen mit der amerikanischen Exekutive satt und rufe immer in den Tumult hinein: «Toni, gib mir die Kreditkarte.» Und zu dem Ungarn: «Ich zahle, ich zahle. Es war wunderbar, exzellent! Ich zahle!» Doch Antonio ist außer Rand und Band. Ich drehe ihm persönlich den Arm um, um ihm meine Kreditkarte zu entwinden, und werfe sie dem Kellner zu, der damit hinter die Bar flitzt, während Benno und ich meinen erhitzten Schwiegervater festhalten. Der Albaner bedroht ihn zusätzlich mit einer Gabel. Antonios Widerstand erlahmt erst, als ich meine Unterschrift unter einen Phantasiebetrag gesetzt habe, der sich noch einmal deutlich erhöht zu haben scheint.

Auf der Straße kommt Antonio nur ganz allmählich wieder zu sich. Eine gewisse Grundsäuernis bleibt jedoch, und die richtet sich nicht gegen die Betreiber dieses pittoresken Schweinetrogs von einem Restaurant, sondern gegen mich. Körperverletzung lautet die Anklage, weil ich ihm den Arm umgedreht habe. Ich entschuldige mich ein halbes Dutzend Mal, aber Antonio ist unversöhnlich. Nicht einmal die vielen Bilder von Robert De Niro, die man hier in jedem zweiten Geschäft bekommt, können ihn aufheitern. Er ist fürs Erste fertig mit mir. Mit Little Italy und mit dieser ganzen Stadt sowieso.

Entgegen seiner Gewohnheit geht Antonio nun voran, für seine Verhältnisse sogar ziemlich schnell. Dahinter folgt Benno, und ich bilde die Nachhut. Im Gehen blättere ich in meinem Reiseführer und suche hektisch nach irgendeiner Attraktion, die Antonios Laune heben könnte. Nach Ellis Island ins Einwanderermuseum will der jetzt bestimmt nicht mehr. Schließlich werde ich fündig. Gleich hier um die Ecke gibt es einen weltberühmten Feinkostladen, dessen Name wie eine italienische Modemarke klingt, was Tonis Herz erweichen könnte. Ich überhole Benno und mache Antonio den Vorschlag, zu diesem herrlichen italienischen Delikatessengeschäft zu gehen. Weltberühmt. Toll. Donnerwetter. Und bestimmt nicht teuer. Letzteres erweist sich zwar als Trugschluss, dafür gibt es ungefähr zweihundert Sorten Brot, was Antonio zumindest ein anerkennendes Kopfnicken abringt. Als Benno den internationalen Brotberg fotografieren will, kommt ein uniformierter Angestellter hinzu und fordert ihn auf, das bitte unverzüglich zu unterlassen, Sir.

«Wat will dädenn?», fragt mich Benno nicht ohne eine gewisse Herablassung. Aus seiner Perspektive betrachtet, stehen die Amerikaner in Schlangen irgendwo an, oder sie sorgen dafür, dass die anderen anstehen. Er nimmt sie irgendwie nicht richtig für voll.

«Du sollst hier nicht fotografieren.»

«Wird davon dat Brot schlescht?»

«Ich weiß es nicht, lass es einfach.» Ein Handgemenge mit Einheimischen pro Tag reicht mir vollkommen. Wir kaufen drei Sandwichs zu je acht Dollar, drei Säfte für je sechs Dollar und drei Brownies für drei Dollar pro Stück – macht 51 Dollar –, und ich lasse mal wieder meine Karte durch den Schlitz ziehen. Es kommt mir vor, als sei sie schon ein bisschen dünner geworden, am Ende der Reise kann ich wahrscheinlich durchgucken. Die Goldstullen entschädigen Antonio wenigstens kulinarisch, und er redet zumindest wieder mit Benno. Ich bin Luft für ihn, und das macht wiederum mich sauer. Wer nimmt denn schwerste Verletzungen und Don Marcipanes Italo-Wahnsinn in Kauf? Das bin ja wohl ich! Wer verhindert, dass wir abgeschoben, verhaftet oder gefoltert werden? Auch ich. Wer ist der Einzige, der hier nach Mauro sucht? Wieder ich. Und wer ist beleidigt und spielt die Reisediva? Antonio.

Ich beschließe, dass wir ins Hotel fahren. Heute geht Antonio ohne Essen ins Bett. Oder er muss sich mit Benno selber darum kümmern. Ich werde schön in eine Bar gehen und in Ruhe ein Bier zischen und keine Zigarette rauchen. Oder ich rufe Pino an, lasse beiläufig die Sache mit dem Zahn fallen und sehe zu, wie die beiden verhaftet werden. Bye-bye, Alterchen. Viel Spaß in Sing-Sing!

Ich halte ein Taxi an und schiebe die beiden hinein. Am Hotel angekommen, gehen sie ohne einen Mucks auf ihr Zimmer. Es ist noch früh, vielleicht 18 Uhr, ich habe also Zeit und nehme ein Bad in meiner Winzwanne. Man kann nur mit angezogenen Knien darin sitzen. Körperpflege ist in diesem Land wirklich eine große Herausforderung. Gegen 20 Uhr verlasse ich das Hotel und mache mich auf die Suche nach etwas, wo keine italienischen Rentner und inkontinenten Rheinländer sitzen. Schließlich lande ich in einem Lokal, das so duster ist, dass ich meine Füße nicht sehen kann. Ich setze mich an die Bar und mache nicht den Fehler, Budweiser[1] zu bestellen. Ich nippe an meinem Bier, und so langsam schwingt der Gong der letzten Tage in meinem Kopf aus, ich komme zur Ruhe, bestelle noch eine Flasche. Was habe ich bisher von dieser Reise gehabt? Nicht viel, eigentlich nur Ärger. Es kommt mir so vor, als würde ich den ganzen Tag meine beiden alten Herren vor dieser Stadt beschützen. Aber Reisen ist eigentlich anders gemeint, ich mache wahrscheinlich etwas falsch. Aber was nur? Soll ich die beiden einfach sich selbst überlassen? Womöglich wäre das für Antonio und Benno gar nicht so schlimm. Sie müssten mir dann nicht immer wie zwei gepäcklose Sherpas hinterherlaufen. Sie könnten sich mit Pino verabreden und mit ihm zum Baseball gehen – und ich endlich in die Museen, die mich interessieren.

---

1 Bierkenner wissen: Das amerikanische Budweiser hat leider überhaupt nichts zu tun mit dem köstlichen tschechischen Budweiser.

Ich wüsste genau, was ich machen würde, wenn ich mit Sara hier wäre. Wir würden zum Beispiel ins Kaufhaus Bergdorf Goodman gehen, einem Geschäft, in dessen Schuhabteilung meine Frau gerne nach ihrem Tod mit ihrer Urne einziehen würde, denn wohler fühlt sie sich wahrscheinlich nirgendwo auf der Welt. Wir würden in Greenwich Village ausgehen und in SoHo, den Botanischen Garten in Brooklyn besuchen. Antonio und mich hält hier nur der familiäre Kitt zusammen. Sonst gäbe es für uns keinen Grund, gemeinsam zu reisen. Ich trinke aus und gehe.

Auf dem Rückweg zum Hotel komme ich an einem Deli vorbei, in dem es laut zugeht. Jemand ruft etwas auf Italienisch, ein anderer schreit auf Englisch zurück. Das mag ich an New York. Diese aufregende Internationalität. Ich habe schon eine große Bewunderung dafür, wie hier alle Nationen der Welt versuchen, ihren Weg zu machen. In diesem Deli zum Beispiel pulsiert das Leben, da ist Spannung, metropolische Action. Ich sehe durch die Scheibe und erkenne – Antonio.

Mit einem Satz bin ich im Laden und analysiere die Situation. Benno steht vor der Kasse und hat einen Frischkäsebagel in der einen und eine Flasche Bier in der anderen Hand. Sein Gesicht spiegelt wie immer diese Tiggelkamp'sche Mixtur aus Überparteilichkeit und Neugier wider. Antonio hingegen argumentiert gestenreich und lautstark mit einem Angestellten des Deli, einem jungen Burschen, vermutlich aus Mexiko. Und in diesem Moment treffe ich eine Entscheidung, auf die ich für den Rest meines Lebens stolz sein werde: Ich drehe mich um und gehe wieder hinaus. Antonio hat mich ohnehin nicht gesehen. Zunächst noch schuldbewusst, dann immer flotteren Schrittes und am Ende beschwingt, laufe ich ins Hotel, lege mich mit einem letzten Bier aufs Bett und zappe durch das Fernsehprogramm.

In Wisconsin hat ein asiatischer Einwanderer fünf Jäger erschossen. Die Männer hatten ihn beim Wildern erwischt. Es heißt, er sei ein unauffälliger Bürger gewesen, und dass es in der Gegend immer wieder mal Probleme zwischen neuamerikanischen und uramerikanischen Jägern gebe. In Texas fällt so viel Regen wie noch nie, und bei einem Basketballspiel prügelten sich die Spieler mit den Zuschauern. Den Haupttäter unter den Profis kostet der Spaß nun wegen der Verhängung einer gewaltigen Spielsperre fünf Millionen Dollar, denn er wird nur bezahlt, wenn er antritt. So ist Amerika: Wenn einer tötet, dann gleich fünfmal; wenn es regnet, ist Apokalypse; wenn ein Sportstar prügelt, kostet es ihn einen schon kindlich-gigantischen Betrag. Klein geht nicht, klein ist immer gleich Old Europe.

Am nächsten Morgen beim Frühstück fällt mir die Deli-Sache wieder ein. Ich spreche Antonio darauf an.

«Toni, alles klar?»

«Tutto bene, liebe Jung.»

Von selber wird er mit der Geschichte natürlich nicht rausrücken. Ich muss schwindeln, damit ich davon erfahre.

«Ich habe gestern Abend nochmal bei dir angerufen, aber du warst nicht da. Seid ihr noch ausgegangen?»

«Komisch, habe aucke di annegerufe, aber warste du nida.»

«Ich habe geschlafen.»

«Soso. Sinde wir spaziere gewesen und hatte ein kleine Streit.»

Ich stelle mich doof. «Miteinander?»

«Nein, nichte, iste unmoglicke mite Benno. Mit eine Erpresse in ein Suppemarkt.»

Bei dem Wort Supermarkt schwant mir, was Antonio angestellt hat. Er liebt es einfach, Preisschilder umzukleben.

«War wohl zu teuer», sekundiere ich.

«Viel zu teuer und vor allen: Alle Preis' waren falsch auf der Ware.»

«Und wie ist die Sache ausgegangen?»

«Wir habe nickts gekaufte in der blöde Ladeda. Habi nickte nötig, die könne der Zeug behalten.»

Ohne dabei gewesen zu sein, weiß ich, wie die Sache lief. Antonio hat aus dem einen oder anderen Artikel ein Sonderangebot gemacht und ist zur Kasse marschiert. Der Bursche hinterm Tresen hat sofort gemerkt, dass die Preise nicht stimmten und hat höflich, wie diese vor Selbstbewusstsein platzenden Amerikaner halt sind, darauf hingewiesen, dass die Rechnung höher ausfällt, als Antonio denkt. Antonio hat dann auf Italienisch rumkrakeelt, dass er Gast in diesem Lande sei und nicht wisse, was der Mann von ihm wolle, und dass er den Patron zu sprechen wünsche. Und dann ist er mitsamt Benno höflich gebeten worden, das Geschäft zu verlassen. Er hat mit dem Fuß aufgestampft und gerufen, dass so etwas in einer zivilisierten Gesellschaft wie der deutschen nicht üblich sei. Da ist er mitsamt Benno rausgeflogen. Kurz und schmerzlos. Und ich musste nicht dabei sein. Was mich nachhaltig freut.

Die Geschichte nagt nicht an Antonio, vielmehr sei der Kerl selber schuld, dass er mit Antonio nicht ins Geschäft gekommen ist. Er platzt sogar vor hervorragender Laune und macht einen sehr tatendurstigen Eindruck. Er würde gerne mal zum Großmarkt gehen, aber dafür ist es heute schon zu spät, da ist jetzt nichts mehr los. Wir heben uns das für einen anderen Tag auf. Dann macht Antonio einen Vorschlag, auf den ich niemals gehofft hatte. «Wie wär's, heute geht jeder *per conto suo*. Wir gehen, wo wir gehen, unde du gehste woanders, und wir treffen uns bei der Abendbrot in ein Lokal.»

Ich bin begeistert, überglücklich. Natürlich werde ich mir Sorgen machen, den ganzen Tag nur an die beiden denken, aber andererseits habe ich mir nichts mehr gewünscht als diesen einen Tag Ruhe vor der Jagd nach Toiletten, Architekten und Rauchverzehrern. Gemeinsam suchen wir ein gutes Restaurant in SoHo heraus. Ich schreibe Antonio die Adresse auf und lasse dort von der Rezeption einen Tisch reservieren. Dann bin ich frei. Benno ist bisher nicht aufgetaucht. Komisch, wo er doch morgens so einen majestätischen Hunger hat.

«Wo steckt denn Benno?», frage ich.

«Dä is' schon in der große Park und futterte der Eickörnchen.»

«Was macht der? Der futtert Eichhörnchen?»

«Nee, dumme Salat! Nickte futtert er selber die Eichörrnche, sondern gibt ihne der Futter.»

Antonio schmeißt die Sirene an und beömmelt sich königlich.

Ich begleite Antonio noch zum südlichen Eingang des Central Park, wo er sich um elf Uhr mit Benno verabredet hat. Wir sind zu früh. Ich möchte ihn nur ungern so alleine stehen lassen, aber er bittet mich darum. Er wolle ungestört sein, sagt er. Ich drehe mich noch ein paarmal um, und jedes Mal winkt er mir fröhlich. Ganz wohl ist mir bei der Sache nicht. Was ist, wenn Benno gar nicht kommt, weil er, von Eichhörnchen überfallen und seines Brustbeutels beraubt, von der joggenden Yoko Ono aufgelesen und in John Lennons Lieblingssofa verfrachtet wurde, wo sie ihn nun mit Donuts und Softeis wieder aufpäppelt? Oder wenn etwas noch Schlimmeres passiert ist? Es fällt mir schwer, dies vor mir selber zu formulieren, aber ich muss die beiden loslassen. Wenn etwas nicht klappen sollte, dann ist das nicht mein Problem.

Ich grüble noch einen Block weiter, dann drehe

ich mich um und renne zurück. Ich hätte die beiden nicht alleine lassen dürfen. Es war ein Fehler, Fehler, Fehler! Als ich dort ankomme, wo ich Antonio zuletzt gesehen habe, ist er verschwunden. Ich laufe in den Park, wieder zurück, sehe mich um. Kein Zweifel: Antonio und Benno sind von der Stadt verschluckt worden.

THIRTEEN

Ich kann mich nicht richtig an meine plötzliche Freiheit gewöhnen. Unruhig laufe ich Richtung Osten, also zur Fifth Avenue, die mir auf Anhieb gefällt, weil New York hier so ist, wie ich es aus dem Kino kenne. So will ich es haben, so macht es mir keine Angst. Ich verbringe den Mittag damit, ins Museum zu gehen und dabei zuzusehen, wie die Eisbahn vor dem Rockefeller Center präpariert wird. Nächste Woche ist Thanksgiving, dann wird die Stadt voll sein wie ein Ameisenhaufen. Dann werden sich Millionen Menschen die Parade ansehen, und noch mehr Millionen Puten müssen ihr Leben lassen.

Im Fernsehen werden schon alle Arten von Schnellkochtöpfen, Grillapparaturen und Bratenthermometer angepriesen. Ich habe das heute Morgen gesehen. Gerade als ich den Fernseher ausschaltete, um zum Frühstück zu gehen, betrat eine Reinigungskraft das Zimmer. Ich gab ihr zwei Dollarscheine und wünschte ihr zu Thanksgiving einen «real fat turk». Sie sah mich an wie einen nackten Fliesenleger und bedankte sich. Beim Hinuntergehen fragte ich mich, was ich der Frau getan hatte.

Jetzt, da ich auf einer Bank vor dem Rockefeller Center sitzend unter den missbilligenden Blicken einiger New Yorker Mütter und deren halbwüchsiger Töchter eine schöne Zigarette rauche, fällt es mir ein. Ich habe der Frau einen richtig fetten Türken gewünscht und auch noch Geld zu dessen Anschaffung beigesteuert. Truthahn hätte «turkey» geheißen. Was soll's? Mein Englisch ist ansonsten sehr passabel. Ich komme damit eigentlich überall klar, außer in Italien.

Nach dem Lunch, den ich zwischen einem Rudel von Geschäftsleuten auf der Madison Avenue einnehme, spaziere ich durch den Trump Tower und gehe in die Oak Room Bar des Plaza Hotels, um meiner Kreditkarte den Rest zu geben.

Mein Reiseführer rät mir zu einem Besuch des Kaufhauses Macy's, weil es dort die meisten Jeans der Welt gibt. Aber ich fahre lieber nach Greenwich Village, von wo ich nach SoHo und Tribeca marschiere, ziellos, aber glücklich. Ich gebe hier und da Geld aus, kaufe Mitbringsel, trinke einen Tee.

Und doch denke ich irgendwie ständig an Antonio und Benno. Nicht nur, weil ich fürchte, es könnte ihnen – oder jemand anderem wegen ihnen – etwas passiert sein. Sie fehlen mir auch. Als Begleiter, als Kumpane, als Expeditionsteam. Ich mag ihren Blick auf die Dinge. Es ist schön, wenn Benno stehenbleibt und die Feuerleitern fotografiert. Er hat ganz sicher schon zwanzig Feuerleiterfotos gemacht. Ich sehe auf meine gefälschte Uhr, die ich in der Innentasche meiner Jacke mitführe. Sie passt mir immer noch nicht. Im Hotel habe ich mit Werkzeug aus meinem Nageletui versucht, das Band zu verkürzen, aber es hat nicht funktioniert.

Es ist bereits dunkel, bald Zeit für unsere Verabredung. Ich stelle fest, dass der Sekundenzeiger bei jeder Umrundung zwei bis drei Sekunden braucht, um an dem Minutenzeiger vorbeizukommen. Der ist offenbar verbogen. Das bedeutet aber auch, dass die Uhr nachgeht, eine halbe Minute pro Stunde. Ich habe das Ding gestern Abend gestellt, seitdem sind knapp 24 Stunden vergangen. Diese billige Fälschung wird inzwischen ordentlich hinterherhinken, besonders wenn auch noch die Minuten- und Stundenzeiger klemmen. Ich erkundige mich bei einer studentischen Hilfskraft in einem schicken Computershop in SoHo nach der Uhrzeit. Wahrscheinlich ist der Junge gar kein Student, sondern Milliardär, das weiß man ja hier nie so richtig. Jedenfalls sagt er mir, dass es kurz vor acht sei. Meine Canal-Street-Uhr sagt Viertel vor sieben.

Au Backe, wir sind um acht Uhr im Restaurant verabredet. Ich hatte mir fest vorgenommen, mindestens zehn Minuten vorher da zu sein, damit sich Antonio keine Gedanken macht. Ich sehe in den Stadtplan und suche mir den Weg zusammen. Wenn ich mich sehr beeile, kann ich das in zwanzig Minuten schaffen. Ich laufe los und schmeiße die Uhr unterwegs in einen Abfallkorb.

Im Restaurant angekommen, bin ich schweißüberströmt. Ich lasse mich von einem Mädchen, das kurz vor einer Karriere als Supermodel steht, an unseren Tisch bringen, und da sitzen sie bereits: Antonio Marcipane und Benno Tiggelkamp, umringt von allerlei Einkäufen. Ich setze mich, und Antonio sagt, dass er sehr erfreut sei, mich zu sehen, und dass er sich die ganze Zeit Sorgen um mich gemacht habe, weil ich immer so verkrampft sei im Ausland. Da kann sogar etwas dran sein.

Der Kellner, ein schwarzer Hüne mit Glatze,

kommt an unseren Tisch, und Antonio lässt es sich mal wieder nicht nehmen, ihn zu fragen, ob er Italienisch könne, was der Mann freundlich verneint. Er notiert unsere Getränkewünsche. Als er wieder verschwunden ist, nehme ich Antonio ins Gebet.

«Du kannst nicht immer jeden Menschen fragen, ob er Italienisch kann. Wir sind in Amerika. Hier wird Englisch gesprochen. Warum sollte also ausgerechnet dieser Typ Italienisch können?»

«Man weiße nie so genau.»

«Tu mir einfach den Gefallen und frage nicht dauernd, ob die Leute Italienisch sprechen, okay?»

«Okeeh, Chef.»

Ich lasse mich in die Lehne meines Stuhles sinken. Das Restaurant ist noch nicht sehr gut besucht, die meisten Städter gehen spät essen. Das wollte ich aber nicht, Ursula hat mir eingeschärft, dass Toni nicht nach 21 Uhr tafeln solle, er könne dann so schlecht schlafen. Das Ambiente ist von postmoderner Eleganz, ich muss damit rechnen, dass meine Kreditkarte heute Abend schlappmacht. Das Restaurant hat einen italienischen Namen und wird hauptsächlich von schönen essgestörten Menschen besucht. Die Frauen tragen ganz kleine Handtaschen, in die nicht viel mehr hineinpasst als eine Zahnbürste. Die brauchen sie auf jeden Fall nach dem Dinner, wenn sie auf die Toilette gehen, um die getrüffelte Pasta, die Wachteln und die Zabaione wieder loszuwerden. So stelle ich mir das Leben in der Upper Class vor.

Der schwarze Riese stellt unsere Getränke auf den Tisch. Antonio sieht mich kurz an, beugt sich zum Kellner vor, und fragt ihn dann: «Hablamos español?» Der Mann verneint abermals freundlich, allerdings mit Nachdruck, und ich lasse meinen Kopf in meine Hände fallen.

«Heedu, war bloß eine Witz. Habi eine kleine Satire mit dir gemachte. Bini lustig?»

«Und wie», muss ich gestehen. Wir stoßen an. Für einen kurzen Zeitraum ist alles so, wie man sich das vorstellt.

Kein Theater, kein Gebrüll, nur Zufriedenheit und Hunger und eine selbstbewusste Speisekarte für selbstbewusste Menschen, die ihr Geld mit dem Handel mit Geld oder Waffen verdienen. Mir egal, Hauptsache, meinen Rentnern ist nichts zugestoßen. Ich erkundige mich, was sie den ganzen Tag getrieben haben, aber es ist nicht viel aus ihnen herauszubekommen. Sie seien da und dort gewesen, sagt Antonio. Und es habe ihnen ganz gut gefallen. Benno deutet auf ein recht hässliches Gewächs in einem Blumentopf, der auf dem Tisch steht. «Habisch mir jekauft», sagt er. Ich habe es zuvor für Tischdeko gehalten.

«Und was ist das?»

Benno sieht die Pflanze lange an. Dann ergreift er sein Glas, nimmt einen tiefen Schluck Bier, sieht sich im Restaurant um, steht auf und geht auf die Toilette. Ich sehe in die Speisekarte und übersetze geduldig meinem Schwiegervater alle Positionen, die ich selber verstehe. Benno kehrt zurück und setzt sich hin.

«Datis ene Pflanze.»

«Ach, eine Pflanze ist das! Vielen Dank. Und was für eine?», frage ich. Ich rechne mit einer Antwort nicht vor dem Hauptgang, aber Benno ist in Plauderlaune.

«Datis ene fleischfressende Pflanze.»

«Wo hast du die denn her?»

«Von ene Verkäufer für fleischfressende Pflanze.»

«Hm. Und warum hast du die gekauft?»

«So eine hannisch mir schon immer jewünscht.»

Was für ein interessantes Souvenir. Bei Benno

weiß man nie, vielleicht will er auch seine Mutter an die Pflanze verfüttern. Wir bestellen unser Essen, und Antonio setzt mir noch einmal auseinander, wie wichtig und segensreich das Wirken des im frühen 20. Jahrhundert gewählten Bürgermeisters Ramone gewesen sei. Ich höre ihm geduldig zu, versinke so allmählich in einen friedlichen Dämmerzustand, der auch noch anhält, als unser Hauptgang kommt. Benno ordert die vierte Runde Bier, indem er mit seinem leeren Glas winkt und zum Kellner sagt: «Jung, lassma' die Luft ausm Glas.» Er hat in diesem Land eigentlich keine Verständigungsschwierigkeiten.

Während wir den Hauptgang zu uns nehmen, entdecke ich ein paar Tische weiter einen Gast, der ein bisschen aussieht wie Robert De Niro, der große italoamerikanische Schauspieler aus Little Italy. Ich stubse Antonio an und sage scherzhaft. «Guck mal, da ist ein Kollege von dir.»

Antonio zieht die Stirn kraus und sagt: «Siehte aus wie De Niro.» Dann gibt er wieder einmal die Geschichte von Robert De Niros Nonna zum Besten, die in einem Nachbardorf von Campobasso lebt, wenn sie nicht schon gestorben ist. Jahrelang hat man darauf gewartet, dass der Enkel mal zu Besuch kommt, aber er ist dafür wohl viel zu berühmt. Robert De Niro müsste aber gar nicht zu Besuch kommen, er ist für die stolzen Bewohner von Molise auch so einer der ihren, der berühmteste Sohn der Region – und das, obwohl er in New York geboren ist.

Nach dem Essen muss ich mal für kleine Schwiegersöhne. Die Toilette erweist sich als enigmatischer, weil vollkommen verspiegelter Höhepunkt modernen Badezimmerdesigns. Sogar Waschbecken, Pissoirs, Boden und Decke sind mit Spiegeln verkleidet. Man fühlt sich wie ein Echo.

Als ich wieder an unseren Tisch komme, sind Benno und Antonio weg. Natürlich. Ich sehe mich um, checke den Raum mit meinem Antonio-Suchblick[1]. Ich sehe ihn zwar nicht, aber ich höre ihn.

---

1 Es handelt sich um einen Blick, den auch Eltern von Kleinkindern draufhaben und auf Kinderspielplätzen, Kindergartensommerfesten und im Supermarkt anwenden, indem sie die Umgebung selektiv röntgen und nur nach bestimmten Schlüsselreizen Ausschau halten, also roten Mützen oder blonden Haaren. So lassen sich auch größere Menschenmengen rasend schnell scannen.

Er hat soeben gelacht, und dieses einer Heulboje nicht unähnliche Geräusch kam von rechts. Ich blicke mich um, und da sitzt er mit Benno vier Tische weiter – neben dem De Niro-Verschnitt. Das muss doch jetzt nicht sein, oder? Ich gehe rüber, und je näher ich ihnen komme, desto kleiner werden meine Zweifel. Ich stehe nun genau vor dem Tisch – von Robert De Niro.

Der Mann sieht nicht so aus, er ist es, leibhaftig. Er ist mit einer schönen blonden Frau da und einem anderen Pärchen, keine Prominenz, soweit ich das beurteilen kann. Als er mich sieht, sagt er auf Italienisch: «Ist er das?» Sein Italienisch ist ein amerikanisches Italienisch, nicht super, aber ganz gut, soweit ich das beurteilen kann. Antonio antwortet: «Ja, mein Schwiegersohn, er ist Deutscher, aber das macht nichts. Ich liebe ihn wie einen Sohn. Oder sagen wir mal so: wie einen unehelichen Sohn.» Robert De Niro reißt die Augen auf und lacht sich kaputt. Ich hoffe, dass jetzt der Wecker klingelt und alles nur ein böser Traum ist. Aber Robert De Niro steht auf und gibt mir die Hand.

«Hi, ich bin Robert De Niro. Kommen Sie zu uns.»

Ich setze mich auf einen Stuhl, der nun vom

Kellner gebracht wird. In Windeseile kommt auch noch ein Tisch, und es wird angebaut. Unsere Gläser, die Pflanze und den anderen Kram, den Benno und Antonio durch die Stadt geschleppt haben, werden von unsichtbaren Schergen herübergetragen. Mister De Niro stellt mich seinen Freunden vor. Sie sagen, dass sie es schön fänden, mich zu treffen. Ich erwidere, dass ich entzückt sei, ihre Bekanntschaft zu machen.

«Wir sprachen gerade von zu Hause», sagt Robert De Niro und zeigt auf Antonio, der knallrot im Gesicht neben ihm hockt und sich gar nicht beruhigen kann vor lauter Stolz. «Wir haben dieselben Wurzeln. Dein Schwiegervater kannte meine Nonna.» Ist das nicht unglaublich? Kennen ist zwar leicht übertrieben, aber ich werde mich hüten, hier mit unpassenden Kommentaren die Stimmung zu vergiften.

«Ja, das ist wirklich ein Zufall, Sir», sage ich also.

«Nenn mich Robert.»

«Wir wollen nicht stören, Robert. Ich bin sicher, Sie werden häufig angesprochen. Es tut mir sehr leid, dass mein Schwiegervater Sie belästigt hat.» Ich fühle mich unwohl. Wer weiß schon, was Antonio ihm aufgetischt hat. Und Roberts

Freunde sehen nicht so aus, als ob ihnen die Situation gefiele.

De Niro legt den Kopf schief und lächelt. Er legt kumpelhaft den Arm um Antonio.

«Ich habe noch nie jemanden getroffen, der sie kannte. Meine Nonna!» Robert ist ehrlich berührt. Er macht dieses weltbekannte Knatschgesicht, als würde er gleich anfangen zu heulen. Es ist verblüffend. Er sieht wirklich aus, wie man ihn aus dem Kino kennt.[1] Das Muttermal auf seiner rechten Wange, die unauffällige Frisur, die Augen. Robert und Antonio sind beinahe derselbe Jahrgang.[2] Die beiden verstehen sich auf

---

1 Robert De Niro sieht eigentlich meistens aus wie Robert De Niro. Zu den wenigen Filmen, in denen er sich wirklich sehr verkleidet hat, gehört «Frankenstein» (Monster mit ziemlich vielen Narben), «Wie ein wilder Stier» (Boxer mit starkem Übergewicht) und «Kap der Angst» (Verbrecher mit langen Haaren und vielen Tätowierungen).

2 Robert De Niro wurde am 17. August 1943 geboren. Er wuchs in Little Italy auf und wurde in seiner Kindheit «Bobby Milk» gerufen, weil er so ein blässliches und zartes Bübchen war.

Anhieb. Hoffentlich kommt Antonio jetzt nicht mit Mauro Conti um die Ecke.

«Kennst du Mauro Conti?»

Ich versinke in meinem Stuhl. Alkohol, bitte, jetzt.

«Na klar kenne ich Mauro Conti. Wer kennt Mauro Conti nicht?»

Das gibt es doch gar nicht! Mauro Conti existiert! Antonio hat mich nicht angelogen, ich kann es kaum fassen. Vor mir sitzt einer der berühmtesten Menschen der Erde – und er kennt Mauro, das Phantom von New York, Antonios Flaschengeist, den Mythos der Mythen. Robert ist genauso von den Socken wie ich.

«Sag bloß, das ist ein Bekannter von dir?», fragt er Antonio, dessen Triumphlächeln vom Blitzen seiner Goldzähne gekrönt wird.

«Bekannter? Mein bester Freund ist das!», ruft Antonio mit einer Überzeugung, die keine Widersprüche zulässt.

«Er ist dein bester Freund? Aber du bist doch nicht schwul, oder?», fragt De Niro verwirrt.

«Nein, wieso?» Antonio ist diese Frage in über sechzig Lebensjahren noch nie gestellt worden, und er kann überhaupt nichts damit anfangen. Robert sieht die Empörung in Antonios Gesicht.

«Ich meine, wenn du sein bester Freund bist?»

«Mauro ist schwul?» Antonio ist geplättet.

«Mein Freund, Mauro Conti ist schwul wie eine holländische Kathedrale», sagt Robert und trinkt von seinem Rotwein. «Jeder, der einmal mit ihm gearbeitet hat, weiß das.»

«Als wir zur Schule gingen, war er noch ganz normal», entgegnet Antonio. «Hat er dein Haus gebaut?»

Robert ist nun seinerseits verwirrt. «Wieso sollte er?»

«Ist er denn nicht ein weltberühmter Baumeister?», fragt Antonio in leicht geschwollener Wortwahl. Er ist nicht oft unter Superstars, das merkt man.

«Berühmt ist er schon, aber nicht für Häuser. Er hat meinen Garten in Los Angeles entworfen. Er ist ein absolutes Genie, ein Meister. Seine Arbeiten erkennt man sofort, wenn man sie sieht. Er hat sich den Begriff Landschaftsskulpteur schützen lassen[1], und genau das trifft es.»

---

1 Diese Übersetzung dessen, was Mister De Niro da sagt, ist nicht ganz korrekt, aber das Wort auch nicht übersetzbar. Im Englischen hätte er

Jetzt wird mir einiges klar. Mauro Conti baut keine Häuser, sondern Gärten. Er ist Landschaftsarchitekt und wird dieser Tätigkeit eher nicht in Manhattan nachgehen. Und es ist auch kein Wunder, dass ich ihn im Internet nicht fand. Ich habe einfach die falschen Suchbegriffe verwendet. Wenn es nun auch noch stimmt, dass Antonio diese Reise gemacht hat, um seinen Schulfreund um städtebauliche Hilfe zu bitten, dann ist die ganze Fahrt ein Schlag ins Wasser. Aber Antonio scheint die Wahrheit über Mauro überhaupt nichts auszumachen.

«Wir sind hergekommen, um ihn zu suchen. Weißt du, wo er wohnt?», fragt Antonio.

«Er wohnt nirgends, er ist immer unterwegs in der Welt. Er lebt in Hotels, schaut nach seinen Gärten und legt neue an. Er reist an dreihundert Tagen im Jahr. Er ist verrückt.»

«Also ist er nicht in New York.»

«Nein, keine Ahnung, wo er gerade ist. Vielleicht in Europa, keine Ahnung. Vor vier Monaten war er für ein paar Wochen in LA und hat

---

«landsculptor» gesagt, eine Verkürzung der Begriffe «landscape» und «sculptor».

dort nach dem Rechten gesehen. Die Rosen von Tom Cruise haben Läuse.»

Das ist ja interessant. Tom Cruise seine Rosen haben Läuse. Ich übersetze diese essenzielle Insiderinformation für Benno, der ein bisschen wenig mitbekommt von der Unterhaltung. Er scheint sich aber auch nicht so sehr dafür zu interessieren. Er füttert seine Pflanze mit den Resten seines Ragouts und trinkt Bier. Später bittet er einen Kellner, uns mit Robert zu fotografieren. Das ist mir peinlich, aber ich kann es verstehen. Robert zum Glück auch.

Er ist begeistert von seinem neuen Freund Antonio. Zudem haben wir ihn von seiner Begleitung befreit. Die Herrschaften seien Verleger und wollten ihn seit Jahren zu einem Buch überreden, raunt er mir zu. Er habe darauf aber überhaupt keine Lust und sei sehr froh, dass wir aufgetaucht sind. Robert ignoriert die Verlegertypen von nun an weitgehend. Er stellt Antonio viele Fragen über Campobasso, und Antonio beantwortet diese ausführlich, aber offensichtlich sehr zur Zufriedenheit des Schauspielers, der noch eine Flasche Rotwein bestellt. Dann fragt er, wo wir in New York wohnen. Ich sage ihm den Namen und die Adresse unserer Absteige, und er ist erschüttert.

«Das ist ja furchtbar. Morgen zieht ihr dort aus.»

Ich finde das nett, versuche aber, ihn davon abzuhalten, uns einzuladen. Dieses ganze Star-Ding absorbiert schon genug von meiner Lebensenergie. Es ist wirklich anstrengend, mit ganz berühmten Menschen zusammen zu sein.

«Keine Widerrede. Ich lasse euch morgen um zehn abholen. Ich kann einen Molisaner nicht in so einem Loch wohnen sehen.»

Wenig später haut der Verlagsmensch nebst Frauen ab, nachdem er die ganze Rechnung übernommen hat. Bin sehr einverstanden damit.

Wir reden noch lange und sind tüchtig bezecht, als Robert De Niro uns von einem Fahrer ins Hotel bringen lässt. Die letzten zwei Stunden haben mich vollkommen durcheinandergewirbelt. In meiner Hand halte ich ein Stück Papier mit Roberts Mobiltelefon-Nummer. Ich soll ihn anrufen, wenn irgendetwas am Hotel nicht in Ordnung geht. Außerdem hat er uns zu einem Basketballspiel eingeladen, morgen Abend im Madison Square Garden.

Ich bringe Benno und Antonio auf ihr Zimmer, und Benno stellt die Pflanze neben seinen Rauchverzehrer. Dann verschwindet er im Bad. Antonio ist noch ganz verstrahlt. Ich umarme ihn, denn ich bin voller Scham.

«Verzeih mir, dass ich wegen Mauro an dir gezweifelt habe», sage ich.

«Habi gesagte, wir finden ihn und haben ihn gefunden», antwortet er, als sei das von vornherein klar gewesen.

«Ja, du hast recht, Toni Casinista.»

Darauf lacht er und gibt mir einen Kuss. Man kann einfach nichts gegen ihn ausrichten. Ich ermahne ihn, seine Sachen bis zum Frühstück beisammen zu haben, damit wir umziehen können. Ich bin mal gespannt, wohin es geht. Im Fernsehen läuft ein Vorbericht für das Spiel der New York Knicks gegen die LA Clippers, es ist ausverkauft.

Am nächsten Morgen zahle ich unsere Zimmer. Antonio bat mich, ihm das Geld vorzuschießen, denn er hat fälschlicherweise angenommen, er könnte hier mit seiner Sparkassen-Karte auftrumpfen. Dem Mann an der Rezeption erklärt er, wir müssten leider gehen, weil sein alter Freund Robert De Niro uns zu sich eingeladen hätte.

«O wirklich, Sir? Das ist aber sehr schön», antwortet der Bursche mit der typischen Höflichkeit eines New Yorker Hotelangestellten, dem deutlich anzumerken ist, dass er uns für ausgemachte Spinner hält. Beim Frühstück sind wir still, ich habe keinen großen Appetit, das ist die Aufregung. Die ganze Sache entwickelt sich irgendwie surreal. Dann stehen wir in der Hotellobby und warten auf den Chauffeur.

Und wenn er nicht kommt? Wenn Robert De Niro sich bloß einen Spaß mit uns erlaubt hat? Vielleicht sind wir schon wieder vergessen, und er ist längst auf dem Weg nach irgendwohin, wo Stars so hinfliegen. So wird es sein, denke ich. Und seine Telefonnummer wird nicht stimmen, ich werde sie jedenfalls nicht ausprobieren, so viel Stolz habe ich immerhin. Ich gebe ihm noch zehn Minuten. Wenn sein Fahrer dann nicht hier ist, werde ich an die Rezeption gehen und wieder einchecken. Ich werde dem Typ sagen, dass Robert leider Mumps bekommen habe und wir unsere Zimmer gerne wieder zurückhätten.

Eine Minute vor Ablauf der Frist erscheint der Fahrer dann doch in der Lobby. Er entschuldigt die Verspätung, man hätte die Suite noch herrichten müssen und er wollte uns nicht abholen, ohne sich zu vergewissern, dass alles auf seinem Platz sei. Eine Suite. Na hör mal. Antonio stellt sich in Millisekunden auf seine Beförderung zur

Raubtierklasse im Zirkus des Lebens ein und lässt den Fahrer seinen Koffer ins Auto schleppen. Grußlos verlässt er die Lobby des Hotels, das er erst vor wenigen Wochen mit großer Geste gebucht hat. Bennos Koffer bringt den Chauffeur schier zur Verzweiflung, ich muss ihm helfen. Die Topfpflanze und den Rauchverzehrer stellt Benno auf seinen Schoß, als der Fahrer einsteigt und losfährt.

«Wo geht's denn jetzt hin?», frage ich ihn.

«Nur ein paar Blocks weiter, Sir. Mister De Niro hat sich erlaubt, Sie im *Peninsula* unterzubringen.» Es klingt fast so, als hielte er das für übertrieben. Am Hotel angekommen, wieseln sofort ein paar unterwürfige Gestalten um das Auto herum und begleiten uns unter großem Sir-Sagen in die Lobby, wo die Managerin uns bereits erwartet. Benno kann ihr nicht die Hand geben, er hat ja Rauchverzehrer und Pflanze im Arm. Aber Antonio begrüßt sie überschwänglich, gerade so, als sei er ein alter Stammgast. Er füllt das Formblatt mit seiner Adresse aus, und dann sagt er tatsächlich: «Ich muss jetzt in meine Suite, bin ein wenig müde.» Zum Glück versteht die Managerin (ihre Familie kam dereinst aus Spanien, aber sie spricht kein Spanisch) ihn nicht. Sie geleitet uns persönlich nach oben. Im Aufzug drückt sie auf einen Knopf, an den sie kaum heranreicht. Es gibt übrigens keinen 13. Stock hier in Amerika. Ist mir schon öfter aufgefallen. Erst nahm ich noch an, das sei eine bauliche Schlamperei, aber nun denke ich doch, man ist hier abergläubisch. Und das, wo man doch gerade hier das Schicksal zwingt, wo es nur geht. Komisch.

Miss Hernandez öffnet die Tür unserer Suite, wo unsere Koffer bereits angekommen sind, und macht mit uns einen kleinen Rundgang. Suite ist das falsche Wort für diesen Palast. Er hat drei Schlafzimmer und drei Bäder, einen riesigen Wohnraum, eine eigene Küche mit einem Esszimmer und große Panoramafenster, von denen aus man einen phantastischen Blick auf die Fifth Avenue hat. Als reiche das nicht, steht auch noch ein Fernrohr vor dem Fenster, damit man sich das Gewimmel aus gelben Taxis, Bussen und Limousinen besser ansehen kann. Es ist vollkommen still hier oben. Die Suite hat zwölf Telefone und sechs Fernseher. Drei davon sind in den Wänden über den Jakuzzis eingelassen. Im Wohnzimmer steht ein Flügel. Wahrscheinlich kann man auf ihm nur Stücke von Cole Porter und George Gershwin spielen.

«Mister De Niro hat hier bis heute Morgen gewohnt», sagt die Managerin. «Er hat Ihnen einen Brief dagelassen.»

«Wo ist er denn hingegangen?», frage ich.

«Er musste abreisen.»

«Ach so?»

«Ja, er bedauert sehr, dass er nicht mehr Zeit mit Ihnen verbringen konnte.»

Der Brief liegt auf dem Esstisch, gleich neben einem Früchtekorb und einer Flasche Champagner, die in frischem Eis darauf wartet, von Benno hinuntergestürzt zu werden. Miss Hernandez verlässt uns. Bevor sie die Tür hinter sich schließt, sagt sie: «Er hat die Suite bis morgen gebucht und wollte sie nicht leer stehen lassen, denke ich. Bitte benutzen Sie sie, als gehörte sie Ihnen. Nehmen Sie den Zimmerservice in Anspruch. Es wird uns ein Vergnügen sein, Ihnen dienen zu dürfen.» Dann schließt sich die Tür. Geräuschlos.

Ich gehe ins Wohnzimmer, wo meine Partner sich schüchtern auf den Rand einer fluffigen Couch niedergelassen haben. Benno hat immer noch seine Schätze im Arm. Ich klatsche in die Hände, aber der dicke Teppich schluckt jeden Schall. Die Suite zu erobern wird einige Stunden in Anspruch nehmen.

Die Küche ist weitgehend leer, sie wird offenbar nur vom Hotelpersonal benutzt, wenn ein Superstar mit Kindern anreist und Fläschchen benötigt werden. Die Bude ist vollgestopft mit Antiquitäten, jedenfalls sehen die Möbel danach aus. In Amerika kann man aber nie ganz sicher sein. Mit einer Fernbedienung lassen sich unterschiedliche Lichtszenarien einstellen, für Cocktailpartys zum Beispiel, oder für ein Candlelight-Dinner oder für eine geschäftliche Besprechung. In der Gebrauchsanweisung für diese Räume steht, dass man die Möbel und alle weiteren Gegenstände dieser Suite auch kaufen kann. Leute, die hier absteigen, fragen niemals nach dem Preis für irgendwelche Dinge. Sie zeigen einfach auf die Klimaanlage, die Küche oder den Flügel und sagen: «Einpacken, bitte. Danke.» Ich beschließe, erst den Champagner zu öffnen und dann den Brief. Als ich mit der Flasche, drei Gläsern und dem Umschlag wieder ins Wohnzimmer komme, sitzen Antonio und Benno immer noch da wie zwei Denkmäler des unbekannten Touristen.

«Jungs, kommt, wir feiern!», rufe ich und lasse den Korken an die Decke springen. Benno wird von dem Knall munter und stellt seine Devotionalien auf den Couchtisch. Antonio verharrt in seiner Starre, bis ich ihm ein volles Glas unter die Nase halte. Er nimmt es und trinkt es in einem Zug. Dann macht er «Ahhh» und zieht seine Schuhe aus, Zeichen seines Gefühls, angekommen zu sein. Macht er zu Hause auch immer.

Ich öffne den Brief und übersetze ihn laut: «Liebe Freunde, leider kann ich nicht bleiben. Es war mir eine Ehre, euch kennenzulernen. Franklin fährt euch überallhin, wo ihr wollt. Verständigt ihn auf jeden Fall von eurer Abreise, er wird euch zum Flughafen bringen. Ich hoffe, euch irgendwann einmal wiederzusehen. Anbei die Karten für die Knicks. Vertretet mich würdevoll. Euer ergebener Robert.»

Die drei Tickets liegen im Umschlag.

«Und jetzt?», rufe ich. Ich habe keine zündende Idee, was man nun mit den 413 Quadratmetern dieser Suite anfangen könnte.

«Wir rufene der Pino an und machen ein kleine Einladung», schlägt Antonio vor.

Klaro, denke ich, jetzt machst du hier einen auf Graf Koks. Andererseits hat er recht. Wir könnten hier einen schönen Nachmittag mit den Carbones verbringen und abends zum Spiel gehen. Das wäre ein würdiger Abschluss unserer Reise.

Und außerdem: Es ist Antonios Reise. Ohne ihn wären wir nicht in dieser Funkelbude gelandet. Also soll er ruhig bestimmen. Ich krame die Telefonnummer der Carbones aus meiner Hosentasche, und Antonio ruft seinen Kumpel in Queens an. Ich höre nur Bruchteile des Gesprächs, welches knapp zwanzig Minuten dauert. Antonio spricht in seinem Schlafzimmer, sitzt dabei auf einem überdimensionalen Bett. Seine Füße baumeln in der Luft. Als er sein Telefonat beendet hat, teilt er uns mit, dass die Carbones sehr gerne kommen und eine Kleinigkeit mitbringen. Wir hätten noch zwei Stunden Zeit, bis sie da seien. Ich beschließe, ein Bad zu nehmen, und verziehe mich mit dem Champagner.

Benno und Antonio schalten den Riesenfernseher ein und sehen sich eine Sendung an, in der Polizisten hinter jugendlichen Verbrechern herjagen und eine halbe Frau aus dem Schlund eines Alligators zerren. Alles keine Tricks, das passiert hier jeden Tag. Und immer ist eine Kamera dabei. Ich lasse mir ein Bad einlaufen und rufe zu Hause an. In der Wanne liegend kann ich auf die Fifth Avenue sehen. Es ist phantastisch, dieses Gotham. Sara ist dran.

«Schön, dass du dich mal meldest. Wir haben

schon gedacht, ihr seid verschollen. Geht es euch gut?», will sie wissen.

«Uns geht's hervorragend. Wir wohnen in der Suite von Robert De Niro.»

«Ja, klar. Bennos Mutter hat angerufen und gefragt, wie lange sie noch im Heim bleiben muss. Ich habe ihr gesagt, dass ihr morgen zurückfliegt.»

«Soll ich ihm was ausrichten?»

«Er soll seine Pillen nehmen. Ich vermisse dich.»

Wir sprechen kurz über zu Hause. Jürgen diktiert Ursula die ganze Zeit Rezepte. Es gibt seit einer Woche Tofu und Sojakrempel mit Grünkern und Dinkel und undurchsichtigen Gemüsesäften. Er hält Ursula und Sara lange Vorträge über seine Ernährungsprinzipien und darüber, dass er mit seinen Krankenkassenbeiträgen ihre Lebensweise finanzieren müsse, was ihm ein Gräuel sei. Lorella hat im Wohnzimmer ein Windspiel mit langen Metallrohren aufgehängt, an dem sich alle ständig den Kopf stoßen. Dafür macht es dann aber auch ein sehr beruhigendes Geräusch. Zu Hause ist also alles in Ordnung.

«Und was habt ihr die ganze Zeit gemacht?», will sie dann wissen. Was soll ich darauf sagen:

«Wir haben einen Gärtner gesucht, sind ein paarmal verhaftet worden, haben uns in einem Restaurant geprügelt und einen Dinosaurier kaputt gemacht», antworte ich wahrheitsgemäß.

«Aha, sicher. Na ja, du kannst mir ja alles erzählen, wenn du wieder da bist.»

Die Beschreibung der Aussicht aus meiner Badewanne kommentiert sie nicht groß. Wir verabschieden uns, und nachdem ich aufgelegt habe, lasse ich mich ins warme Wasser rutschen.

Nach einer guten Stunde in der Badewanne fühle ich mich wie Jennifer Lopez und bin leicht angetrunken von dem Champagner. Ich rasiere mich, ziehe saubere Sachen an und sehe nach Benno und Antonio. Benno schläft. Er hat seinen Rauchverzehrer angemacht. Antonio hingegen steht an der Panoramascheibe und sieht auf die Stadt hinab.

«Das iste zu groß fur ein kleine Mann», sagt er. Auch er hat sich frischgemacht. Um ihn herum duftet es stark. Mein Schwiegervater ist eigentlich eine Mensch gewordene WC-Ente. Wir stehen eine Weile schweigend vor dem Fenster, dann klingelt das Telefon. Ich gehe dran. Es ist die Rezeption.

«Sir, Ihr Besuch ist da. Darf ich die Herrschaften zu Ihnen bringen lassen?»

«Welche Herrschaften?»

Kurzes Gewisper auf der anderen Seite.

«Carbone, Sir. Sie sagen, Sie seien verabredet.»

«Ach stimmt. Ja, natürlich.» Für einen Moment hatte ich unseren Besuch vergessen. Wenig später klingelt es an der Tür. Antonio, der in Badelatschen des hauseigenen Spas unterwegs ist, lässt es sich nicht nehmen, die Carbones persönlich in seinem Heim zu begrüßen, und öffnet die Tür. Pino ist nicht alleine gekommen. Er hat seine Frau, seine Mutter, zwei seiner Brüder und deren Frauen sowie eine unübersehbare Schar von Kindern dabei. Und ziemlich viele Plastiktüten. Sie haben auch ein Geschenk mitgebracht, nämlich eine Fahne mit dem Wappen von Queens. Antonio verspricht, sie am Fahnenmast seiner Villa in Deutschland wehen zu lassen. Wahrscheinlich meint er damit die Birke vor seinem Haus. Unsere fünfzehn Freunde aus Queens inspizieren staunend, aber doch mit einer gewissen Lässigkeit, unser Heim. Sie sagen «Ah» und «Oh», und die Frauen nehmen die Gardinen in die Hand. Rosa macht sich in der Küche sofort daran, die Lebensmittel auszupacken. Ich zeige den Kids den Fernseher, die DVDs und die Playstation, welche unter großem Geschrei sofort in Betrieb genommen wird. Damit der Zuckerspiegel bei den Kindern nicht so rasch sinkt, bestelle ich für ungefähr 200 Dollar Cola beim Zimmerservice.

Pino ist sehr angetan von unserem fürwahr märchenhaften Wohlstand. Er hatte Antonio schon für einen netten Burschen, aber dann doch für einen Aufschneider gehalten, als dieser beim Grillen von seinem Reichtum erzählt hatte und von seiner Villa in Deutschland. Aber er scheint es ja nun tatsächlich zu etwas gebracht zu haben. Antonio wird den Teufel tun und Pino die Wahrheit sagen. Er wedelt mit den Knicks-Tickets vor Pinos Nase herum und erklärt ihm, dass er zur Feier des Tages und zum Abschied von New York nun noch mit seinen Schutzbefohlenen zum Baseball geht. Dass die Knicks Basketball spielen, ist ihm wurst.

Macht auch nichts, das geht in dem Trubel unter, der nun entsteht, weil Rosa und die anderen Damen in den rosa Blusen das Essen auftragen. Es gibt allerhand Kleinigkeiten vom Markt, frittierte Zucchiniblüten und alle möglichen Oliven. Später werden Nudeln gereicht, einige Fische und kleine Blätterteigschweinereien mit süßen Cremes darin. Die Kinder amüsieren sich dufte, besonders als sie entdecken, dass die Badewannen Luftdüsen haben. Es lässt sich auf diese Weise bereits unter Einsatz von sehr wenig Badezusatz eine schon hollywoodmäßige Menge an Schaum fabrizieren, und zwar in allen drei Bädern.

Es ist ein sehr spaßiger Nachmittag, sogar für mich, denn ich trage hier nicht die Verantwortung. Robert De Niro ist schließlich Antonios Kumpel und nicht meiner. Es geht dann auch fast nichts kaputt, außer einer riesigen Vase, in der sich der achtjährige Tinto Carbone vor seinem Bruder versteckt hat. Der findet ihn nicht, überhaupt findet ihn niemand, auch seine Mutter und die Schwägerinnen sowie sämtliche Väter. Es macht sich gerade eine gewisse Hysterie breit, als Benno verschlafen ins Wohnzimmer kommt. Er trägt eine braunweiß gestreifte Unterhose, was ein grauenhafter Anblick und echt keine Werbung für die deutsche Unterhosenindustrie ist, und er versteht die ganze Unruhe nicht.

«Benno, hast du irgendwo einen achtjährigen Jungen gesehen?», frage ich ihn.

«Nä. Aber dahinten stehtene heulende Blumenvase.» Er zeigt auf seine Zimmertür, und tatsächlich dringen aus der schwarzen Vase, die neben dem Eingang auf dem Flur steht, verzweifelte Laute. Tinto hat sich mit dem ganzen Körper dort hineingewurstelt und kommt jetzt nicht mehr raus.

Sein Vater Osvaldo, Polizist in Brooklyn und Bruder von Pino, fordert ihn ultimativ dazu auf, die Vase zu verlassen, aber Tinto kann nicht. Er bekommt den Kopf nicht mehr aus der Öffnung.

«Lass mal die Luft aus dem Kopf raus», rät Antonio.

«Mit den Händen zuerst», rät Pino.

Aber es nutzt nichts. Das Kind in der Vase wird allmählich panisch und brüllt wie am Spieß. Die Männer drehen ihn mitsamt der Vase um und sehen nach, ob unten eventuell auch ein Loch ist. Antonio schlägt vor, ihn einfach herauszuschütteln, aber Rosa ist dagegen.

Schließlich wird Benno die Sache zu blöd. Er kann Kinder nicht ausstehen, und wenn sie schreien, bekommt er die Motten. Er holt einen Feuerlöscher aus der Küche und hämmert damit präzise gegen den Bauch der Vase, worauf sie zerspringt und das greinende Kind gerettet ist. Jahrelang geübt im Zertrümmern von Überraschungseiern, hat er keine Skrupel mehr.

Die Familie Carbone verabschiedet sich wenig später und bedankt sich für den schönen Tag.

Zurück bleiben etwa zwanzig Kubikmeter Badeschaum sowie eine in Trümmern liegende Vase und die Reste eines typischen italienischen Familienessens. Bevor wir zum Spiel gehen, haben wir noch etwas Zeit. Ich versuche, die Scherben verschwinden zu lassen, aber es sind zu viele, um sie im Klo hinunterzuspülen. Außerdem liegen die Toiletten unter Schaum, was auch Benno verdrießt. Ich wühle eine Weile in der Sauerei herum, aber ich bin es bald leid und beschließe, mich aus den Säuberungsarbeiten herauszuhalten. Ich ziehe mich um und lese in den herumliegenden Einrichtungsheften, die mir für die Esszimmerstühle meines Hauses in den Hamptons in diesem Jahr mintgrüne Hussen empfehlen.

Gegen 20 Uhr rufe ich in der Rezeption an und bestelle unseren Fahrer. Benno hat inzwischen zum Glück wieder seine Hose – dieselbe wie immer – angezogen. Franklin holt uns persönlich in unserer Suite ab. Ich verstelle ihm den Weg, damit er nichts von dem Schaum- und Scherbeninferno sieht. Ich will nicht, dass er einen falschen Eindruck von uns bekommt. Wir gehen hinunter auf die Straße und steigen ins Auto.

«Sie haben Badeschaum hinterm Ohr, Sir», sagt Franklin diskret. Ich wische ihn ab, und er gondelt gemächlich die Fünfte hinunter, Richtung Penn Station, wo der Madison Square Garden liegt. Dort angekommen, lässt er uns aussteigen, und wir betreten die heiligen Hallen amerikanischer Unterhaltungskultur. Ich kaufe drei Clubjacken und dazu passende Mützen, denn ich will nicht unangenehm auffallen.

Unsere Plätze sind nicht gut. Es sind auch nicht besonders gute Plätze. Es sind die besten. Erste Reihe, hinter der Spielerbank. Wir werden fotografiert, weil man uns für wichtig hält, was Antonio sofort akzeptiert und gönnerhaft in die Kameras winkt. Fast 20000 Menschen sitzen, futtern, pupsen und brüllen hier. Es ist atemberaubend. Benno bekommt nicht sehr viel davon mit, weil er mehrfach zur Toilette muss und erst zum Ende des Spiels konzentriert dabei ist. «Und welsche von denen sind nun die Amis?», fragt er. Die Knicks gewinnen das Match mit 110 zu 96 Punkten.

Nach dem Spiel wartet Franklin vor dem Eingang auf uns. Er bringt uns zurück zum Hotel. Ich habe noch keine Lust, in unsere von einer Wanderameisenarmee zerstörten Gemächer zu gehen, und überrede Antonio und Benno zu einem Drink in der Bar auf dem Dach des Hotels.

Ich entspanne mich bei einem Bier im Gegenwert eines Krefelder Drei-Gänge-Menüs und sehe in die schwarze Silhouette der Häuser ringsum. Benno und Antonio sind mal wieder in eines ihrer Privatgespräche versunken. Da habe ich keinen Zugang. Ich werde nie ergründen, worüber sie sich da leise tuschelnd unterhalten. Womöglich über mich.

Irgendwann müssen wir wieder hinunter, hilft ja nichts. Mir graut davor, nun noch zwei Stunden lang den verdammten Schaum zu beseitigen, und ich weiß auch gar nicht, wie das gehen soll. Vielleicht kann man ihn anzünden. Als wir unsere Suite betreten, habe ich den Eindruck, es sei jemand da gewesen. Und das stimmt auch. Die Badezimmer sind vollkommen sauber, keine Spur von Schaum. Und die Vase ist auch weg. Es steht eine neue da, sie ist grün. Es ist, als habe ich das alles nur geträumt.

«Siehste, das iste ein Hotel mit Diskretion und der *perfezione* in Service», sagt Antonio und geht ins Bett. Warum mache ich mir eigentlich immer so viele Gedanken? Benno und Antonio haben sich dazu entschlossen, auch die letzte Nacht gemeinsam in einem Zimmer zu verbringen. Reichtum macht nämlich einsam.

Mein Bett ist breit, sehr breit, zu breit für einen allein. So langsam möchte ich dann auch wieder nach Hause zu meiner Frau. Im Fernsehen läuft Sport, das Spiel von heute Abend. Ich sehe noch einmal diese unglaubliche Halle, diesen Schnellkochtopf für Amerikaner. Die Kamera zoomt die ersten Zuschauerreihen ab, wo immer die Prominenten sitzen.

Sportreporter 1: «Hier sitzt Puff Daddy, er trägt einen Anzug aus seiner eigenen Kollektion.»

Sportreporter 2: «Ja, und da ist Bono, wie immer mit Sonnenbrille. Aber wer ist das?»

Sportreporter 1: «Wer? Der da? Keine Ahnung, er winkt uns mit etwas. Ist das eine Fahne?»

Sportreporter 2: «Ganz recht, das ist eine Fahne. Es ist die Fahne von Queens. Keine Ahnung, wer das ist, aber er winkt mit der Fahne von Queens.»

Jungs, ich kann euch sagen, wer das ist: Antonio Marcipane aus Kempen am Niederrhein, der seinem Kumpel Pino Carbone aus Queens einen Gruß schickt. Benno und ich werden von der Fahne verdeckt, also entgeht mir die einzigartige Gelegenheit, einmal mich selbst im amerikanischen Fernsehen bewundern zu können. Aber Antonio verpasst sie genauso. Er schläft schon längst.

FOURTEEN

Wenn man an der sozialen Spitze der Gesellschaft angelangt ist, dort, wo nur ganz wenige hindürfen, dann sollte man zunächst einmal lang schlafen. Das fällt mir leicht, denn hier hört man weder, wie der Nachbar im Zimmer zur Rechten an einem Asthmaanfall oder einer Minibrezel erstickt, noch die Sirenen der Polizei. Zeit zu haben ist der größte vorstellbare Luxus, also trödele ich herum, schmiere mich mit allen Lotionen ein, die das Hotel zu bieten hat, und entdecke eine Tüte mit Zeitungen, die vor der Tür unserer Suite liegt. Ich bestelle gegen Mittag Frühstück, welches uns von einer vier Mann starken Truppe geliefert wird. Es ist ein delikates Frühstück, ich schaffe es nicht einmal annähernd, alles aufzuessen. Aber dafür haben wir ja Benno dabei, der die Portionen etwas kläglich findet, aber: «Wat will'se machen, kann'se nix machen.»

Pino ruft an und bedankt sich für den Gruß aus dem Fernseher. Er wünscht uns eine schöne

Reise. Er hat keinen Dienst heute und wird daher nicht zum Flughafen fahren. Sonst würde er uns persönlich verabschieden. Ich packe meinen Koffer und trinke Espresso. So langsam heißt es Abschied nehmen von New York, das heute unter einer grauen kalten Wolkendecke liegt, als wollte es uns den Tag vermiesen. New York benimmt sich wie ein Gastgeber, der nach vier Tagen aufhört, Getränke anzubieten, weil ihm der Besuch langsam auf den Keks geht. New York sagt uns mit diesem Wetter: «Schön, dass ihr da wart, nu' könnt ihr auch mal wieder nach Hause fahren. Schöne Grüße und auf Wiedersehen.»

Ich schlendere in unserem Schloss auf und ab und gehe unseren Zeitplan durch. Benno kommt ins Wohnzimmer und fragt, ob er ein paar Kleinigkeiten in meinen Koffer legen darf, seiner sei jetzt voll. Ich habe nichts dagegen, und Benno («Supper, danke.») verschwindet wieder. Antonio hat sich auf seiner Solotour vorgestern zwei Trolleys gekauft, für die zahlreichen Mitbringsel. Wir stellen unsere Koffer an die Tür und fahren nach unten, um auszuchecken. Das ist ein sehr angenehmer Vorgang, wenn man nichts bezahlen muss. Ich würde ja gerne die Vase übernehmen, aber ich traue mich nicht, das Thema anzusprechen. Da auch die Managerin nichts sagt, gehe ich einfach mal davon aus, dass die Vase aufs Haus geht. Sehr großzügig.

Benno hat seine Pflanze und seinen Rauchverzehrer nicht dabei. Ich frage ihn, wo die sind, und er sagt: «Im Koffer, wo dann sons'.»

«Aber nicht in meinem, hoffe ich.»

«Nää, ah wat! Die hannisch bei mir einjepackt.»

Vermutlich werden seine Kleinodien die Reise nicht überstehen, aber ich halte mich da raus. Wir bitten darum, das Gepäck für eine Weile im Hotel lassen zu können, und treten noch einmal ins Freie, wo uns die kalte graue Luft Falten ins Gesicht schnitzt. Ich habe einen letzten Wanderweg zu absolvieren. Dazu müssen wir zunächst mit der U-Bahn fahren, denn ich möchte die Upper East Side sehen und von dort wieder zum Hotel wandern. Ausgerechnet jetzt, ganz am Schluss, passiert mir noch ein dummer Anfängerfehler: Die New Yorker Subway verfügt nämlich über drei Sorten von Zügen: Bahnen, die überall halten, und Bahnen, die nur manchmal überall halten, sowie Bahnen, die fast nie halten. Wenn man so einen gespenstischen Zug erwischt, saust man durch die Haltestelle, an der man eigentlich aussteigen wollte. Man denkt an ein Versehen des Lokführers oder daran, dass er womöglich einen Herzanfall hat, gekrümmt in seinem Führerstand auf dem Boden liegt und die Bahn nicht mehr anhalten kann. Nach der dritten mit Höchstgeschwindigkeit durchrasten Station bekommt man es dann wirklich mit der Angst zu tun. Womöglich ist der Zug ja auch entführt worden und hält überhaupt erst wieder in Philadelphia. Schließlich stoppt die Bahn, und man ist definitiv zu weit gefahren. Wir fahren sogar noch viel weiter als zu weit.

Meine Begleitung und ich, der für alles verantwortlich gemacht wird, wären gerne an der 77. Straße ausgestiegen, aber die Bahn der New York City Transit GmbH lässt uns nicht. Den nächsten Stopp an der 86. Straße verpassen wir, weil Benno mit seiner Jacke zwischen zwei Sitzen festhängt und wir zu dritt versuchen, sie wieder herauszufummeln. Auch den darauffolgenden Halt an der 125. Straße nehmen wir nicht wahr, weil ich kurzfristig die Orientierung verloren habe und wild mit meiner Karte herumfuchtele. Die Mitreisenden finden uns mit Sicherheit sehr drollig, aber sie lachen nicht. Sie gucken nur und sind stolz darauf, Amerikaner zu sein.

Jetzt geht es in die Bronx, wo der Wagen dann doch auch mal anhält. Wir entweichen und kämpfen uns durch auf das gegenüberliegende Gleis, von wo wir mit wild schlagenden Herzen (außer Benno) in einer Bummelbahn wieder zurückfahren. Ein gutes Stündchen nach unserer Abfahrt an der 59. Straße sind wir schließlich am Guggenheim Museum, das Antonio gut gefällt, obwohl es seiner Meinung nach aussieht wie der Rohbau eines Parkhauses. Nach dem Besuch des Museums, das hervorragende sanitäre Anlagen aufweist (laut Benno) und mediokren Kaffee (Antonio), laufen wir mit erlahmender Lust südwärts, Richtung Hotel, wo unsere Koffer und Franklin bereits auf uns warten. Es ist später Nachmittag, New York ist plötzlich arktisch kalt geworden. Auf dem Rockefeller Center hat man die Eisbahn eröffnet, bald nach Thanksgiving wird die Weihnachtsdekoration leuchten. Früher fand ich das immer kitschig und regelrecht unanständig. Ich mochte den Kommerz nicht, die unechte Pracht, das Protzige daran. Ich bin für manische Dekorierei einfach nicht katholisch genug.

Aber ich habe meine Meinung geändert. Jetzt finde ich zumindest verständlich, dass sich die New Yorker mit bunten Lichtern, Rentierattrappen und dem ganzen anderen Weihnachtsirrsinn etwas Wärme in ihren megalomanischen Stahlbetonhaufen von einer Stadt holen. Dass sie in ihrem bunten Festtagskitsch die Unerbittlichkeit ihres Existenzkampfes überwinden. Dass sie scheinbar gedankenlos ihre Herzen mit triefender Musik, simplen Heilsbotschaften und Cholesterin verstopfen. Dass sie einem wiedergeborenen Christen und modernen Warlord ihr Land anvertrauen. All dies hat am Ende genauso viel Logik wie das Verhalten eines Naturvolkes im Amazonas-Dschungel. Und das ist doch tröstlich, in einer so hochtechnologisierten und vermeintlich zivilisierten Welt.

Als wir zum Hotel kommen, wartet Franklin ungeduldig. Er hat unser Gepäck bereits verladen und hält uns die Türen auf, als wir um die Ecke biegen. Die Fahrt zum Flughafen JFK dauert heute länger. Es beginnt zu regnen, während wir an Tausenden kleinen Queens-Häusern vorbeifahren, die alle gleich aussehen und schwach beleuchtet sind. Eine Stunde geht das so, dann sind wir am Flughafen, der sich endlos hinzieht und gelbes Licht in den Abenddunst schießt. Franklin schiebt unser Gepäck in die Halle, und ich gebe ihm ein großes Trinkgeld, meine letzten Scheine.

Ich wünsche ihm einen richtig fetten Türken und stelle mich am Check-in an. Ich habe unsere Reiseunterlagen und schiebe sie über den Schalter. Die Dame dahinter kontrolliert die Tickets und vergleicht sie mit den Namen auf einem Schriftstück. Das dauert. Zu lange. Finde ich.

«Stimmt was nicht?», frage ich sie. Ihr Verhalten macht mich nervös.

«Moment, bitte.» Was ist denn jetzt noch los? Sie hebt das Telefon ab und spricht in den Hörer. Ich kann nicht verstehen, was sie sagt. Dann legt sie auf und lächelt mich an.

«Ist irgendwas nicht in Ordnung?» Ich habe auf dieser Reise zu viel erlebt, um jetzt cool zu bleiben.

«Einen Augenblick, bitte, Mister Hamilton ist gleich hier.»

«Wer ist Mister Hamilton?»

Mister Hamilton ist der Mann, der nun von hinten auf uns zukommt. Ich werde meinen Rückflug verteidigen, ich werde auf jeden Fall in zwei Stunden in einem Flugzeug sitzen. Leg dich nicht mit mir an, Mann.

«Sind Sie Mister Marcipane?», fragt Hamilton mich. Ich zeige stumm mit dem Finger auf Antonio. Was hat der Kerl jetzt schon wieder angestellt, denke ich. Er spricht Antonio an, aber der versteht ihn nicht, also wendet sich Hamilton wieder an mich.

«Sprechen Sie Englisch?»

«Ja.»

«Das ist sehr erfreulich, Sir. Ich habe die Ehre, Sie durch die Passkontrolle und in die Business Lounge zu begleiten.»

«Warum das denn?», frage ich misstrauisch.

«Ihr Freund Mister De Niro wusste nicht genau, mit welcher Maschine Sie zurückfliegen, daher hat er uns gebeten, Sie heute abzufangen. Er lädt Sie zu einem Flug in der Business Class ein.» Ich bin sprachlos. Antonio und Benno ebenfalls, allerdings lassen sie sich das nicht so anmerken. Sie tragen die Nasen in letzter Zeit ein wenig zu hoch, wie mir scheint. Die Dame verwandelt unsere Sonderangebotsflugscheine in Business-Class-Tickets, die sie mit einem angsteinflößend freundlichen Lächeln überreicht.

In der Business Lounge schafft es Benno, alle Erdnüsse zu verputzen, die sie dort am Lager haben. Wir sitzen eine Stunde da drin, und er macht sich ein Vergnügen daraus, immer wieder abzuwarten, bis eine Fachkraft das Schälchen mit den Nüssen auffüllt, um dann ans Buffet zu stürmen und den Inhalt in seine hohle Hand umzufüllen. Irgendwann sind die Nüsse alle, und Benno verlegt sich auf Club-Cracker. Dazu trinkt er Bier, das es hier kostenlos gibt. Dies löst bei ihm einen überirdischen Durst aus. Antonio gönnt sich einen Rotwein und schaut gravitätisch in die Runde. Offenbar sucht er jemanden, dem er erzählen kann, dass er reich und mit Robert De Niro befreundet ist.

Ich hole mir eine deutsche Zeitung. Sie ist einen Tag alt, aber immerhin: Für mich stehen Neuigkeiten drin. Auf der vermischten Seite ist die Rede von einem deutschen Sänger, der sich soeben auf Mallorca ein Haus gekauft und dort einen phantastischen Garten hat anlegen lassen. Das dazugehörende Bild zeigt den Sänger in seinem Garten, neben ihm posiert der Designer dieser ausweislich der Bildunterschrift «stilvollen Oase mit den typischen Blumenmauresken des Designers Mauro Conti». Der Sänger sieht nicht so aus, als ob er wüsste, was Mauresken sind, aber sie scheinen ihm sehr zu gefallen.

Ich zeige Antonio die Zeitung.

«Hier, Mensch! Mauro ist auf Mallorca.»

«Schön furin.»

«Was heißt denn hier schön für ihn? Wenn wir

das gewusst hätten, wären wir doch nach Mallorca gefahren.»

«Warum? Der kanne keine Mensch helfen. Und wenne wir nack der Mallorcada gefahre wäre, hätte wir nie dieser Erlebnisse gehabte.»

Das lässt sich nicht leugnen.

«Und was hast du jetzt vor, wegen der Altstadt meine ich?»

«Nix vor. Musse die ihre Problem alleine lösen. Ibin nickte verantwortelick fur der Schlamassel von dieser Leute da.»

«Das klang aber vor ein paar Tagen noch ganz anders.»

Da legt er mir die Hand auf die Schulter und seinen rechten Zeigefinger auf seine Lippen. Ich soll schweigen. Natürlich weiß ich schon, warum. Wir beide wissen es.

Alles was er wollte, war, seinen Lebenstraum zu verwirklichen: New York. Er brauchte mich dafür und seinen vertrauten Freund Benno. Ohne uns hätte er die Reise nie gemacht.

«Und? Bist du zufrieden mit mir?», frage ich ihn.

«Jaaa, bin sehr zufrieden. Biste ein ordentliche Charakter. Bisschen streng mit dein Toni, aber gute Mann.»

Pünktlich geht es ins Flugzeug. Unsere privilegierte Stellung hält an. Antonio zieht sich auf der Toilette um und erfreut uns sowie die anderen Gäste der Business Class mit seinen Bermuda-Shorts und Thrombosestrümpfen. Antonios Rückkehr aus dem Wunderland beginnt.

Benno, der auf der Heimreise am Fenster sitzen darf, spielt, kaum dass er sich hingesetzt hat, an den Knöpfen seines Sitzes herum und bringt ihn in eine angenehme Schlafposition. Er pennt ein, noch bevor das Flugzeug auf die Rollbahn fährt, und reagiert ausgesprochen unwillig auf die Aufforderungen des Personals, den Sitz vor dem Start in eine aufrechte Position zu bringen. Mehrere Flugbegleiter versuchen an die Knöpfe zu kommen, aber er hält seine Hände krampfhaft schützend darüber. Er wird nicht weichen. Er will schlafen. Auch ich versuche mein Glück, werde jedoch von ihm weggeschubst.

«Lass mischin Ruh'», brummt er. Das Flugzeug gurkt auf dem Flughafen herum. Es kommt mir vor, als würden wir nach Hause fahren und nicht fliegen.

«Benno! Mann, jetzt setz dich gerade hin.»

«Nei-en. Isch will schla-fen.»

Der Purser bittet noch einmal mit Nachdruck

um Bennos Kooperation, doch der stellt sich taub und hält die Augen geschlossen.

«Bitte, mein Herr! Ich muss darauf bestehen!» Er greift über Antonio hinweg Benno an die Schulter, doch der versetzt ihm einen Hieb auf die Hand. Das kann böse ausgehen. Ich habe keine Lust auf die Konsequenzen von Bennos Ungehorsam. Auch deutsche Fluglinien verhalten sich nach amerikanischen Maßstäben: Wer nicht spurt, fliegt raus, das gilt auch in der Business Class. So viel ist mal klar. Aber mit Benno Tiggelkamp kann man sich nicht alles erlauben. Der Mann kommt vom Niederrhein, wo die Stirnplatten der Menschen doppelt so dick sind wie die Gehwegplatten.

«Bringen Sie Ihren Sitz in eine aufrechte Position», ruft der Purser nun, und seine Stimme überschlägt sich.

«Nääää. Gute Nacht.»

Ich fürchte, dass das Flugzeug gleich umkehren wird und wir aussteigen dürfen. Der Pilot gibt ordentlich Gas, der Purser verzieht sich auf einmal hastig auf seinen Platz, und das Flugzeug: hebt ab. Geschafft! Jetzt ist es definitiv zu spät, uns hier rauszuschmeißen. Ich strecke die Arme nach oben und rufe: «Yiiieehaaa.» Dann schlafe ich vor Erschöpfung ein. Als ich aufwache, gibt es Essen. Drei Gänge, dann noch Käse von einem Wagen. Einen Cognac. Ich finde, das habe ich mir verdient.

Die letzten Tage waren die aufregendsten in meinem Leben. Aufregung ist bei mir eher negativ besetzt. Normalerweise bemühe ich mich, sie zu vermeiden. Aufregend heißt für mich unvorhergesehen, gefährlich, riskant. Aber war es das wirklich? Ich habe schon am Flughafen deutsche Bundesgrenzschutz- und amerikanische Zollbeamte und ihre Büros kennengelernt. Ich bin von einem original New Yorker Cop auf den Boden geworfen und fixiert worden. Ich habe in einem winzigen Gärtlein in Queens Würstchen gegrillt, und ich weiß, wie der Zahn eines Stegosaurus aussieht. Ich habe mit Robert De Niro gegessen und in einer sagenhaften Suite gewohnt. Ich habe also Dinge gesehen, die kein Tourist sonst jemals zu Gesicht bekommt. Was ist daran negativ? Ich drehe mich zu Antonio um, der gerade den Pralinenteller abräumt, der ihm vor die Nase gehalten wird, und schaue in sein zufriedenes Gesicht. Es macht mich richtig glücklich.

Vor der Landung zieht Antonio sich wieder um, die Strümpfe lässt er im Flugzeug. Braucht er jetzt nicht mehr. Beim Aussteigen merke ich gleich, dass wir nicht mehr in Amerika sind: Die Luft ist ganz anders, der Geruch ganz neutral, der graue Film ist weg. Auch scheint es im Düsseldorfer Flughafen viel heller zu sein.

Es ist ein früher Novemberabend. Die Passkontrolle überwinden wir ohne Probleme, der Beamte schaut uns nicht einmal richtig an. Ich sammle unser Gepäck vom Band und staple die Koffer auf zwei Wagen. Benno besteht darauf, seinen und Antonios Koffer zu schieben, und die beiden rollen vor mir durch die Zollkontrolle. Eine Tür öffnet sich lautlos, und weg sind sie. Ich will ihnen folgen, aber ein Herr mit schlechter Laune und autoritärem Gehabe stellt sich mir in den Weg.

«Woher kommen Sie?», fragt er.

«New York», sage ich müde. «Ich habe nichts zu verzollen.»

«Kommen Sie bitte mal mit.»

«Gerne», lüge ich und folge ihm in einen Raum, an dessen Wand ein langer Tisch steht.

«Würden Sie bitte Ihren Koffer öffnen?», sagt der Mann. Ich öffne den Koffer und mache dann eine Geste, als habe ich ein Kaninchen aus einem Hut gezaubert.

«Bitte, bedienen Sie sich», sage ich und trete zurück. Der Typ nimmt meine schmutzigen Klamotten aus dem Koffer und stochert mit seinem Kugelschreiber in meinen Sachen herum, als müsse man sich vor ihnen ekeln.

«Warum haben Sie zwei Kulturbeutel in Ihrem Koffer?»

Ach ja, der eine wird von Benno sein.

«Den da habe ich für jemand anders mitgenommen.»

«Für jemand anders. Dann wollen wir mal sehen.»

Er öffnet Bennos speckigen braunen Kulturbeutel und holt seine zerrupfte Zahnbürste heraus. Eine Flasche Old Spice. Eine Tube Brisk. Hühneraugenpflaster. Odol-Spray. Peninsula-Badezusatz. Einen Saurierzahn.

Einen Saurierzahn! Scheiße!

«Was ist das?», will der Typ wissen. Jetzt hilft nur noch eins: Stell dich doof.

«Was denn?»

«Das hier.»

«Keine Ahnung, darf ich mal sehen?» Er hält mir den Zahn entgegen. «Gehört mir nicht.»

«Ich habe es aber in Ihrem Koffer gefunden. Was ist das?»

«Wie gesagt, ich weiß es nicht.»

«Für mich sieht das nach einem Zahn aus. Sie dürfen keine geschützten Tiere einführen. Und Zähne von geschützten Tieren auch nicht.» Und von ausgestorbenen Tieren sowieso nicht. Ist mir schon klar, Meister, denke ich.

«Ich würde sagen, das ist ein vergammelter alter Bolzen. Vielleicht von der Brooklyn Bridge.»

«Da bin ich nicht so sicher.»

«Es ist nichts, was ich absichtlich mitgenommen hätte oder was irgendeinen Wert darstellen würde. Wirklich, ich habe keinen Schimmer, was das sein soll.»

Der Beamte macht einen unentschlossenen Eindruck. Er legt den Zahn auf den Tisch. Ich nehme ihn, gehe zu einem Abfallbehälter und halte ihn hoch.

«Sehen Sie, mir liegt nichts daran, ich will es gar nicht einführen. Schmeißen wir es weg. So.» Dann lasse ich den Zahn des Stegosaurus aus dem New Yorker Naturkundemuseum in einen Mülleimer im Düsseldorfer Flughafen fallen. Der Beamte lässt mich meine Sachen selber zusammenpacken. Ich beeile mich, und meine Reise ist zu Ende, als die Tür sich öffnet und ich meine Sara sehe.

FÜNFZEHN

Ich schlage die Augen auf und liege neben meiner Frau in ihrem alten Kinderzimmer. Sie schläft noch. Wie klein es hier ist. Winzig klein. Es ist ein Gefühl, als lebte man als Plastikmensch auf einer Modelleisenbahn, sein Leben lang dazu verdammt, so zu tun, als wartete man auf den Bus oder ginge zum Bäcker. Ich stehe auf und sehe aus dem Gaubenfenster auf kleine nasse Reihenhausgärtchen mit Teichen und Laubhaufen und Gartenmöbeln, die unter Plastikplanen auf den nächsten Sommer warten. Keine Polizeisirene zu hören, wahrscheinlich schon seit Jahren. Ich gehe ins Badezimmer, das sehr danach riecht, als sei mein Schwiegervater bereits aufgestanden. Die Mischung aus Mundwasser, Deo und vor allem sehr viel Eau D'Antonio erhebt in meiner Nase ihr grässliches Haupt. Ich sehe mich im Spiegel an und rieche an meinem T-Shirt. Es hat noch den eigentümlichen Flugzeuggeruch, dieses transitorisch-elektrisch aufgeladene Klimaanlagenaroma. Als ich zum letzten Mal in einen Spiegel geschaut habe, war ich noch im Flugzeug und putzte mir gerade die Zähne, nicht aus Reinlichkeit, sondern weil es für Gäste der Business Class Zahnbürsten und Zahnpasta gab. Ich wollte jeden Moment dieses Fluges auskosten.

Gestern ging ich früh zu Bett, die Zeitverschiebung zwang mich dazu. Nun bin ich einigermaßen verwirrt. Keine Ahnung, wie viel Uhr es ist. Ich schiebe die Gardinen zur Seite und sehe, wie um mich zu vergewissern, dass es Tag ist, in den Garagenhof, wo riesige Pfützen darauf hindeuten, dass das Pflaster erneuert werden müsste. In dreißig Jahren ist es da und dort abgesunken oder angehoben worden, wohl von den vielen Baumwurzeln, die sich aus den Gärten der Nachbarschaft wie Tentakel unter dem Viertel erstrecken. Der Landschaftsskulpteur Mauro Conti hätte hier eine Menge zu tun.

Unser Empfangskomitee am Flughafen war in zwei Autos gekommen. Jürgen hatte sich extra eines geliehen. Wir fuhren im Konvoi zunächst zu Benno. Er wohnt in einem winzigen weißen Haus mit einem kleinen Garten, in dem ein Hühnerstall steht. Er holte sein Gepäck mit unverschämter Leichtigkeit aus dem Kofferraum und machte eine knappe Verbeugung. Ich ließ die Scheibe herunter.

«Gehst du heute noch zu deiner Mutter?»

«Isch weiß nit. Vielleicht.»

«Na, du kannst sie ja auch genauso gut morgen abholen.»

«Sischer. Oder jar nit.»

Damit drehte er sich um, schloss die Tür des Häuschens auf und verschwand darin, ohne sich zu verabschieden. Wir warteten noch kurz, ob er noch einmal herauskam, aber es passierte nichts, bis mit einem Mal aus allen Fenstern des kleinen Häuschens kleine Lämpchen leuchteten.

«Was ist denn das?», fragte Sara mehr verwundert als neugierig.

«Das sind Bennos Rauchverzehrer», sagte ich und genoss ihr Staunen.

Eigentlich war gestern noch ein langes Abendessen vorgesehen, Lorella und Jürgen hatten es sich nicht nehmen lassen, Grünkernbratlinge und Sojasprossensalat anzurichten. Ursula machte beim Anblick dieses frugalen Albtraums einen leicht verhärmten Eindruck. Die vergangene Woche muss furchtbar gewesen sein. Jürgen öffnete aus Anlass unserer Rückkehr sogar einen seiner allerletzten Weine, einen 96er Château Pichon-

Lalande, den Antonio brüsk verschmähte, weil die Franzosen die Kunst des Weinanbaus von den Italienern gestohlen hätten. Er trank lieber Altbier.

«Jetzt ist noch eine Flasche übrig», sagte Jürgen, die Farbe des Weines prüfend. «Ein Petrus. Der ist nach meinen Berechnungen morgen dran, schätze ich.»

«Wieso morgen?», fragte ich.

«Weil ich morgen einen Sohn bekomme», antwortete Jürgen und steckte seine Nase ins Glas.

«Habt ihr denn schon gepackt?», fragte Sara, «fürs Krankenhaus meine ich?»

Lorella schüttelte heftig den Kopf, um uns dann mitzuteilen, dass Jürgen und sie sich entschlossen hätten, der Gerätemedizin eine Absage zu erteilen. Das Kind käme hier, im Badezimmer zur Welt. Man müsse die positiven Schwingungen des Elternhauses ausnutzen. Ich schlug Sara vor, sofort abzureisen, um die positiven Schwingungen unseres eigenen Heimes mal wieder zu spüren, aber Sara war begeistert von der Vorstellung, ihrer Schwester zu assistieren.

«Kanni helfen?», fragte Antonio. Er war komischerweise ebenfalls euphorisch. Ich weiß nicht, ob es grundsätzlich so eine gute Idee ist, wenn ein Säugling nach seiner Ankunft auf diesem Planeten als Erstes in Antonios Goldzahngrinsen guckt, aber meine Meinung in dieser Sache ist nicht von Belang. Also hielt ich mich da raus.[1] Ich trank den Bordeaux, wobei ich darauf achtete, den Wein angemessen lange im Glas herumzuschaukeln und mit dem Mund pornographische Geräusche zu machen. Dann verabschiedete ich mich ins Bett. Ich war vollkommen erledigt, schaffte es noch nicht einmal unter die Dusche.

Sara kam bald hinterher, und ich versuchte noch einmal, ihr die größten Abenteuer unserer Reise zu schildern, aber sie war daran gar nicht besonders interessiert, zumal sie mir auch kein Wort glaubte. Ich übergab ihr die Mitbringsel, die ich für sie auf der Fifth Avenue gekauft hatte. Sie freute sich, hatte aber ein anderes Thema, das sie viel mehr beschäftigte als meine Reise. Eines, mit dem ich mich bisher nicht befasst habe. Nicht einmal in der Theorie.

---

1 Führende Psychologen sind durchaus der Ansicht, dass man Kinder schon früh traumatisieren solle. Sie brauchen den Grusel, um sich ein komplettes Weltbild zu schaffen, heißt es.

«Ich möchte auch ein Kind», sagte sie. «Ich glaube, ich brauche das.»

Bislang waren wir uns einig, dass wir vor allem neue Stühle für unseren Esstisch brauchen.

«Ein Kind? Jetzt? Sofort?»

«Wir sollten damit beginnen, finde ich.»

«Gut. Das kann ich, aber mit dem Rest muss ich mich noch eine Weile anfreunden. Oder wir warten noch. Vielleicht ist jetzt noch nicht der richtige Zeitpunkt.»

«Es ist nie der richtige Zeitpunkt.»

Nachdem ich die Produktion einer Familie erfolgreich in Gang gesetzt hatte, durfte ich schlafen. Ich fiel innerhalb von Sekunden in eine traumlose Ohnmacht.

Aus dem Wohnzimmer höre ich ein Geräusch, als hätte jemand eine Elchkuh angefahren. Es ist aber zu meiner Überraschung keine Elchkuh im Wohnzimmer, sondern bloß Lorella, die mit dem Rücken auf dem Boden liegt, für die Geburt übt und alles einfach rauslässt. Wenn ich das Baby wäre, würde ich ja unter diesen Bedingungen lieber drinbleiben. Ich setze mich zu Antonio an den Frühstückstisch und genieße das Angebot: Mohnbrötchen, Nussnougatcreme, frischer Holländer,

Leberwurst und Schwarzbrot. Dazu genehmige ich mir eine Morgenlatte, die von Ursula sozusagen à point zubereitet wurde. Antonio liest die Zeitung, oder er tut nur so. So genau kann man das bei ihm nie sagen. Er nimmt keine Notiz von dem Drama auf seinem Stäbchenparkett. Er ist Italiener. Antonio prostet mir mit seinem Kaffee zu und sagt: «Siehste du, is' nirgends so schön wie hiere beimir.»

New York hat er beim Duschen abgewaschen. Das unruhige Flackern ist aus seinen Augen verschwunden. Er ist wieder ganz bei sich selbst, in seiner überschaubaren Welt.

Während ich esse, sehe ich Jürgen und Lorella dabei zu, wie sie für die Weltmeisterschaft im Schrecklichegeräuschemachen üben. Auch Jürgen will daran teilnehmen und grunzt rhythmisch. Zwischendurch sagt er Sachen wie: «Zeig es mir.» Und: «Atmen und schiiiiieben, schiiiiieben.» Wenn sie das Baby genauso gemacht haben, wie sie es jetzt herausbekommen wollen, muss man sich wirklich Sorgen um sie machen. Ich frage in das Geschiebe und Gestöhne hinein, wie denn der kleine Mann heißen solle.

«Friedemann-Amadeo, mit Bindestrich», presst Jürgen hervor. Er kniet hinter seiner auf allen vieren krabbelnden Frau und drückt ihr mit der flachen Hand auf den Steiß. Das tut ihr gut, wenn ich ihre grauenhaften Urlaute richtig deute. Sieht irgendwie unanständig aus, das Ganze.

«Echt? Friedemann-Amadeo? Ist das euer Ernst?» Ich platze gleich. Achtung, ich kann nicht mehr.

«Man muss seinem Kind nur genug Selbstbewusstsein mitgeben, dann kann es jeden Namen tragen», sagt Jürgen beleidigt.

«Und außerdem sind das traditionelle, solide Namen und nicht irgendeiner Mode unterworfen», sekundiert Lorella zwischen zwei heftigen Keuchern. Nichts in ihrem Leben ist irgendeiner Mode unterworfen, insofern hat diese Namensgebung schon einen Sinn. Andererseits: Friedemann-Amadeo. Da wird der Junge schon entweder ein Genie oder ein Super-Fußballer werden müssen. Sonst ziehen ihn seine Mitschüler dreizehn Jahre lang an der Nase über den Pausenhof. Friedemann-Amadeo Böhmer. Na, ich weiß nicht und beiße in mein Brötchen. Donnerwetter, was für eine Qualität im Vergleich zu New York.

Lorella hört mit ihren Übungen auf und setzt sich zu mir an den Tisch. Sie ist ganz verschwitzt und macht einen teigigen Eindruck auf mich.

«Hoffentlich platzt jetzt meine Fruchtblase», sagt sie und versetzt mich und Antonio damit in eine mittlere Panik. Aber es passiert erst einmal nichts.

Jürgen schleppt seine Videokamera an und zeigt sie mir. Sehr schönes Gerät, findet Jürgen. «Da stimmt die Preis-Leistung», sagt er mit jenem Besitzerstolz, der sich in Deutschland nur noch aus dem Bewusstsein speist, ein Schnäppchen gemacht zu haben. Ich finde diese Einstellung schauderhaft. Sie führt zu einem betrauernswerten Verlust von Stil und Lebensart. Aber soll ich darüber ausgerechnet mit Jürgen ein Palaver anfangen?

Er gibt mir das Ding in die Hand und sagt: «Ich möchte, dass du die Sache filmst.»

«Welche Sache?», frage ich kauend, obwohl ich weiß, was er meint. Ich hoffe, dass wenn ich mich jetzt richtig blöd anstelle, der Kelch an mir vorbeigeht.

«Na, die Geburt von Friedemann-Amadeo. Ich werde keine Zeit haben.»

«Ich soll das filmen? Wie stellst du dir das denn vor? Meinst du wirklich, ich turne um Lorella herum, während sie gebärt? Soll ich vielleicht noch in sie hineinzoomen? Nee, mein Lieber, vielen Dank. Außerdem bringe ich das nicht. Ich kann kein Blut sehen.»

«Dann muss ich eben Antonio fragen», flüstert Jürgen mir zu.

Daraufhin nehme ich ihm die Kamera ab: «Okay, ich mach's. Aber keine Nahaufnahmen und nicht von vorne.»

Meine Bereitschaft, Kameradienst zu schieben, führt dazu, dass ich den ganzen Tag nicht das Haus verlassen darf. Es könnte ja jede Sekunde so weit sein. Sara hat sich aus weiblich kollegialer Höflichkeit den vokalen und gymnastischen Übungen von Jürgen und Lorella angeschlossen, aber das darf ich nicht filmen. Typisch. Dabei hätte ich diesen Teil des Films gerne unseren Freunden vorgespielt.

Um 19 Uhr rufen wir die Hebamme an, die eine halbe Stunde später auftaucht und zunächst die anwesenden Männer wegen ihrem ganz allgemein unzulänglichen Geschlecht und Unvermögen, die weibliche Psyche zu begreifen, herunterputzt, was sich Jürgen in schon unerträglich devoter Manier gefallen lässt. Toni ist da anders. Nur Ursulas und Saras Diplomatie ist es zu verdanken, dass Antonio die Frau nicht gleich mitsamt ihrer Hebammentasche achtkantig rausschmeißt.

Frau Fobbe-Haller erklärt die Aufgabenverteilung. Demnach darf Antonio gar nichts machen, ihn könne sie nicht gebrauchen. Antonio ist darüber so erbost, dass er sich schmollend ins Wohnzimmer verzieht. Ursula wird für frisches Mineralwasser und Häppchen sorgen, denn das hier kann die ganze Nacht dauern. Das sei oft so beim ersten Kind. Sara wird ihrer Schwester der wichtigste Beistand sein, und Jürgen soll mit ihr die Übungen machen, die man so schön einstudiert hat.

«Und ich?», frage ich.

«Sie machen sich unsichtbar.»

Ich filme also unsichtbar, wie Lorella in die Badewanne geht und anschließend ein wenig hechelt. Die Hälfte der Kassette geht dafür drauf. Sie hat enorme Brüste, die man gerne filmt. Die nächsten Stunden drücke ich immer auf den roten Knopf, wenn sie ruft: «Jetzt kommt wieder eine.» Gemeint ist eine Wehe. Jürgen stoppt jede mit seiner Armbanduhr. Mit ihr kann er auch die Temperatur, den Luftdruck, den Höhenunterschied zwischen Küche und Bad sowie Längen- und Breitengrad seines Standortes bestimmen. Und die Uhrzeit, wenn er will. Irgendwann werde ich müde und lasse die Kamera unbeaufsichtigt.

Sie nimmt ungefähr eine Stunde lang auf, wie Antonio am rechten Bildrand fernsieht und seine Fußnägel schneidet, was kaum weniger spektakulär aussieht als eine Geburt.

Deren heiße Phase beginnt um 1:38 Uhr und dauert bis 2:11 Uhr. Mein Dokumentarfilm wird später sehr gelobt, obwohl das Bild immer wackelt, wenn Lorella bei einer Wehe alles gibt und schreit, dass die Nachbarn denken, sie würde exorziert. Jürgen hockt vor ihr an die Badewanne gelehnt und atmet laut, was mir zunehmend auf die Erbse geht. Sara fächelt Luft, Frau Fobbe-Haller fummelt mit ihrem Stethoskop an Lorella herum, ich stehe in der Badewanne und filme, Ursula sitzt im Wohnzimmer, und Antonio steckt seinen Kopf zur Tür rein.

«Alle klar? Wollte nur mal nakesehene, ob alle okay iste.»

«Raus», rufen alle außer Jürgen. Er ist außer Puste. Dann kommen kurz nacheinander eine ganz fürchterliche Wehe, ein noch fürchterlicherer Schrei und ein kleines Stückchen Kopf. Lorella hört jetzt nicht mehr auf zu brüllen. Sie schüttelt den Kopf, schwitzt, ächzt, während ihr Gatte auf sie einschwafelt: «Gleich kommt es, ist gleich so weit, nur noch ganz kurz. Und atmen, atmen, ja, schön gleichmäßig, und die Wehe kommt und die Wehe geht und die Wehe kommt und schön atmen und schieben, atmen und schieben …»

«Jetzt halt endlich mal dein Maul, verdammt!», brüllt Lorella, und ich finde, da hat sie völlig recht. Während ich noch überlege, ob ich sein Gesicht filmen soll, gibt es plötzlich ein ganz unnachahmliches Geräusch, und das Baby rutscht mitsamt seinem Verpackungsmaterial auf eines der vielen Handtücher, die auf dem Boden liegen. Man kann es kaum erkennen vor lauter Glibber und Nabelschnur. Es ist – soweit ich das beurteilen kann – ein sehr hübsches, bläulich rotes Mädchen mit einem eingedrückten Kopf und knapp einem Pfund Plazenta. Diese wird von Jürgen in eine Plastiktüte gefüllt. Er will sie bei sich im Garten in ein bereits ausgehobenes Loch schütten und darauf einen Apfelbaum pflanzen. Ich werde garantiert niemals bei meiner Schwägerin einen Apfelkuchen essen. So viel steht mal fest.

Frau Fobbe-Haller wäscht Lorella und das Baby. Meine Sara sieht glücklich aus, sie ist so warm von innen, und ihre Augen leuchten ganz klar, als sie mit mir die Treppe hinuntergeht zu Ursula und Antonio. Der sitzt im Schlafanzug auf seiner Couch und weint. Ich nehme ihn in den

Arm und beglückwünsche ihn zu seiner Enkelin. Als er sich wieder gesammelt hat, sagt er: «Wunderbare Enkelkinde. Und muss nickte mit dieser bekloppter Name rumrenne.» Das ist wahr, aber ich fürchte, Lorella und Jürgen haben sicher auch ein paar Mädchennamen auf Lager. Ich umarme auch Ursula, die sich innerhalb von wenigen Minuten in Oma Ursula verwandelt hat. Als solche beginnt sie unverzüglich mit der Produktion von Strickwaren. Es ist ja bald Winter.

Jürgen öffnet die letzte Flasche seiner Sammlung, den Petrus. Er schenkt ein, und ich stoße mit ihm an. Womöglich wäre so eine Geburt auch etwas für mich, es fühlt sich auch für einen Onkel nicht schlecht an. Wie muss es dann erst für einen Vater sein?

Am nächsten Morgen erwache ich zum ersten Mal in meinem Leben mit dem Geschrei eines Neugeborenen. Es klingt schön. So neu, so unerhört klein klingt das. Sara ist schon auf den Beinen. Ich ziehe mich an und beginne unsere Sachen zu packen. Wir werden heute nach Hause fahren.

Plötzlich Unruhe im Haus. Es kommt aber nicht vom Baby. Es klingt eher wie ein italienischer Großvater in höchster Erregung. Antonio schreit: «Kommte mal her hier, alle mitananda!»

Ich stolpere die Treppe hinunter, wo die anderen schon versammelt sind, alle außer Lorella, die im Bett geblieben ist. Antonio hält einen Brief in die Luft.

«Was ist das für ein Brief, Toni?», frage ich.

Er lässt sich Zeit, senkt langsam den Arm und sagt dann: «Aus Amerika. Von Roberto.»

«Von Robert?», rufe ich.

«Von Robert De Niro?», ruft Ursula.

«Von wegen», ruft Sara.

Antonio überreicht mir den Brief, damit ich ihn öffne und übersetze. Es ist das Logo eines Hotels in Chicago darauf gedruckt. Auf der Rückseite steht handschriftlich als Absender: «RDN»

Ich reiße den Brief auf und entnehme das Papier. Darauf steht:

«Lieber Antonio, ich wollte nur schnell mitteilen, dass ich mit Mauro telefoniert habe. Er kann sich noch sehr gut an dich erinnern. Ich habe ihm deine Adresse gegeben (ich selbst bekam sie vom Hotel), und er wird sich bald bei dir melden. Ich habe dich übrigens im Fernsehen gesehen, wo hattest du nur diese Fahne her?

Wir sehen uns, dein ergebener Robert De Niro

PS: Bei eurer kleinen Schaumparty wäre ich gerne dabei gewesen. Muss ja heiß hergegangen sein, wenn ich mir die Rechnung so ansehe.»

Antonio und ich werfen uns einen triumphierenden Blick zu. Gut, wenn Bennos Bilder entwickelt werden, gibt es das Ganze noch in Farbe, aber dieser Brief ist natürlich viel glamouröser.

«Das gibt's nicht», sagt Sara.

«Und der Rest stimmt auch», setze ich einen Trumpf auf den nächsten.

«Das musst du mir nochmal alles erzählen.» Plötzlich ist ihr Interesse an unserem Trip riesengroß. Ich verspreche ihr eine minutiöse Schilderung auf der langen Heimfahrt, dann bringe ich unser Gepäck ins Auto. Es ist Zeit zu gehen. Sara setzt sich zu ihrem Vater. Seit langer Zeit ist es das erste Mal, dass sie ihm nahe sein will. Und das ist nicht nur so, weil er das Baby auf dem Arm hat. Sie hat ihren Frieden mit ihm gemacht. Sie will jetzt ihre eigene Familie haben, und da spielt er keine große Rolle mehr. Sie wird seinen Namen weiter tragen und auch darauf stolz sein.

Antonio wiegt die kleine Irmine-Apollonia sanft hin und her, drückt sie an seine parfümierte

Wange und singt für sie das einzige Kinderlied, das er auf Deutsch kann: «Fuchse, du haste die Gans gestossene.»

Noch weiß ich nicht, dass sich in Sara seit gestern ein noch ganz winzig kleines Wesen daran macht, seinen Weg durch das Universum zu bahnen. Unsere Tochter wird meine Ohren haben, Saras Haare und Antonios Nase. Ich stehe am Fenster und sehe in den niederrheinischen Regen, der pfeilgerade aus dem Himmel in den Garten strullt. Antonios Hollywoodschaukel wird nass. Ich kann es rosten hören.

DANKE

Danke für Hilfe und Inspiration an Dr. Patrick Illinger, Lars Jensen, Philipp Oehmke, Jakob Claussen und Thomas Wöbke, Michael Gutmann, Axel Hacke, Barbara Laugwitz und Ulrike Beck, Pierre Peter-Arnolds, Hans-Georg Fischer, Prof. Dr. Matthias Richter-Turtur, Dr. Joachim Siebenwirth, Heribert Mitsch, Lorella Selvi, Bruno Bonisolli, Stefan Ventroni, Renate Schönbeck und Heike Völker-Sieber vom Hörverlag, Tim Wermeling und Patrick Orth bei JKP, Joseph J. Smallhoover, Helen Hartnell – und natürlich an Antonio.